JN268119

万葉歌の歴史を歩く

よみがえる南山背の古代

山田良三［著］

新泉社

はじめに

日本最古の歌集『万葉集』全二十巻には、古代の天皇の歌から防人や遊女の歌まで、四千五百余首の歌がおさめられている。相聞歌、挽歌、宮廷にかかわる歌、旅の歌、四季それぞれを愛でた歌とさまざまに詠まれ、歌われた地域も東国から九州までと広範囲に及んでいる。

これらの歌からは、いにしえの人びとの姿や生き方、それぞれの地域のありさまなど、その人びとの生きた万葉の時代が彷彿として浮かび上がってくる。『万葉集』は、もちろん文学作品ではあるが、それぞれが歴史的背景のもとに詠まれた歴史的所産であるともいえるだろう。

私は京都の南に位置する南山背の地に住み、五十年間にわたってこの地域をフィールドとして考古学を探究してきたが、この南山背の古代の背景にある『万葉集』は歌の書であるとともに、欠かすことのできない史料でもあった。地域の遺跡を調べてわかってきた古代の知見から、ふと万葉の歌の世界が広がってくることがあったり、逆に万葉の歌が遺跡の理解にヒントを与えてくれることもあった。そんなことから私は万葉の世界を歩くようになっていた。

『万葉集』二十巻を繙き四千五百余首の歌を読んでみると、南山背にかかわって詠まれた歌は七十余首を数える。重複するものを加えると、その数はもっと多くなる。地域ごとに大略分類すると泉津十首、和束二首、かも一首、久邇の京十四首、山背道五首、棚倉一首、かにはた二首、たか一首、飯岡一首、久世六首、名木川五首、宇治川十二首、宇治の京二首、三室戸山二首、木幡二首、石田社三首、山科一首、巨椋池一首、鹿背山二首、相楽山一首、木津川二首にわけることができる。万葉の歌の時代、この南山背は重要な地域であったようだ。

本書は『万葉集』とともに歩んだこの南山背のフィールド・ワークから遺跡、遺構、遺物と、当時の文書・記録の双方から歌の背後にある古代の南山背の姿や人びとの生き方をよみがえらせようというささやかな試みである。本書が『万葉集』の歌やその時代、そこに生きた人びとを理解していただくための一助となれば、望外の喜びである。

なお南山背にかかわる歌は七十余首あるのに、奈良時代末期に遷都する長岡京が造営された山背の乙訓《おとくに》郡や古代豪族の秦《はた》氏が活動した山背の葛野《かどの》郡を詠んだものは見あたらない。わずかに賀茂の社を詠んだものと丹波道を詠んだものが各一首みられるのみである。当時の歴史的背景によるものかもしれない。このこともあって、本書では山背ではなく、南山背のみをとりあげた。

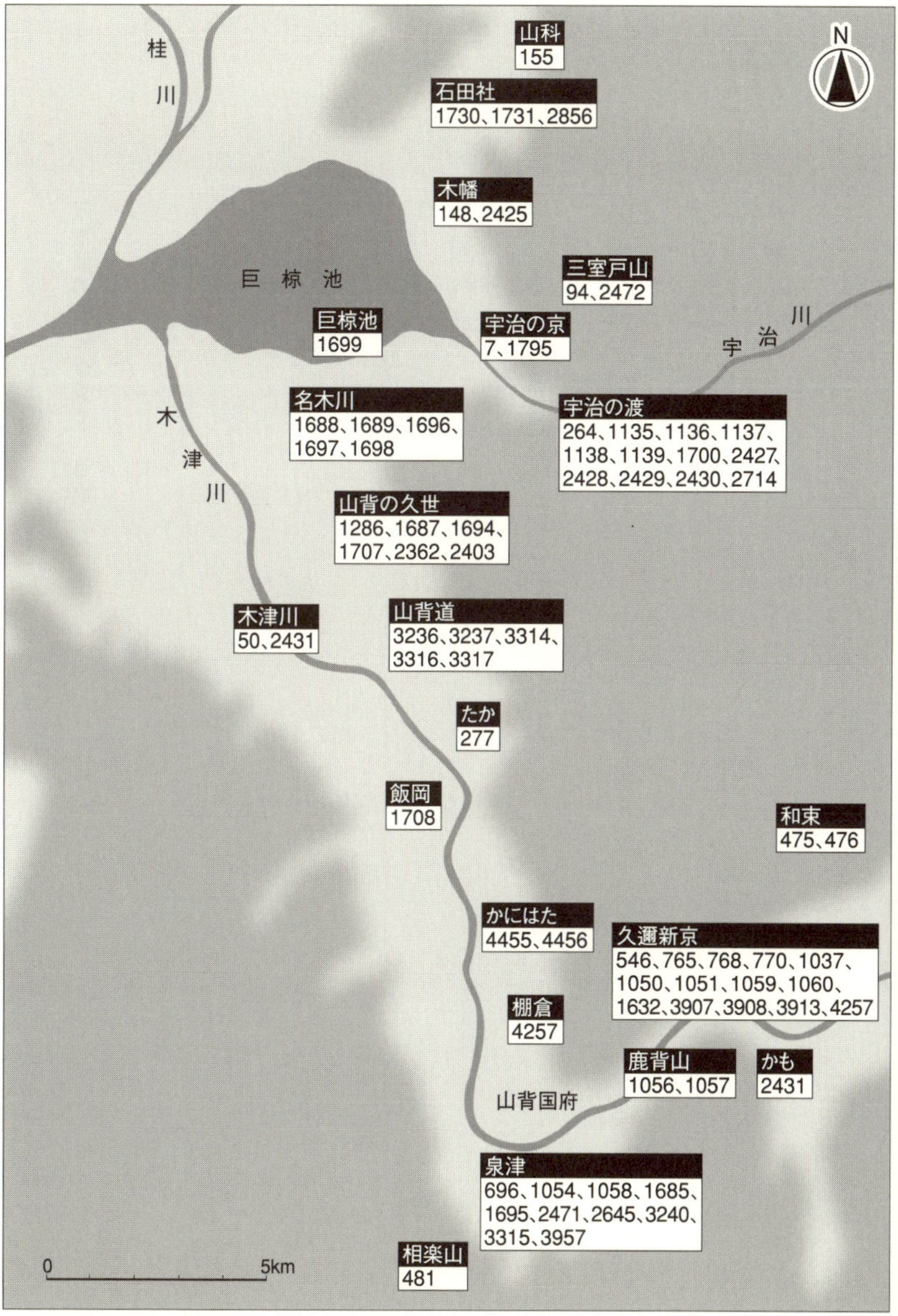
山科
155
桂川
石田社
1730、1731、2856
木幡
148、2425
巨椋池
三室戸山
94、2472
巨椋池
1699
宇治の京
7、1795
宇治川
名木川
1688、1689、1696、1697、1698
宇治の渡
264、1135、1136、1137、1138、1139、1700、2427、2428、2429、2430、2714
木津川
山背の久世
1286、1687、1694、1707、2362、2403
木津川
50、2431
山背道
3236、3237、3314、3316、3317
たか
277
飯岡
1708
和束
475、476
かにはた
4455、4456
久邇新京
546、765、768、770、1037、1050、1051、1059、1060、1632、3907、3908、3913、4257
棚倉
4257
鹿背山
1056、1057
かも
2431
山背国府
泉津
696、1054、1058、1685、1695、2471、2645、3240、3315、3957
相楽山
481
0
5km
N

南山背の万葉歌

万葉歌の歴史を歩く　目次

装幀　勝木雄二

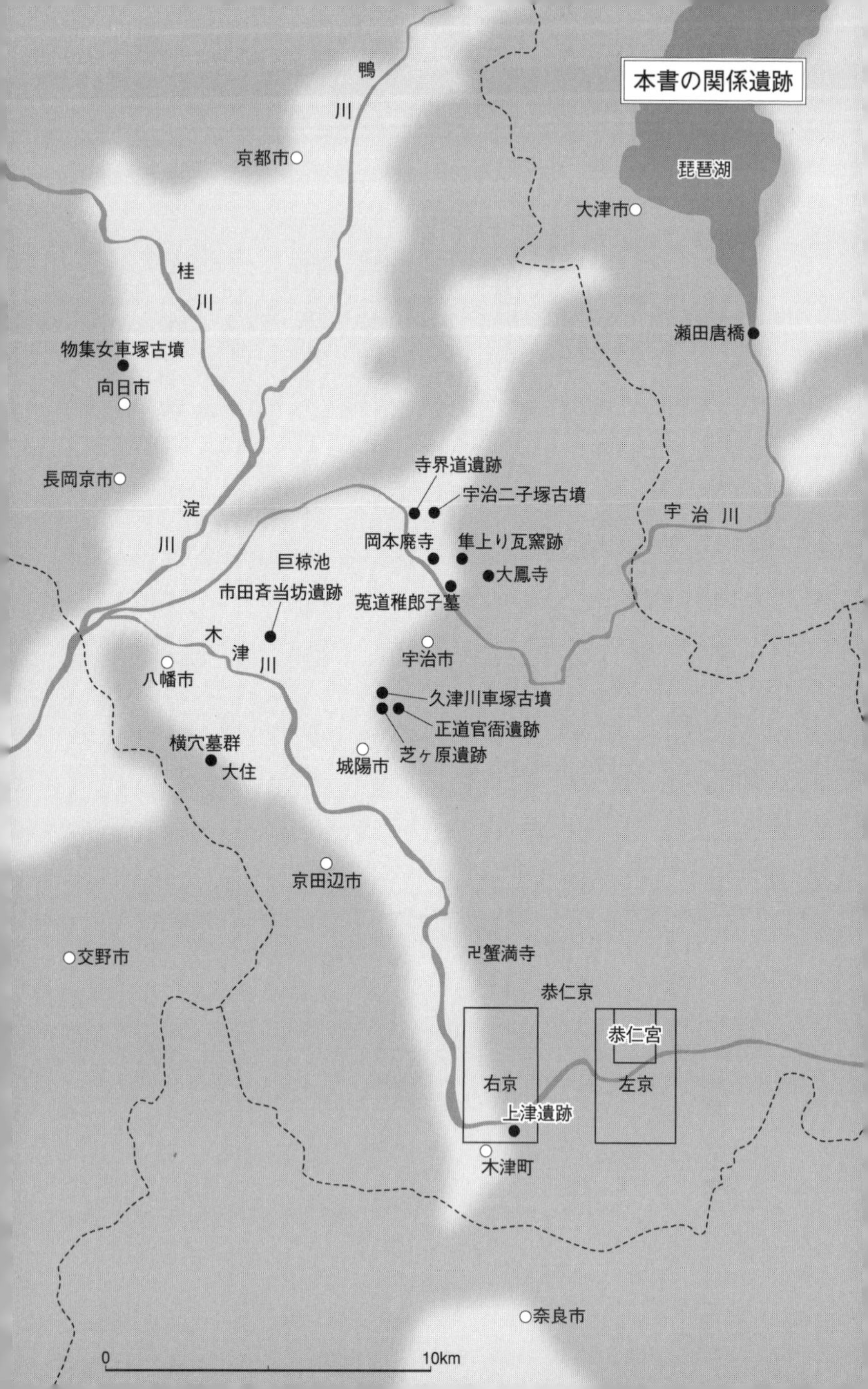

本書の関係遺跡
琵琶湖
大津市
瀬田唐橋
鴨川
京都市
桂川
物集女車塚古墳
向日市
長岡京市
淀川
寺界道遺跡
宇治二子塚古墳
宇治川
岡本廃寺
隼上り瓦窯跡
巨椋池
大鳳寺
市田斉当坊遺跡
菟道稚郎子墓
木津川
宇治市
八幡市
久津川車塚古墳
正道官衙遺跡
横穴墓群
芝ヶ原遺跡
城陽市
大住
京田辺市
卍蟹満寺
交野市
恭仁京
恭仁宮
右京
左京
上津遺跡
木津町
奈良市
0
10km

万葉歌の歴史を歩く

南山背の地

現在の京都市とその南の奈良県に接するまでの地域が、山城国《やましろのくに》と呼ばれた所である。この山城国は、古くは山代国、山背国と書かれていたが、延暦十三年（七九四）の平安京遷都の年に、桓武《かんむ》天皇によって山城国と改称されたものである。本書では『万葉集』の時代ということもあって、「山背《やましろ》」の表記に統一した。その山背国の中でも京都市の南に位置する地域が南山背で、古代の都城である平城京、恭仁京、長岡京、平安京を結ぶ要衝の地であった。

南山背の自然地形は、木津川《きづがわ》によって形成された南北に細長い沖積《ちゅうせき》平野と後背の洪積《こうせき》丘陵からなる地域である。

木津川は、奈良盆地の東部山地に位置する大宇陀《おおうだ》にその源を発し、宇陀川として伊賀に入り、名張《なばり》川となる。名張川は奈良県と三重県の県境を流れ、梅の名所の月ヶ瀬を経て、京都府南端の笠置《かさぎ》に入り、加茂《かも》を経て木津川となって北流し、周囲に沖積平野を形成して巨椋池《おぐらいけ》へ流入する。近江《おうみ》の琵琶湖の水は瀬田《せた》から溢れ出て宇治《うじ》川となり、巨椋池に流れ込む。一方、北からは、丹波の水を集めて保津《ほづ》川が、大堰《おおい》川、桂《かつら》川と名を変えて、巨椋池へと入ってくる。巨椋池に集められた山背の水は淀川となって、摂津《せっつ》、河内《かわち》を潤して大阪湾へと流れ出る。北の巨椋池周辺から南の木津川流域を一般に南山背と称している。この南山背はその歴史環境を「記紀」より見ると、非常に重要な位置を占めている。

倭《やまと》政権の大王である倭《わ》の五王の末裔は武烈《ぶれつ》天皇で、一旦ここで皇統は絶えている。越前にあった男大迹王《おおどのおおきみ》は応神《おうじん》天皇五世の孫と称し、近江、越前、尾張など畿内東辺の勢力を背景に畿内に入ったが、倭政権中枢の大和磐余《いわれ》の玉穂宮《たまほのみや》に入ったのは、即位後二〇年を経過してからであった。この大王が継体《けいたい》天皇である。

継体天皇は北河内の楠葉宮《くずはのみや》で即位し、南山背の筒城宮《つつきのみや》に移り、さらに山背乙訓《おとくに》の弟国宮《おとくにのみや》に移り、その後に大和磐余に入っている。この間、二〇年を要した。この長い年月を要したことを古代史の研究者たちは「継体の内乱」とよんでいる。

継体の内乱は南山背を舞台とした。倭政権を支えてきた南山背の在地豪族たちと畿内東辺の新興勢力を背景とする継体勢との抗争があったであろう。「記紀」の短い文章からは、その実態はわからないが、同時期の古墳群の分布から推察すると、北摂津の三島古墳群、山背の乙訓古墳群、南山背の久津川《くつかわ》古墳群の大型古墳群の被葬者たちは、この内乱を境に没落した。中でも久津川古墳群は急速に縮小している。これにかわって三島古墳群の今城塚《いましろづか》、乙訓古墳群の物《も》集女車塚《ずめくるまづか》、南山背の宇治二子塚《ふたごづか》の大型の前方後円墳に横穴石室を埋葬主体とする新しい様式を採用した古墳被葬者たちが現れた。内乱は新興勢力の勝利に終わったとみられる。

継体の内乱の後は、本格的な古代国家が成立し、皇統は連綿として続き、政治機構は整備され、伽耶《かや》、百済《くだら》との国交がおこなわれ、飛鳥《あすか》にはプレ都城が誕生した。

天智《てんじ》天皇は百済を支援し、六六三年の白村江の戦いで敗れ、急遽、近江の大津に遷都した。その後、天武《てんむ》天皇は六七二年の壬申《じんしん》の乱に勝利して、六九四年に藤原京に都を移し、天武・持統天皇によって中央集権国家が完成した。

元明《げんめい》天皇は和銅三年（七一〇）に奈良の都、平城京に遷都した。平城京は桓武天皇が延暦三年（七八四）に山背乙訓の長岡京に遷都するまでの七十余年の間、唐風文化が花開いた奈良の都であった。その間、聖武《しょうむ》天皇は近江の信楽《しがらき》に紫香楽宮《しがらきのみや》を、南山背の加茂地域に恭仁京《くにきょう》を造営し、大阪湾に臨む難波には難波宮《なにわのみや》を造営して、恭仁京と離宮を転々とした後、再び平城京に戻っている。淳仁《じゅんにん》天皇は瀬田川沿いに保良宮《ほらのみや》の離宮を造営している。

南山背を北に向かって貫流する木津川とその右岸を通る山背古道は右にみた都城・離宮の政

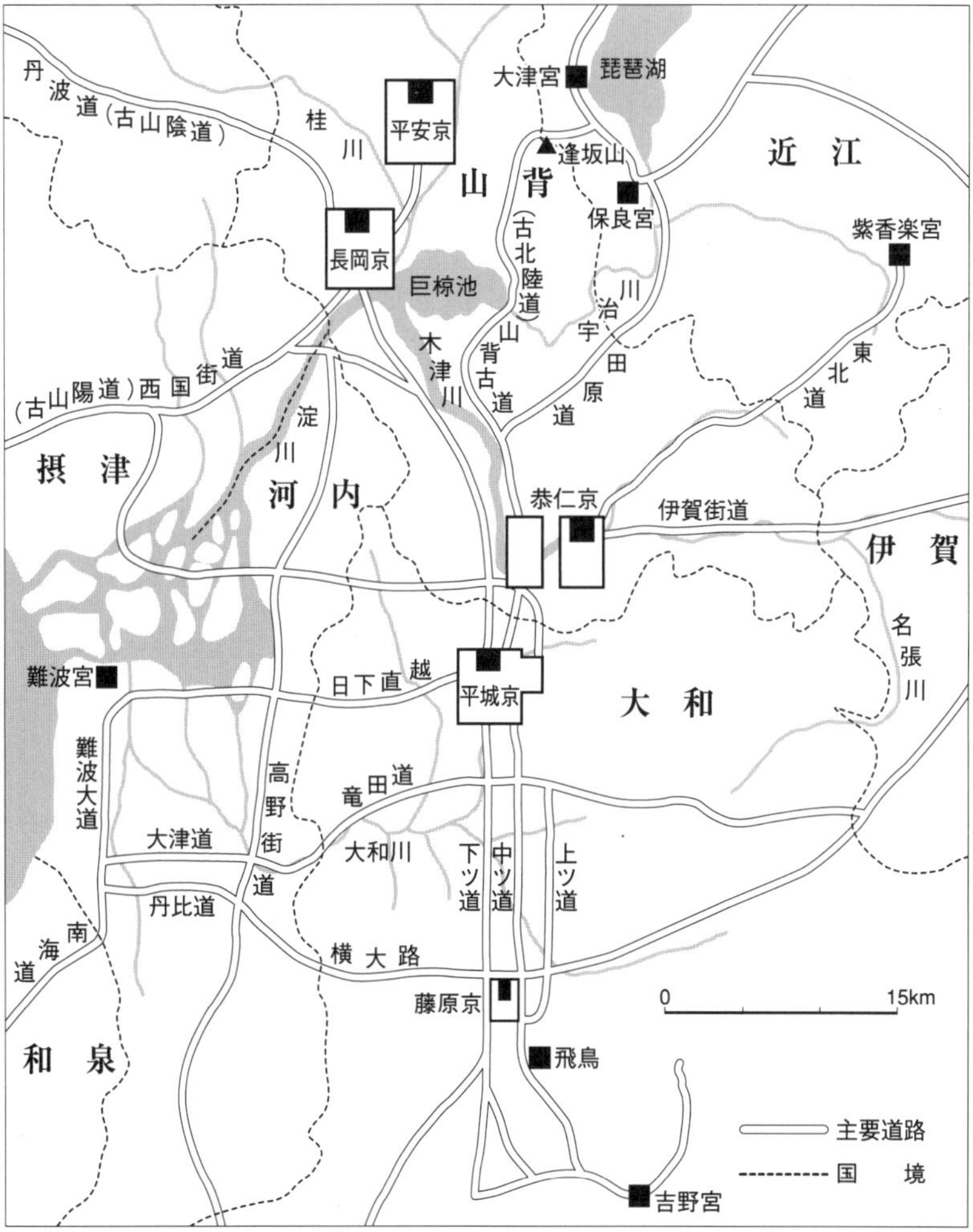

丹波道(古山陰道)
桂川
平安京
大津宮
琵琶湖
逢坂山
近江
山背
保良宮
(古北陸道)
長岡京
巨椋池
紫香楽宮
川
治
宇
田
原
道
山背古道
木津川
東北道
(古山陽道)西国街道
淀川
摂津
河内
恭仁京
伊賀街道
伊賀
名張川
難波宮
日下直越
平城京
大和
難波大道
高野街道
竜田道
大津道
大和川
下ツ道
中ツ道
上ツ道
丹比道
南海道
横大路
藤原京
0
15km
飛鳥
和泉
主要道路
国境
吉野宮

古代の都城

治都市を結ぶ重要な交通路であった。この交通路は、中央集権国家として藤原京・平城京と東国や北国などを結ぶ物資の輸送路でもあった。また、古代の遷都は内裏《だいり》・朝堂院《ちょうどういん》などの政庁の主要建造物は解体して輸送し、再度組み立てるところから、重量物の輸送は河川交通の役割が大きく、木津川・宇治川・桂川の淀川水系が使用された。平城京から派遣された遣唐使も木津川・淀川を下って難波津に至り、渡海して行ったと思われる。

このような歴史環境にあった南山背にかかわって詠まれた歌が『万葉集』には七十余首おさめられている。これらの歌に詠まれた南山背の姿を万葉歌と共に探究してゆきたい。

泉津と木屋所

泉津

大君の 命畏《みことかしこ》み 見れど飽《あ》かぬ 奈良山越えて 真《ま》木《き》積む 泉の川の 速《はや》き瀬を
竿《さを》さし渡り ちはやぶる 宇治の渡《わたり》の 滝《たぎ》つ瀬を 見つつ渡りて 近江道《あふみぢ》の 相坂《あふさか》
山《やま》に 手向《たむけ》して わが越え行けば 楽浪《ささなみ》の 志賀の韓崎《からさき》 幸《さき》くあらば また還《かへ》り見
む 道の隈《くま》 八十隈毎《やそくまごと》に 嘆きつつ わが過ぎ行けば いや遠に 里離《さか》り来《き》ぬ い
や高に 山も越え来ぬ 剣刀《つるぎたち》 鞘《さや》ゆ抜《ぬ》き出でて 伊香胡山《いかごやま》 如何《いか》にかわが為《せ》む
行方《ゆくへ》知らずて （巻十三—三二四〇）

官命を受けて赴任する官人が、平城京《へいじょうきょう》を後にしてなつかしい奈良山を越え、材木の集散する泉川《いづみかわ》（木津川）を舟で渡り、いきおいのはげしい宇治の瀬を渡り、近江道の相坂山（逢坂山）を越えて行き、大津宮のある滋賀の韓崎《からさき》へたどる山背《やましろ》古道が詠まれている。

狛山《こまやま》に鳴く霍公鳥《ほととぎす》泉川 渡《わたり》を遠み此処《ここ》に通はず（巻六―一〇五八）

泉川渡瀬《わたりぜ》深みわが背子《せこ》が旅行き衣《ころも》濡れにけるかも（巻十三―三三一五）

平城の都から奈良山を越えて最初の交通の要所が泉川の渡しであった。古来、大河の両岸には旅人の宿泊所や諸国の物資が集積し、倉庫や運送の従事者あるいは馬屋などが集まる巷、すなわち、渡津《としん》集落が自然成立している。泉川もその例にもれなかった。

家人《いへびと》に恋ひ過ぎめやもかはづ鳴く泉《いづみ》の里に年の歴《へ》ぬれば（巻四―六九六）

石川朝臣広成《ひろなり》の作歌で、天平十一〜十六年（七三九〜七四四）ごろの作と考えられ、泉川のほとりの里、すなわち久邇京とも言われるが、泉川に面した役所の泉津《いづみつ》にて作った歌かもしれない。その泉津はどのあたりにあったのだろうか。

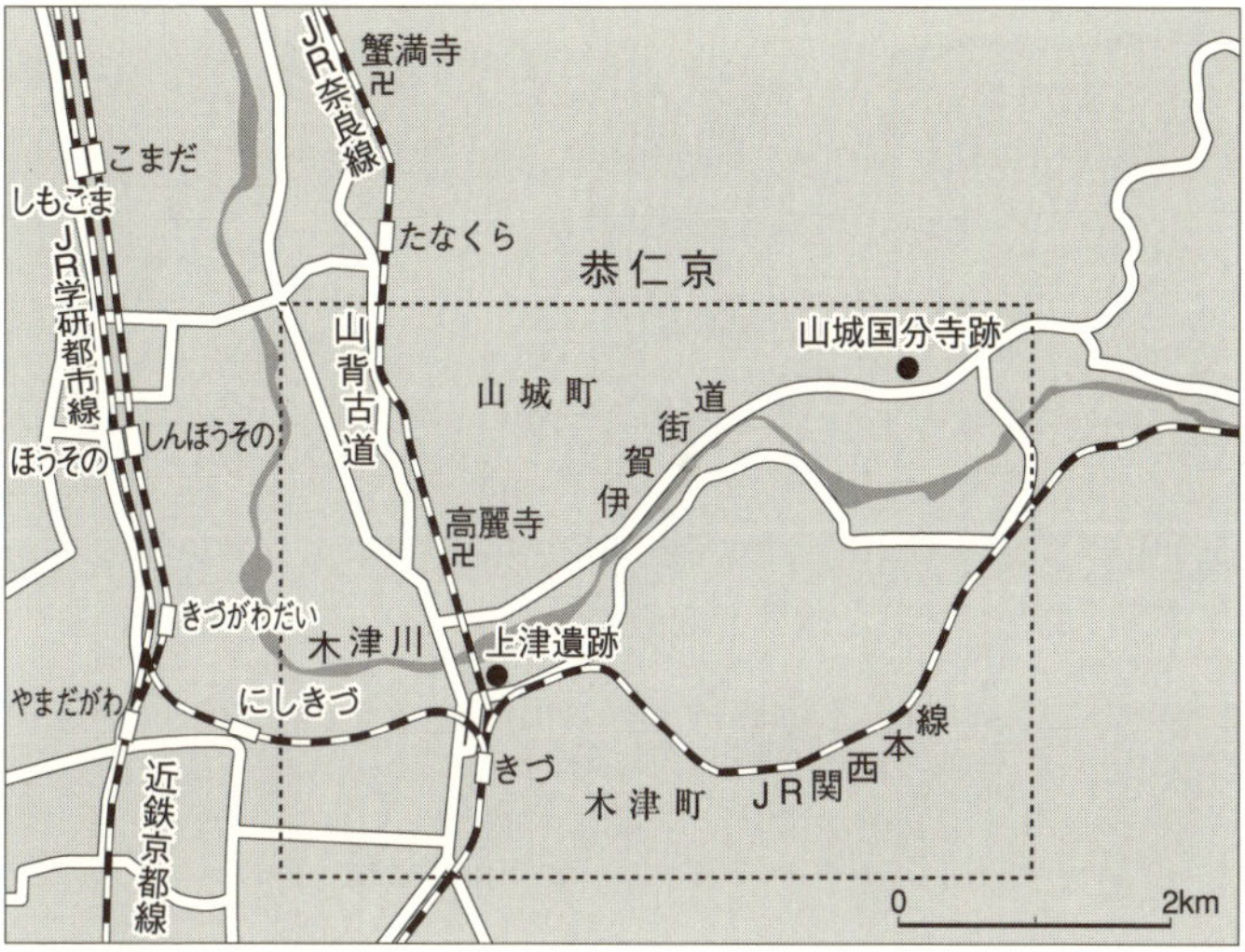

上津遺跡と恭仁京

上津遺跡

泉川の南岸の京都府相楽郡木津町字宮の裏の御霊《ごりょう》神社を中心とする地域は上津《こうづ》遺跡と呼ばれ、『万葉集』に詠まれた泉津ではないかと思われる地域である。

木津町教育委員会は昭和五十一年（一九七六）から五十三年（一九七八）にかけて上津遺跡の発掘調査を実施した（『木津町埋蔵文化財調査報告書』　第三集、一九八〇）。

検出された遺構は東西に走る溝で、総延長は一六六メートル、最大幅三・〇メートルを測る。溝の南肩には柵列が設けられていた。

溝の南には掘建柱建物が二棟あって、その中の一つは桁《けた》行九・六メートル、柱間四間。梁《はり》行も九・六メートル、柱間四間の方形建物

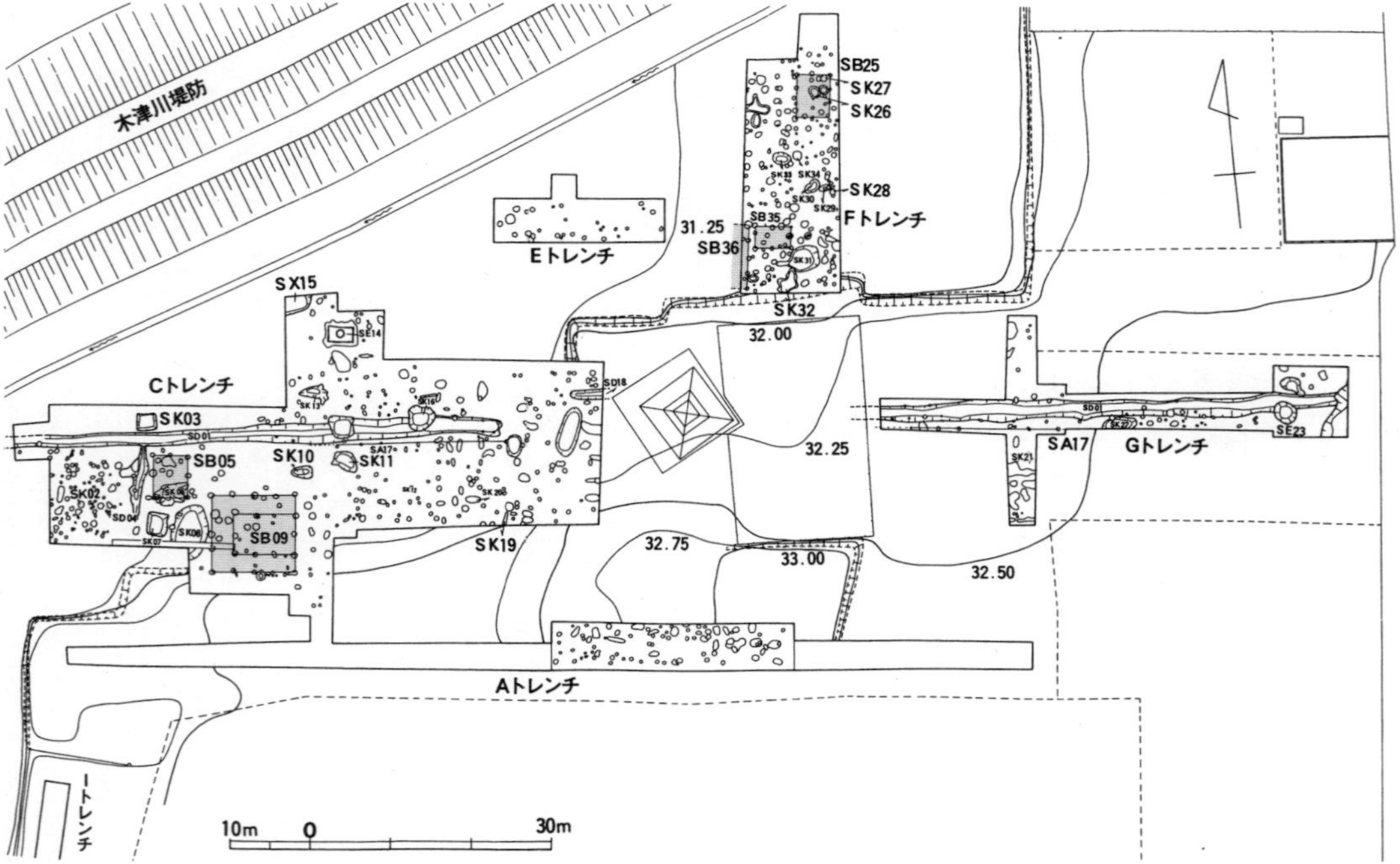

上津遺跡　Cトレンチとトレンチの中央に東西にのびる溝が見える。

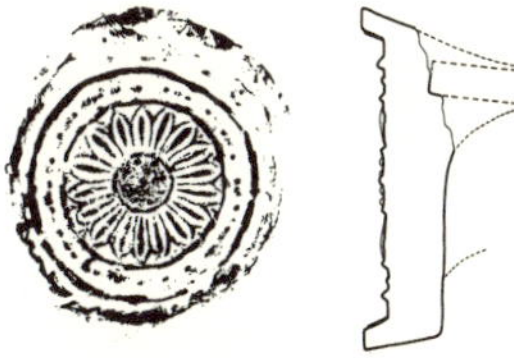

恭仁宮所用の軒丸瓦

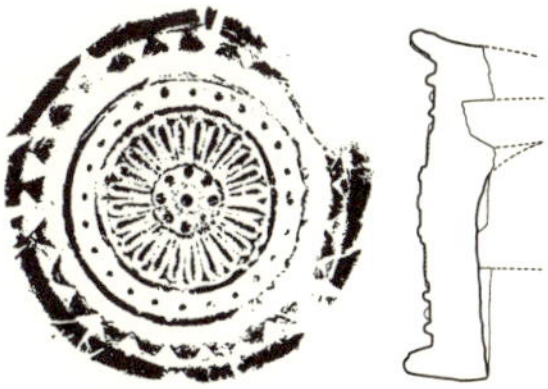

平城宮所用の軒瓦瓦

平城宮・恭仁宮所用の軒平瓦

上津遺跡出土瓦

で、東西方向の棟に三方に庇《ひさし》をもつ建物である。もう一つの建物は先の建物に付属するもので、桁行四・八メートル、柱間二間、梁行四・二メートル、柱間二間の小型の建物である。また、別のトレンチからも小規模の掘立柱建物が三棟検出されている。

百年にわたる瓦の利用

屋根瓦の軒丸瓦《のきまるがわら》、軒平《のきひら》瓦、丸瓦、平瓦の類が、各遺構、各包含層から出土しているが、土器類にくらべると出土量は少量である。また、検出された掘立柱建物は柱穴の規模、構造からみて瓦葺きの建物を想定することはできない。出土瓦を観察すれば、軒瓦の文様や瓦の作り方から、すべてが平城宮あるいは恭仁宮に見られる宮廷所用の瓦である。出土瓦の年代は、平城宮の編年分類では第Ⅱ期の養老五年（七二一）から天平十七年（七四五）の平城再遷都に置かれる。

宮廷所用の瓦の使用は国家的造営にかかわる官衙《かんが》的施設にのみ使用されるもので、上津遺跡に瓦葺建物が検出されないことから想起されることは、次のようなことである。

遷都の造営に対しては旧都の大極殿《だいごくでん》や朝堂院《ちょうどういん》あるいは内裏《だいり》等の主要建造物を解体、輸送して、新京の主要施設に再利用している。最近の発掘調査の成果によると、藤原京の軒平瓦が平城京を経て長岡京で出土している。藤原京、平城京、長岡京と三都約百年の間使用された勲章ものの軒平瓦である。上津遺跡は陸路から水路へと交通条件が変わる転換点であり、荷の積み替えがおこなわれていた。出土瓦に恭仁宮《くにのみや》大極殿創建時の瓦が含まれていることから推察すれば、恭仁京遷都の際の中継地として、積み荷の積みかえの際に破損して破棄されたり、あるいは取り残された類の瓦ではないかと思われる。

墨書土器の語るもの

出土遺物の土器は奈良時代に属する土師器《はじき》が三〇パーセントを占めている。土師器の過半数は杯《つき》、皿、椀《わん》の供膳《きょうぜん》形態のもので、作り方は山城型のほかに大和《やまと》、河内《かわち》、近江《おうみ》、伊賀《いが》、伊勢《いせ》の各地の型で構成されており、人と物がこの地に集まっていたことを物語る。出土土器の七〇パーセントは奈良期の須恵器《すえき》で、これも杯、蓋、皿、鉢、高杯の供膳形のものが圧倒的に多く、その様相は平城宮出土の須恵器のあり方と似ている。平城宮の律令体制の下、中央官人の指揮下で上津遺跡の人びとが活動していたことを想像させる。

出土土器の一部の杯、皿類の外底面に「宮万呂」「大原」「物」「造」「我」「天」といった固有名詞の墨書がみられる。墨書《ぼくしょ》の中には「羹根」「器」と内容物や用途と思われるもの、あるいは「〇」「十」「一」の記号を記すものもある。

墨書土器とともに硯《すずり》の出土もあって、文字の書ける官人が活躍していたことが想像される。

丸瓦の線刻文字「泉」

さらに、上級官人の所有物とみられる革帯につけられた銅製の方形の飾金具（巡方《じゅんぽう》）や帯刀の鞘《さや》の尻金具《しりかなぐ》が出土しており、遺跡の性格を暗示している。

出土瓦の中にただ一点、丸瓦に篦《へら》書きによる「泉」の文字が見られる。

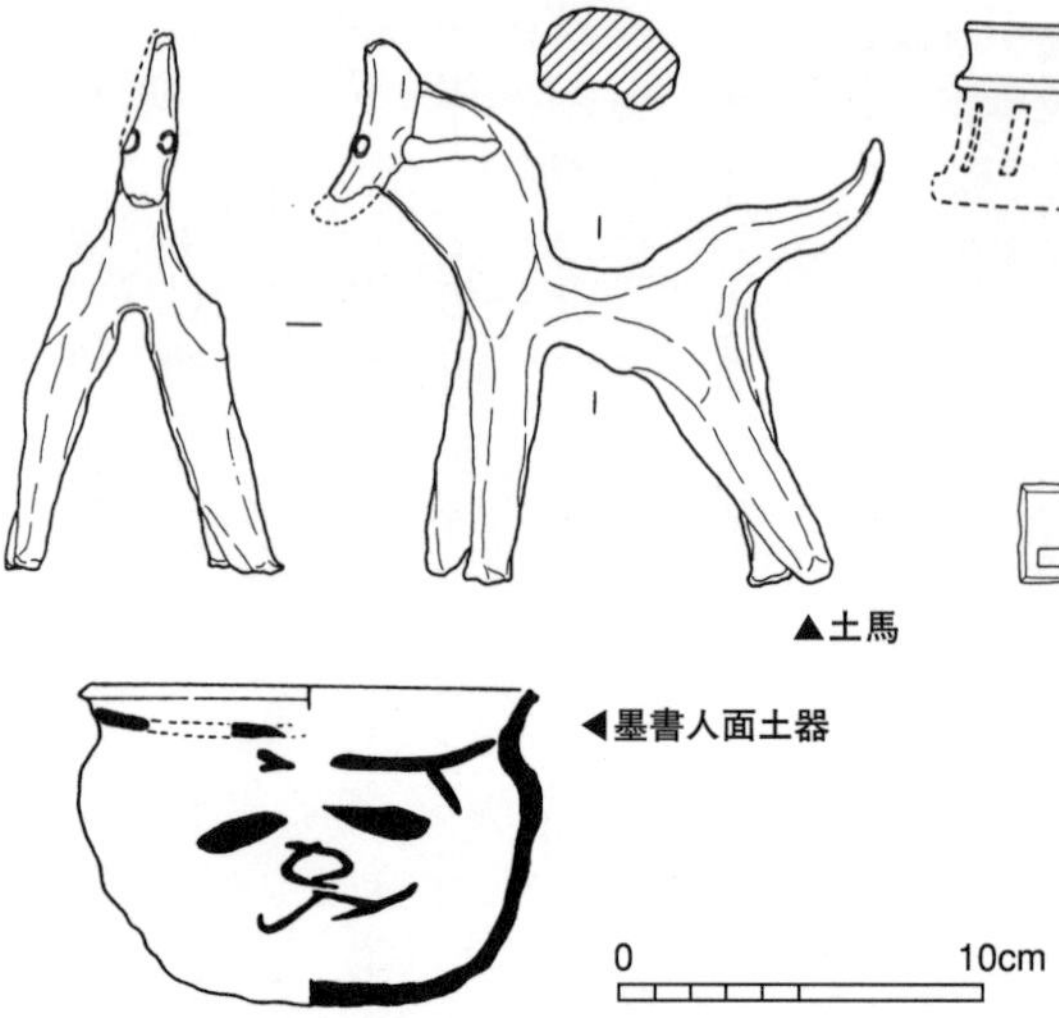

上津遺跡出土遺物

この一点から想像をたくましくすると、上津遺跡は広義の泉津で、恭仁京をはじめとする難波京《なにわきょう》や紫香楽宮《しがらきのみや》への遷都、さらには長岡京への遷都の際に、国家と直結する施設が存在した所ではないかと思われる。そのことを補強する注目すべき遺物は、総数六点の多彩陶《たさいとう》器《き》である。奈良三彩《ならさんさい》と総称される奈良時代の唐三彩を模した鉛釉《なまりゆう》陶器で、小壺、小壺蓋、壺蓋、托《たく》と二彩の小壺が検出された。三彩小壺を出土する遺跡は福岡県沖ノ島遺跡のような祭祀《さいし》遺跡が大多数をしめている。三彩小壺は国家的祭祀のために製造、供給されたものである。

　上津遺跡は大河に面する立地条件から、平城京の外港として、広義の泉津に含まれていたであろう。遣唐使等の派遣に際しては航路の安全を祈願する国家的祭祀がおこなわれ、その際に多彩陶器が用いられたのではないだろうか。

小形丸底の墨書人面土器は夏越《なごし》や越年の厄払《やくはら》いのため、息を吹きかけて河川に流したといわれ、平城京や長岡京で多数出土している。馬を模した土馬も一八個出土している。土馬は水神に捧げられた祭祀遺物である。これらは泉津の官人達の精神生活を推しはかるものである。

材木輸送の拠点

宮材《みやき》引く泉の杣《そま》に立つ民の息《やす》む時無く恋ひわたるかも　（巻十一―二六四五）

宮殿を作る材木を引き出す杣《そま》の民が働いていたことがわかる万葉歌である。

正倉院文書の天平宝字五年（七六一）「造法華寺金堂所解《ぞうほっけじこんどうところげ》」に伊賀、丹波《たんば》、近江高嶋《たかしま》からの材木の運賃六十五貫四百八十六文の使途が記録されている。それによると、伊賀材は名張《なばり》川を浮かべ漕いで泉津へ、丹波材は保津《ほづ》川を漕いで現京都嵯峨《さが》の葛野井《かどのい》へ、更に葛野井より泉川を曳き上げて泉津へ、近江の高嶋山の雑材は瀬田川を漕ぎ宇治津へ、更に宇治津より泉川を曳き上げて泉津へ輸送していた。当時の重量物は川を利用して運ばれていたことがわかり、また南山背の河川交通の実態を知ることのできるおもしろい史料である。

泉津が平城京の宮廷や寺院造営の建築用材の輸送拠点であったことを示す史料は、法華寺以外の文書にも見られる。天平十九年（七四七）の「大安寺伽藍縁起並流記資財帳《だいあんじがらんえんぎならびにるきしざいちょう》」によれば、大安寺の木屋所《きやどころ》として「泉木屋並薗地二町」とあって、「東は大路、西は薬師寺木屋、南は自井一段許り、北は大河」と大安寺木屋所の境界が記してあり、大安寺木屋所が薬師寺木屋所と並んでいたこともわかる。この大安寺木屋所は現木津町街区の中心部、小字西垣外《にしかいと》から内垣外東部に推定されている。そのほかにも、宝亀十一年（七八〇）の「西大寺資財流記帳《さいだいじしざいるきちょう》」には田薗山野図七拾参の中、山背国四巻、その中の二巻は「相楽郡泉木屋並白紙」と記されており、奈良時代末期ではあるが泉津に西大寺木屋所も存在していた。

泉津に木屋所を設置していたのは光明皇后の家政機関の皇后宮職《こうごうぐうしき》や造東大寺司の役所と大安寺、薬師寺、西大寺等の南都諸大寺であった。

伊賀、丹波、近江から泉津に集められた木材は陸揚げされた後、泉の杣の民によって製材されていた。奈良文化財研究所の平城宮跡の発掘調査によれば、第二次内裏外郭中央区の塵芥処理《じんかいしょり》土坑から「泉進上材十二條中桁一條又八條□」と墨書した木簡が検出されている。同じ土坑から神亀五年（七二八）から天平元年（七二九）の年号を記す木簡も出土しており、聖武朝初期のものであることがわかる。泉津より平城宮造営のために運ばれた木材は丸太ではなく、「材十二條」のように製材された板材等の建築材であった。

移ろいゆく渡津集落

上津遺跡では和同開珎《わどうかいちん》、万年通宝《まんねんつうほう》、神功開宝《じんぐうかいほう》の銭貨三種三六枚が検出されており、貨幣経済の一端を垣間見ることができる。先の正倉院文書の「造法華寺金堂所解」の中には雑食物買付の記録があって「伊賀丹波二山作所、並泉作所白酒四石四斗直升別五文」とあり、木屋所は木材の集積、製材、運送、売買を主機能とする施設であったが、瓦屋の燃料や食糧、雑物の一般物資の購入にも関与していたことがわかる。

広義の泉津に入る上津遺跡は聖武天皇の恭仁京遷都を契機として成立し、平城京の外港として、遣唐使の出発に際しては航海の無事を祈願する祭祀がおこなわれていた。また、造宮省・造寺司の官人達は泉の大河の水運によって平城宮の造営や東大寺をはじめ南都諸大寺造営の材木を伊賀、丹波、近江から調達、集積、陸揚げして、木屋所で製材、運送を管理するのみならず、雑材の燃料や食糧、雑物等の集散、売買などにもかかわっていたであろう。上津遺跡は、活気に満ちた渡津集落であった。遺構や史料が往時の姿を彷彿とさせる。

泉川ゆく瀬の水の絶えばこそ大宮所移ろひ往《ゆ》かめ　（巻六―一〇五四）

泉川を流れる水が絶えるなら、大宮所も衰えゆくことだろう。と万葉歌に詠まれたように、時移ろい、桓武天皇の延暦年間の長岡京遷都に伴う平城京廃都で、かくもにぎわった上津遺跡もその機能を失っていった。

久邇新京

新しい都

現《あき》つ神　わご大君《おほきみ》の　天《あめ》の下　八島の中《うち》に　国はしも　多《さは》くあれども　里はしも多にあれども　山並《やまなみ》の　宜《よろ》しき国と　川次《かはなみ》の　たち合ふ郷《さと》と　山代《やましろ》の　鹿背山《かせやま》の際《ま》に　宮柱《みやばしら》　太敷《ふとし》き奉《まつ》り　高知らす　布当《ふたぎ》の宮は　川近み　瀬の音《と》ぞ清き　山近み鳥が音《ね》とよむ　秋されば　山もとどろに　さ男鹿は　妻呼び響《とよ》め　春されば　岡辺《をかへ》もしじに　巌《いはほ》には　花咲きををり　あなおもしろ　布当の原　いと貴《たふと》　大宮所《おほみやどころ》うべしこそ　わご大君は　君がまに　聞《きか》し給ひて　さす竹の　大宮此処《ここ》と　定めけらしも

（巻六―一〇五〇）

天下には国や里はたくさんあるが、わが大君（聖武天皇）は、山々は美しく、流れる川が集まるこの山代の鹿背山《かせやま》のほとりに、宮柱もりっぱな久邇《くに》の宮をお造りになられた。川瀬の音清らかに、山の鳥の声がひびき、秋には雄鹿は妻を呼んで鳴き、春には岩に花が咲きこぼれ趣き深く、布当《ふたぎ》の原よ、何と貴い大宮所よ、よくぞ、わが大君は君（橘諸兄）のことばをお聞になって、大宮所をここに定められたことよ、と詠まれた久邇新京（恭仁京）は木津川河畔に突然造営され、わずか三年で廃された都である。

聖武《しょうむ》天皇は天平十二年（七四〇）十二月十五日、山背国相楽《さからか》郡恭仁《くに》郷に新京の造営を開始し、翌年の天平十三年正月一日に恭仁宮にて朝賀を受けている。万葉歌はこの久邇の新京を山紫水明の都とほめたたえている。なぜ恭仁郷の地が新京として選ばれたのであろうか。

聖武天皇と藤原氏

聖武天皇は文武《もんむ》天皇の第一皇子である。十六歳で藤原不比等《ふひと》と橘三千代《たちばなみちよ》の間に生まれた娘、安宿媛《あすかべひめ》（光明子）と結婚した。聖武天皇の母の藤原宮子《みやこ》も不比等の娘で、光明子の異母姉になる。したがって、聖武天皇は叔母と結婚したことになる。藤原不比等は聖武天皇の外祖父であった。

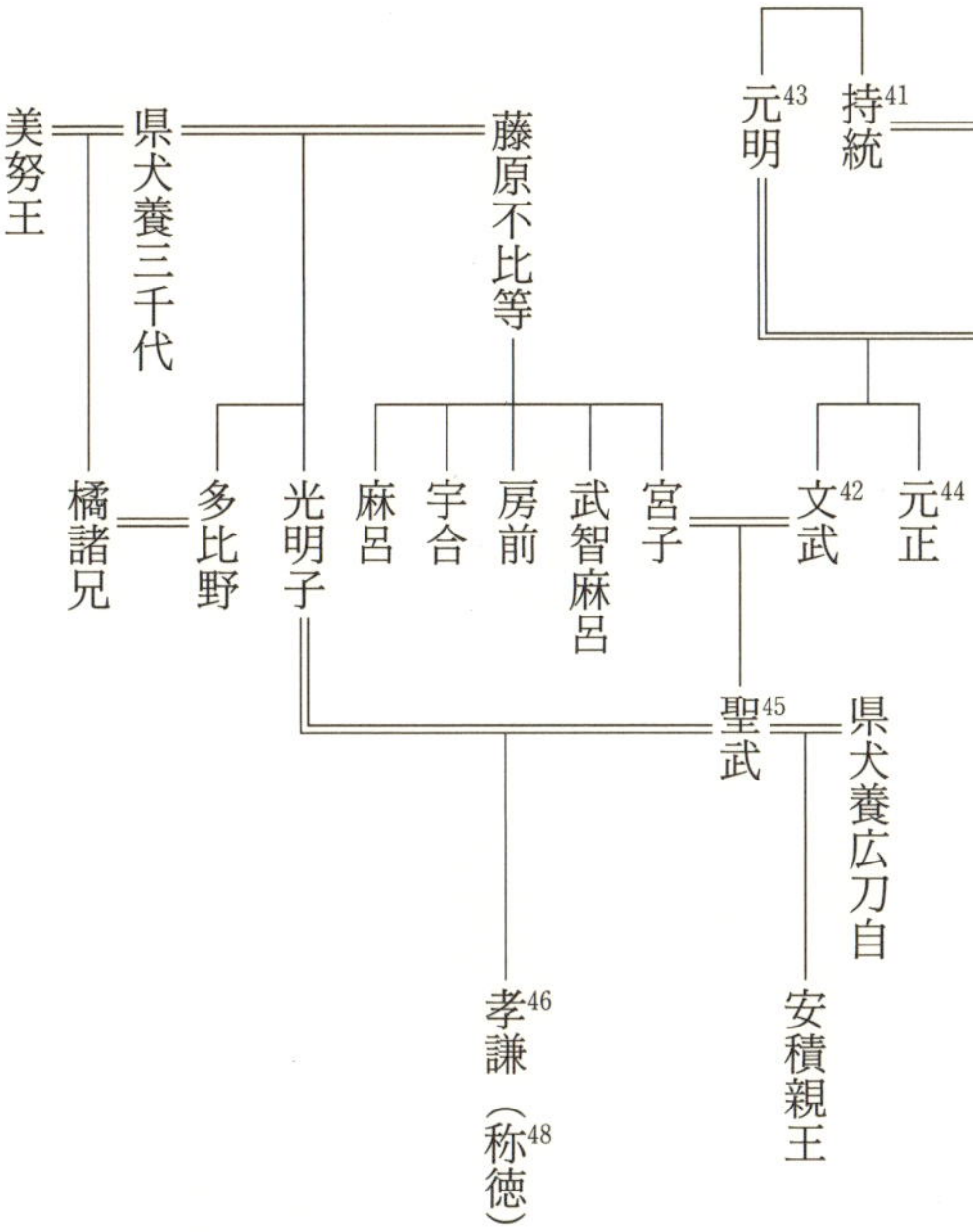

天武天皇関係略系図

聖武天皇は光明子のほかに、三千代の同族の県犬養広刀自《あがたいぬかいひろとじ》夫人《ぶにん》、藤原武智麻呂《むちまろ》娘、藤原房前《ふささき》娘、葛城《かつらぎ》王（橘諸兄）の弟の佐為《さい》王の娘古那可《こなか》智《ち》というように、不比等と三千代の血縁関係者と結ばれた

不比等亡き後、首《おびと》皇子（聖武天皇）が皇太子の時期は、高市《たけち》皇子の子、長屋《ながや》王と不比等の二男、房前が宮廷の中心をなしていた。これに対して、不比等の長男、武智麻呂は穂《ほ》積《づみ》親王に嘱望され、さらに舎人《とねり》親王、新田部《にいたべ》親王とも深く結びついていた。

神亀二年（七二四）に首皇子が即位して間もなく、光明子との間に生まれた皇太子が一年足らずで亡くなった。その同じ年に、天皇と県犬養広刀自との間に安積《あさか》親王が生まれ、藤原氏の危機感は強まる。藤原氏は光明子を皇后とすることを願った。しかし、政界の主導者となった長屋王がそれに反対するのは、火を見るよりも明らかであった。

長屋王の変

神亀六年（七二九）二月、長屋王は国家を傾ける野望をもっているとの流言が出た。舎人親王、新田部親王、武智麻呂らは六衛府の兵で長屋王の館を囲み、王を自殺に追いやるという長屋王の変がおこった。臣下出身の光明子の立后に反対するものは除かれたのであった。

光明子を聖武天皇の皇后にした藤原四兄弟は、光明皇后の後押しに力をいれ、皇后宮職に施《せ》薬院《やくいん》、悲田院《ひでんいん》を置き、その活動で皇后の権威は高まった。藤原四兄弟の武智麻呂は大納言、房前、宇合《うまかい》、麻呂《まろ》は参議となり、新田部親王、舎人親王が天平七年（七三五）に死去した後は藤原一門が圧倒的勢力をもった。しかし、その勢力は長くは続かなかった。天平九年（七三七）疫病が流行して、藤原四兄弟は相継いで死去したのである。

橘諸兄の登場

これにかわって、橘 諸兄《たちばなのもろえ》が期せずして右大臣に押し上げられた。時に五十五歳であった。

橘諸兄は天武十三年（六八四）美努《みぬ》王と県犬養三千代の間に生まれた長男で、葛城王と呼ばれた。敏達《びたつ》天皇の五世の孫であり、光明皇后とは異父兄妹となる。その妻、多比野《たひの》は光明皇后の妹である。多比野は藤原不比等と三千代との子であり、異父同母の兄妹が夫婦になった。

葛城王は長屋王事件後、天平元年（七二九）九月には正四位下左大弁となり、中務《なかつかさ》、式部《しきぶ》、治部《じぶ》、民部《みんぶ》の四省を支配する左弁局《さべんきょく》の局長となった。

天平三年（七三一）　葛城王は参議に昇進し、公卿《くぎょう》の仲間に入った。この年、聖武天皇、光明皇后のもと、葛城王と高市皇子の子鈴鹿王の王族二名、大伴道足、多治比県守等六名とさらに藤原四兄弟で新しい政権が発足している。

天平八年（七三六）　従三位葛城王は橘宿禰《すくね》の姓《かばね》を賜り、臣籍に降下した。

　九年（七三七）　天然痘が流行し、藤原四兄弟、多治比県守が相次いで死去。

　十年（七三八）　予期せぬ不幸が橘諸兄を右大臣正三位に押し上げた。

天平十五年（七四三）には左大臣となっている。諸兄はこの後二〇年間、政権の首班として活躍した。

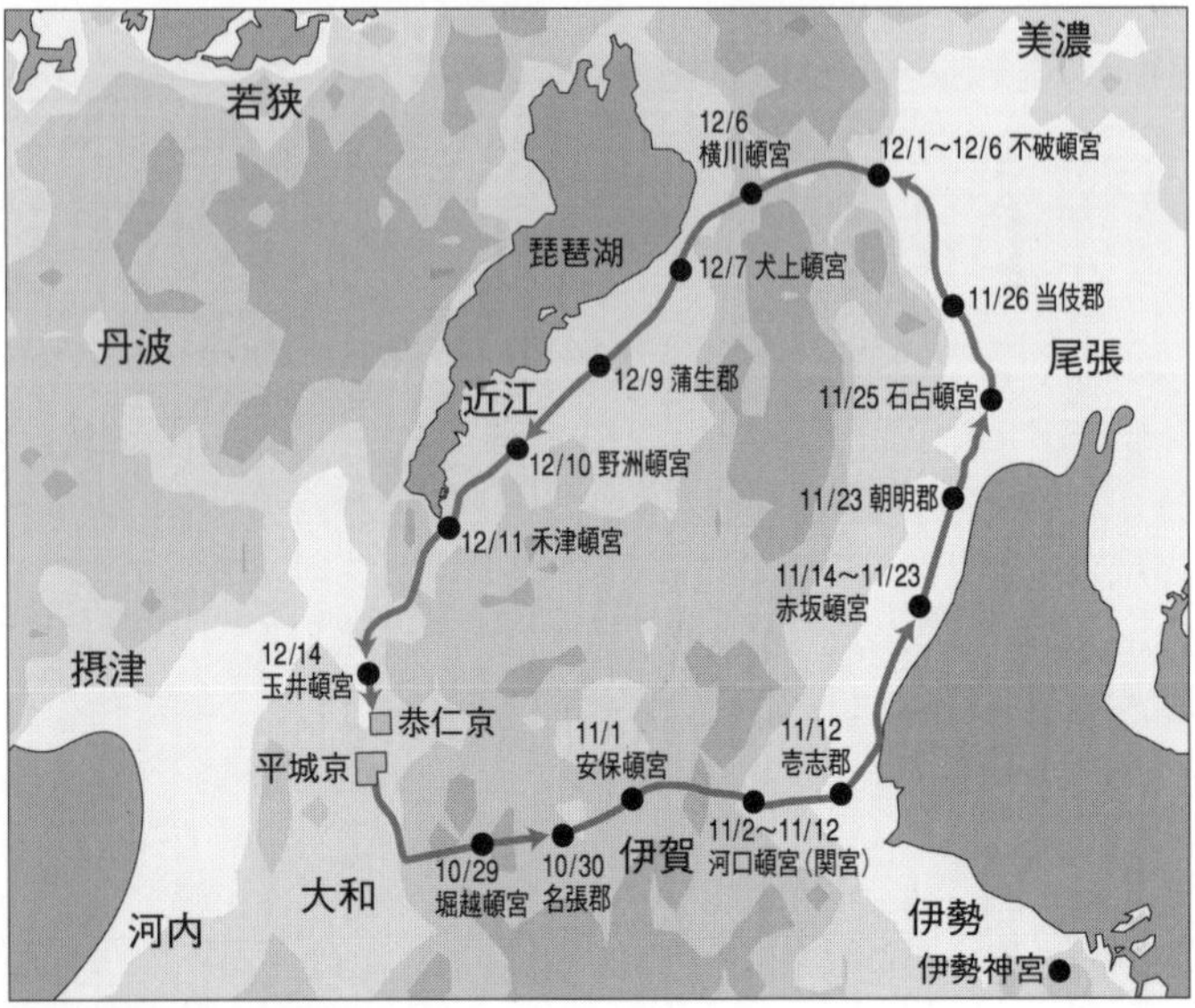

聖武天皇の行幸経路

諸兄のブレーンには僧玄昉《げんぼう》や吉備真備《きびのまさび》がいて、仏教徒の政界への介入が目立つようになった。

天平十二年（七四〇）八月、藤原宇合の子大宰少弐《だざいのしように》の藤原広嗣《ひろつぐ》は僧玄昉、吉備真備を除かんと大宰府で挙兵したが、一万五千余の討伐軍により捕らえられ、斬首された。これが藤原広嗣の乱である。

疫病、飢饉、広嗣の乱と社会不安が相次いでいた。この社会不安の中、聖武天皇の突然の東国彷徨《ほうこう》が始まる。

聖武天皇の東国行幸

聖武天皇は天平十二年（七四〇）十月、突如として広嗣討伐に赴いていた大将軍大野朝臣東人《あずまひと》らに「朕思うところ有るによりて、今月の末、しばらく関東に往かんとす」という勅を出した。
二日後、天平十二年十月二十九日、天皇は伊勢に向けて出発した。
『続日本紀』によると、次のように聖武天皇の彷徨は始まる。
是の日山辺《やまべ》郡竹渓《つげ》村堀越《むらほりこしの》頓宮《かりみや》に到る。
十月三十日　車駕、伊賀国名張郡に到る。
十一月一日　伊賀郡安保《あほ》頓宮に到り宿る。
　二日　伊勢国壱志《いちし》郡河口《かわぐち》頓宮にいたる。これを関宮《せきのみや》と云う。
　三日　幣帛《みてぐら》を大神宮に奉らしむ。車駕関宮にとどまること十日。広嗣捕らわるを知る。
　四日　和遅野《わちの》に遊猟。
十二日　車駕、河口を発ち、壱志郡に到り宿す。
十四日　進みて、鈴鹿郡赤坂頓宮に至る。
二十一日　橘宿禰諸兄に正二位を授く。
二十三日　赤坂を発ち、朝明《あさけ》郡に到る。
二十五日　桑名郡石占《いしうら》頓宮に至る。

二十六日　美濃国当伎《たぎ》郡に到る。
十二月一日　不破《ふわ》郡不破頓宮に到る。
二日　宮処《みやこ》寺及び曳常泉《ひきつねのいずみ》に幸す。
六日　不破を発ち、坂田郡横川《よかわ》頓宮に至る。
是の日、右大臣橘宿禰諸兄を前に発しめ、山背国相楽郡恭仁郷を経略す。遷都を擬するをもっての故なり。
七日　横川を発ち、犬上頓宮に到る。
九日　犬上を発ち、蒲生《がもう》郡に到り宿す。
十日　蒲生郡宿発ち、野洲《やす》頓宮に到る。
十一日　野洲を発ち、志賀郡禾津《あわつ》頓宮に到る。
十三日　志賀の山寺に幸し、仏を礼す。
十四日　禾津を発ち、山背国相楽郡玉井頓宮に到る。
十五日　皇帝前に在りて恭仁宮に幸す。始めて京都を作る。

二カ月に及ぶ東国行幸は終わる。その行程は壬申の乱の天武天皇の行軍と同じ行程をたどっており、なんらかの目的があったと思われる。一説には、天武天皇の直系であることを知らし

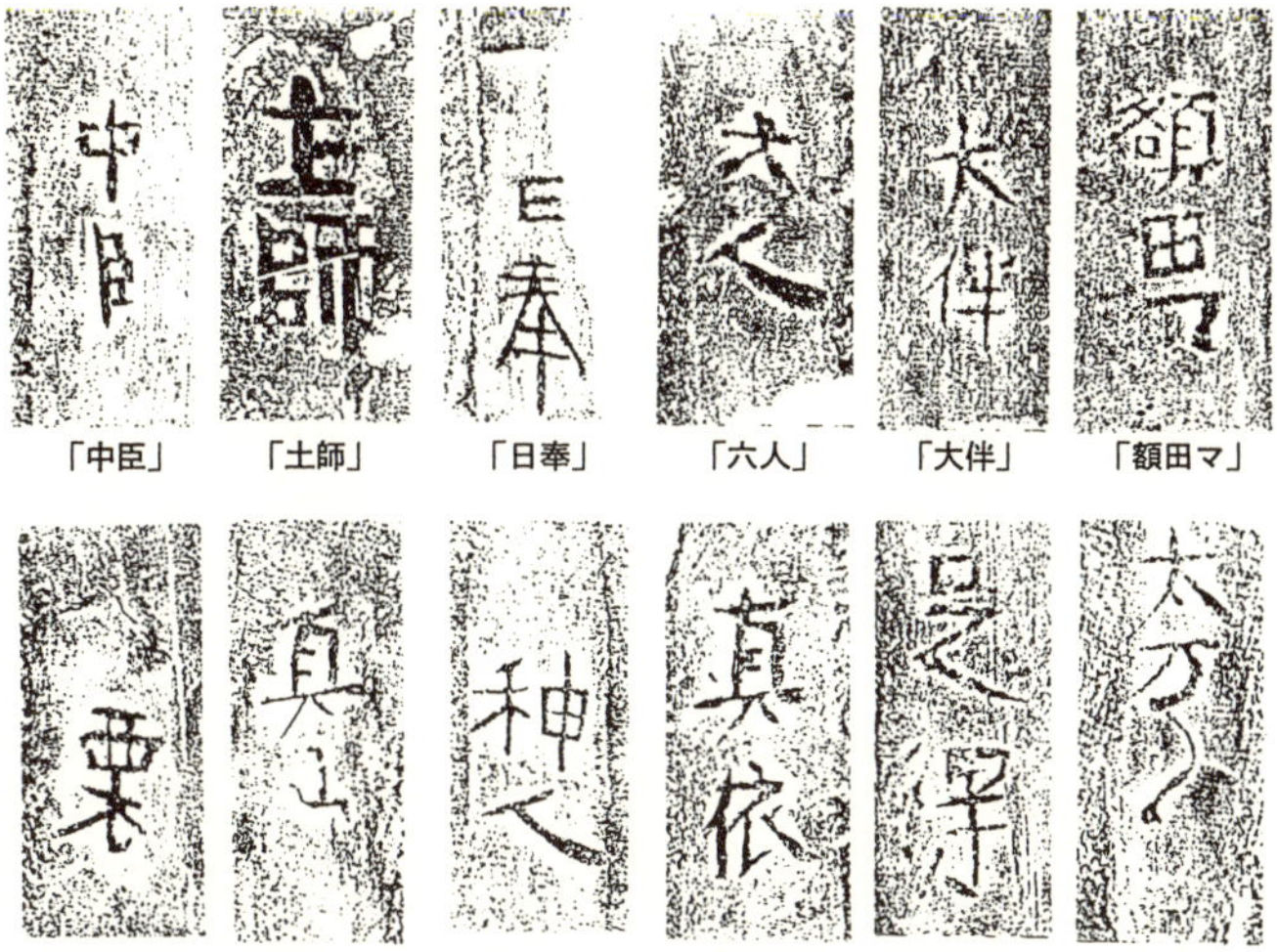

「中臣」「土師」「日奉」「六人」「大伴」「額田マ」
「粟」「真山」「神人」「真依」「足得」「太万呂」

恭仁宮出土文字瓦

めるためとも言われているが、わからない。謎である。

恭仁京遷都

山背国相楽郡恭仁郷に到着後は恭仁宮造営が着々と進められた。天平十三年（七四一）八月二十八日には平城京の東西市を恭仁京に遷《うつ》し、九月八日には智努王《ちぬ》、巨勢奈氏麻呂《こせのなしまろ》を造宮卿に任命し、翌日には大和、河内、摂津、山背から造営のための役夫五千五百人を徴発して造営が本格化した。

恭仁宮出土の文字瓦にも中臣《なかとみ》、土師《はじ》、日奉《ひまつり》、大伴《おおとも》、六人部《むとべ》、額田部《ぬかたべ》、刑部《おさかべ》、宗我部《そがべ》などの氏族名が多数見られ、豪族達の奉仕のほどがうかがえる。

かくて、天平十三年十一月二十一日、右大臣橘宿禰諸兄は「この朝廷は何の名号を以て万代に伝えんか」と奏上した。天皇は勅して「大養徳恭仁大宮《やまとのくにのおおみや》」と名付けた。『万葉集』や正倉院文書では「久邇宮」と書いているが、恭仁の音「クニ」を表記したものである。

天平十三年閏三月十五日　平城京に住む五位以上の官人に新京移住を督促した。

七月　十日　元正《げんしょう》太上天皇を新宮に移し、天皇自ら河頭に迎え奉った。

天平十五年（七四三）十二月二十六日には平城宮の大極殿並びに歩廊を恭仁宮に移築し、造営工事の終焉を記している。遷都後も造営工事は続行されていたのである。

恭仁京の遷都と造営に貢献したのは橘諸兄であった。

聖武天皇の恭仁京遷都には橘諸兄の影響が強く、その背景を推しはかる万葉の歌二首がある（巻二十―四四五五、四四五六　四七ページ参照）。

葛城王（橘諸兄）と薩妙観《さつみようかん》との歌の交換である。天平元年（七二九）十一月は大々的に班田《はんでん》収授《しゆうじゆ》の整備がおこなわれている。そのおり、葛城王は山背国の班田使として派遣された。班田使は政府から国別に班田のため派遣された長官であり、多数の算師《さんし》や使生《しせい》によって構成されていた。

当時の山背国府は木津川右岸の現相楽《そうらく》郡山城町新在家《しんざいけ》、大里《おおさと》を中心とする八町四方に想定されている（木下良「山背国府の所在とその移転について」『社会科学』三―二・三号、一九六八）。

班田使は山背国府にあって、在地豪族達との間において班田の整備が進められたであろうと想像する。山背国府の近くには飛鳥、白鳳創建の高麗寺《こまでら》や蟹満寺《かにまんじ》が立地している。狛《こま》氏をはじめ渡来系の在地豪族の存在が考えられる。

薩妙観の父は渡来唐人の薩弘格《こうかく》で、持統天皇三年（六八九）に稲を賜い、五年には銀二〇両、六年には水田四町を賜い、文武天皇四年（七〇〇）六月には刑部《おさかべ》親王、藤原不比等らとともに律令選定の功績により禄を賜っている。娘の薩妙観も養老七年（七二三）、従五位上に、神亀元年（七二四）には河上忌寸《かわかみのいみき》の姓《かばね》を賜い、天平九年（七三七）には正五位上に叙せられている。薩氏の在地は不明だが、班田使葛城王と山背の渡来系豪族との結びつきは深く、遷都の候補地として山背国相楽郡恭仁郷が選定された背景には、この渡来系氏族と葛城王の関係が強く働いていたことは想像に難くない。

恭仁宮の発掘

京都府教育委員会は一九七四年から一九八一年にかけて毎年、恭仁宮の発掘調査を実施した。調査を担当したのは文化財保護課の中谷雅治氏で、毎年、調査成果は『埋蔵文化財発掘調査概報』に発表された。

発掘調査によると、恭仁宮造営に際しては数基の古墳を破壊削平しており、大極殿《だいごくでん》の東方二〇〇メートルの地点では、直径二〇メートルの円墳に幅二メートルの周濠跡が検出された。

宮域は大極殿を基準として、藤原宮、平城宮の大きさの範囲を人為的に土地を造成しておこなわれている。宮域は西南から東南への傾斜地で、宮域内の高低差は二五メートルを測る。藤原宮が六～七メートル、平城宮が一四メートルの高低差に対して、地形的変化に富む宮域であった。宮域は平城宮を踏襲して方八町規模の大きさが復元されている。

大極殿跡

一九七九年度の山背国分寺金堂跡の発掘調査で大極殿跡が確認された。『続日本紀』には天平十八年（七四六）九月二十九日「恭仁宮の大極殿を国分寺に施入す」と記されている。検出された遺構は桁行柱一〇本、東西九間、四四・七メートル、梁行柱五本、南北四間、一九メートルの大規模な建物跡である。大極殿の基壇にふさわしい壇上積基壇に対して、正面に付設されている階段は粗末な石積階段で、外縁化粧工事が施される前に造営停止が決められたため、未完成の施設ではなかったかと思われる。

天平十五年（七四三）十二月二十六日の条に、平城宮から大極殿並びに歩廊《ほろう》を移築した記事がある。大極殿は移築にもかかわらず、屋根瓦は新調の恭仁宮専用の瓦が使用されていた。大極殿とともに平城宮から移築された歩廊は何回となく発掘し、検出が試みられたが顕著な遺構は確認されていない。大極殿の後方には後殿《こうでん》が存在するが、恭仁宮の後殿は後に山背国分寺の講堂に利用されていた可能性が大きい。

大極殿の南方地域は朝堂院《ちょうどういん》域に当たるが、後世の削平を著しく受け、顕著な遺構が確認されていない。歴史地理学の足利健亮《あしかがけんりょう》氏は現在の畦割は朝堂院のあったことを示唆する様相で、天平十五年から三年の造営工事では、計画どおりに進められたのではないかとしている（足利建亮「恭仁京の歴史地理学的研究第一報」『史林』五二―三、一九六九）。しかし、恭仁宮について比較的詳しい『続日本紀』には朝堂院についての記事がいっさい見当たらない。

恭仁宮大極殿に葺かれた新調の瓦

内裏跡

内裏《だいり》については、大極殿の北西地域に、南北約四〇〇尺（一二〇メートル）の一本柱列の遺構が検出された。柱列は大極殿

恭仁宮の復元図

の中軸線から南北三〇〇尺（九〇メートル）の線上に一致している。藤原宮、平城宮では内裏の内部を囲う回廊の位置に相当すると思われる。この柱列はその南端で東方に曲折し、大極殿の東西中心線より北方約三〇〇尺（九〇メートル）の線上に一致している。柱列は大極殿のすぐ北の地域の一郭を囲う状況にあると推定され、内裏に関連する施設で、内裏の内部を囲うものであろう。藤原宮や平城宮の例では回廊にあたる。

約一二〇メートルの柱列の中で、途中二カ所に柱間が若干他の柱間より幅広い部分が認められ、南側では南端より狭く一〇〇尺（三〇メートル）に位置し、北側では一五〇尺（四五メートル）に相当する。この部分は塀の中門跡と思われる。内域においては正殿（大安殿）の位置や付属建物は明らかでない。

大極殿の北東方域で東西二棟の建物跡が検出された。四×七間の正殿の一棟とその北側の四×七間の後殿の一棟からなり、内裏内部塀の外側に位置するところから、調査を担当した中谷雅治氏は内裏外郭官司の一部と考えている。

内裏地域は大極殿を基点に統一された企画性の下に建物が配列されているため、内裏についてはかなりの段階まで造営工事は進められていたと思われる。しかし、官衙の建物跡は現調査段階では確認されていない。

天平十四年（七四二）元旦の朝賀は大極殿が未完成であったため、聖武天皇は仮に四阿殿《あずまやどの》を造り朝賀を受け、正月七日には城北苑にて宴会を催し、正月十六日には大安殿に御して群臣を宴している。こうして恭仁宮は遷都後も造営工事は進められていた。

恭仁宮造営の停止

天平十四年二月五日、近江国甲賀郡に通ずる道が恭仁京の東北に開通すると、恭仁京の造営の事態は少しずつ変わってきた。半年後の天平十四年八月十一日には「朕まさに近江国甲賀郡紫香楽村に行幸せんとす」との詔が出され、造宮卿の智努王《ちぬ》、造宮輔《ぞうぐうのすけ》高岡《たかおかの》連《むらじ》河内《かわち》等四人が造離宮司に任命された。かくて天平十四年八月二十七日に聖武天皇は紫香楽宮《しがらきのみや》へ行幸し、その日に宮に到着した。紫香楽宮には七日間ほど滞在して九月四日には恭仁宮へ還幸している。

天平十四年十二月二十九日には紫香楽宮に二回目の行幸をし、聖武天皇は天平十五年の元旦を紫香楽宮で迎えながら、正月二日には再び恭仁宮に戻り、正月三日には大極殿で朝賀を受けている。

聖武天皇は紫香楽宮に天平十五年（七四三）七月二十六日から十一月二日まで、三カ月以上にわたり滞在し、恭仁宮を留守にしている。そして、紫香楽宮にあって、天平十五年十月十五日「菩薩の大願を発し、盧舎那仏《るしゃなぶつ》の金銅像一軀を造り奉る」と大仏建立の詔を出している。

一方、この年の十二月二十四日には平城宮から恭仁宮へ器仗を運んで収め置いたばかりにもかかわらず、十二月二十六日には「初め平城の大極殿あわせて歩廊を壊ちて恭仁宮に遷し造ること茲に四年にして、その功わづかに終わる。用度の費す所は勝て計ふべからず」として恭仁宮の造作を停止した。

難波京遷都

天平十六年(七四四)正月元旦は朝賀を廃し、五位以上を朝堂にて饗したのみであった。正月十五日には難波宮へ行幸するため装束司《しょうぞくのつかさ》を任命している。閏正月一日には詔して百官を朝堂に召喚し、恭仁、難波の二京のどちらを都とするかの意思を問うたところ、

恭仁京を望んだ者は五位以上二四人、六位以下一五七人
難波京を望んだ者は五位以上二三人、六位以下一三〇人

と右のとおり官人の意見はほぼ二分していた。

閏正月四日巨勢奈氏麻呂と藤原仲麻呂を市に遣わし、市人に同様のことを問うたところ、市人は皆恭仁京を都とすることを願い、難波を願う者一人、平城を願う者一人であった。

聖武天皇は意見聴取の結果にもかかわらず、閏正月十一日には難波宮へ行幸した。

二月一日には茨田王《まんだのきみ》を遣わして、恭仁宮にあった駅鈴、内外印を取り、諸司、朝集使を難波宮に召喚した。事実上の難波遷都であった。

二月二十日には恭仁宮の高御座《たかみくら》、大楯を難波宮に運んだ。二月二十一日には恭仁京の百姓の難波京に還ろうとする者をゆるした。二月二十四日、聖武天皇は太上天皇と左大臣橘諸兄を難波へ残して紫香楽宮へ行幸した。その間左大臣橘諸兄は二月二十六日難波京を皇都と定める勅を宣し、京戸の百姓の往来をゆるした。三月十一日には石上《いそのかみ》、榎井《えのい》二氏によって難波宮の中外の門に大楯、大槍を立てた。かくて難波宮が正式の都となったのである。

仏都・紫香楽宮

一方、聖武天皇は三月十四日東大寺の前身の金光明寺《こんこうみょうじ》から紫香楽宮へ大般若経《だいはんにゃきょう》を運ばせ、雅楽が演奏されるなか朱雀門《すざくもん》でこれを迎え、大安殿に安置し、僧二〇〇人に終日転読させた。

難波遷都後も紫香楽宮は仏都としての都であり、天皇は難波宮へは戻らなかったのである。十一月十三日には甲賀寺《こうがじ》に、はじめて盧舎那仏像の体骨柱を建て、聖武天皇自ら柱を建てるための縄をひいた。

翌天平十七年（七四五）夏四月になると、紫香楽宮周辺の山では放火による山火事が相次ぐようになる。紫香楽宮に対する人びとの不満のあらわれであった。四月末から五月初めには地震も相次いで起きている。

天平十七年五月一日、太政官は諸司の官人を集め、どこを京とすべきかと問うと官人皆平城を都とすべしと言う。五月三日、造宮輔 秦公嶋麻呂《はたのきみしままろ》を遣わし、恭仁宮を掃除させた。

五月四日には栗栖王《くるすのきみ》を平城の薬師寺に遣わし、四大寺の衆僧を集めて、どこを都とすべきかを問うと、皆平城を京とすべきと答えた。

平城還都

こうして聖武天皇は天平十七年五月五日に甲賀宮（紫香楽宮）を発ち、五月六日には車駕、恭仁京の泉橋に到り、百姓は万歳と称し天皇を迎えたのである。

五月七日には平城宮の掃除に紀朝臣飯麻呂《いいまろ》を派遣した。時に寺の衆僧は浄人や童子を率いて争って来たり会集し、百姓もまた出つくして里に居るものがいない様となった。これは都が平城京に戻ることの喜びからであった。

五月十日には恭仁京の市人らの平城京へ戻る行列が朝から晩まで絶えることなく続き、翌日には平城京へ都が戻ったことの報告として、諸陵へ奉幣がおこなわれた。

このころ、甲賀宮（紫香楽宮）はすっかり無人となり、盗賊があらわれ、放火も続いたため、諸司および衛門の衛士等を遣わし、官物を撤収させている。

天平十七年（七四五）五月十一日、聖武天皇は平城宮に至り、中宮院を御座所とし、もとの皇后宮を宮寺とした。諸司百官もそれぞれの役所に戻らせた。

かくて、聖武天皇の天平十二年（七四〇）十月の関東への行幸出発以来五年間にわたる恭仁宮、紫香楽宮、難波宮への彷徨はようやく収まった。その後、かつての恭仁宮の大極殿も山背国分寺へと姿をかえていった。

『万葉集』に詠まれた久邇新京は、現在、数個の礎石を残すのみである。

かにはたの蟹満寺

蟹幡郷

天平元年に班田《はんでん》せし時の使葛城王《かつらぎのおほきみ》の、山背国《やましろのくに》より薩妙観命婦《さつめうくわんのみやうぶら》等の所に贈れる歌一首

芹子《せり》の裹《つと》に副《そ》へたり

あかねさす昼は田賜《た》びてぬばたまの夜《よる》の暇《いとま》に摘《つ》める芹子これ　（巻二十—四四五五）

あかねさす昼は田を与えて、ぬばたまの夜、公務の暇に摘んだ芹子ですよ。これは。

薩妙観命婦の報し贈れる歌一首

大夫《ますらを》と思へるものを大刀佩《たちは》きてかにはの田居《たゐ》に芹子そ摘みける　（巻二十—四四五六）

あなたは大夫と思っておりましたのに。大刀をおびてかにはの田ぼで芹子を摘んでいらしたのですか。

前章でも述べたように、天平元年（七二九）に山背国班田使《はんでんし》葛城王（橘諸兄）が薩妙観命《さつみようかんのみよう》婦《ぶ》に贈った歌とそれに応えて薩妙観が贈った歌である。薩妙観は、天平九年（七三七）二月には正五位下に叙せられている。命婦は四位から五位の女官を内命婦《ないみようぶ》と呼び、五位以上の貴族の妻を外命婦《げみようぶ》と呼んだ。薩妙観は、後宮に勤める宮人で平城宮内にあった。河上忌寸《かわかみのいみき》の姓《かばね》をもらう功績があった女官であり、また、葛城王とは歌を交換する仲にあった。

葛城王へ返す歌に「かにはの田居」なる地名が見える。この地名は葛城王が山背の班田使として山背国府に赴任している時の歌から見れば、山背国府推定地（現山城町大里付近）の北、『和名類聚鈔《わみようるいじゆしよう》』にみる、相楽郡の郷名の中の蟹幡《かむはた》（加無波多）が「かにはの田居」であろうと思われる。蟹幡郷は現山城町綺田《かばた》に比定されている。

蟹満寺

山城町綺田には著名な蟹満寺《かにまんじ》がある（一七ページ、地図参照）。『大日本国法華経験記《だいにほんこくほけきようあらたかき》』や『今昔物語《こんじやくものがたり》』には蟹満寺の縁起が収録されている。蟹満寺は、古くは蟹満多寺《かむはたじ》、紙幡寺《かみはたじ》と記

蟹満寺

していたが、『元亨釈書《げんこうしゃくしょ》』元亨二年（一三二二）の縁起収録には蟹満多寺の「多」の字が欠落して蟹満寺となっている。『今昔物語』巻十六本朝付仏法に「山城の国の女人、観音の助けに依りて蛇の難を遁れたる話」がある。その要旨は、

山城国久世郡に住む人の娘は観音を信仰していて、捕らえられた蟹を助け河へ放ってやった。一方、娘の父は蛇から蛙を助けるため、蛇を娘婿にすると言ってしまった。蛇は五位の姿の人となって夜中にやってきた。これを千万の蟹が集まって蛇と戦い、蛇を刺殺した。蛇の苦を救い、蟹の罪を助けるために、蛇の死骸を埋めその上に寺を建て、仏像を造り、経巻を写して供養した。其の寺の名を蟹満多寺（紙幡寺）という。

と縁起が物語られている。

蟹満多寺、現蟹満寺は蟹幡郷《かむはたごう》の地名に由来する郷名寺院である。本堂に納まる現本尊は国宝の丈六《じょうろく》の金銅造《こんどうづくり》釈迦如来《しゃかにょらい》

蟹満寺釈迦如来座像　丈六の座像。頭に螺髪（らほつ）と白毫（びゃくごう）をつけていない。像高 240.3 ㎝。国宝。

座像《ざぞう》である。像高は二四〇・三センチ、重さ約七トンの堂々たる仏像である。

わが国で奈良時代以前に造立された初期の丈六の金銅仏は、飛鳥大仏《あすかだいぶつ》と呼ばれる奈良県明日香村飛鳥寺の釈迦如来座像、奈良県桜井市山田の山田寺の本尊であったが現在は興福寺に収蔵される山田寺の仏頭、奈良市西ノ京薬師寺《やくしじ》金堂、講堂の両薬師如来座像と蟹満寺の釈迦如来座像の五体のみである。

飛鳥大仏

飛鳥寺はわが国の仏教文化の導入にあたって、百済《くだら》の工人の指導のもとに初めて本格的に建立された寺院として『日本書紀』などに記されている。現在は飛鳥大仏とよばれる丈六の金銅釈迦如来座像を安置する安居院《あんごいん》が所在するのみである。飛鳥寺は別名法興寺《ほうこうじ》、元興寺《がんごうじ》という。

『日本書紀』崇峻《すしゅん》天皇元年（五八七）三月の条に「蘇我馬子宿禰《そがのうまこのすくね》百済の僧等を請て、戒《いましめ》を受くるの法を問う。（中略）飛鳥衣縫　造《きぬぬいのみやつこのおやこの》　祖樹葉《は》の家を壊して、始めて法興寺を作る。此の地名を飛鳥の真神《まかみ》の原と名づく」とあって法興寺の創建が知れる。

『日本書紀』による飛鳥寺の沿革をみれば、

崇峻天皇三年（五九〇）十月　寺の材木を山に取る。

五年（五九二）十月　法興寺仏堂、歩廊を起す。

推古《すいこ》天皇元年（五九三）正月　仏舎利《ぶつしゃり》を法興寺の刹柱礎《せつのはしらのつみし》に置く。

四年（五九六）十一月法興寺造り終わる。

十三年（六〇五）四月　銅《どう》・繡《しゅう》丈六仏像各一軀造り始める。鞍作鳥《くらつくりのとり》を仏工とした。

造仏を聞き、高麗国より黄金三百両を貢ぐ。

十四年（六〇六）四月　銅・繡の丈六仏像造りおわり、元興寺金堂に安置す。

五月　鞍作鳥功により大仁位《だいにんのくらい》を賜う。

とある。法興寺（元興寺）は国家的大寺であった。

養老二年（七一八）九月二十三日法興寺を新京に遷す。

と『続日本紀』は記し、法興寺は平城遷都に伴って移り、元興寺として今に残る。その後、飛鳥寺は建久七年（一一九六）に雷火のため堂、塔ことごとく焼け、わずかに丈六釈迦如来座像の仏頭と右手の三指が焼け残った。修復された痛々しい釈迦如来座像は飛鳥大仏と称して、今も明日香村の安居院に安置されている。以上見るように、飛鳥大仏は国家的仏像であった。

山田寺の仏頭

興福寺にある山田寺の仏頭は明日香村奥山に隣接する桜井市山田にあった山田寺の本尊である。山田寺は舒明《じょめい》天皇十三年（六四一）に大化改新の功臣蘇我倉山田石川麻呂《そがのくらやまだいしかわまろ》が建立を発願。知恩院本『上宮聖徳法王帝説《じょうぐうしょうとくほうおうていせつ》』裏記《うらがき》によれば、皇極《こうぎょく》天皇二年（六四三）、金堂完成。大化四年（六四八）、初めて僧を住まわす。大化五年（六四九）三月、蘇我倉山田石川麻呂は謀反の疑いで中大兄皇子《なかのおおえのみこ》に攻められ、山田寺で自殺した。蘇我倉山田石川麻呂の娘越智媛《おちひめ》と天智《てんじ》天皇（中大兄皇子）の間に生まれた持統《じとう》天皇は、母方の祖父石川麻呂の追善のため、塔・講堂を建て、天武天皇八年（六七九）、丈六薬師如来像の鋳造を開始。天武天皇十四年（六八五）、薬師如来像の開眼をおこない、講堂の本尊とした。

時移り、治承四年（一一八〇）兵火のあとに再建された奈良の興福寺東金堂《こうふくじとうこんどう》の本尊として、東金堂衆によって文治三年（一一八七）、由緒ある山田寺講堂の本尊薬師如来像が持ち出され、奈良の興福寺東金堂に移座された。その後、興福寺は応永十八年（一四一一）に東金堂に隣接する五重塔への落雷で類焼し、東金堂の丈六薬師如来像は頭部だけが難を逃れたが、頭部が左側を下にして落下したため、左耳の部分が陥没した。顔面も焼火による荒れが目立つ。しかし、ふくらみの強い姿には堂々とした大きさがあり、白鳳《はくほう》彫刻の傑作である。もとは座高三メートルを越す巨像であったと思われる。この仏頭が昭和十二年（一九三七）、東金堂本尊の台座内部から発見されたのは有名な話で、今は興福寺宝物館に展示されている。

薬師寺金堂の丈六金銅仏

薬師寺は『日本書紀』の天武天皇九年（六八〇）十一月の条に「皇后御病し給う、皇后の為に誓願し、薬師寺を興す」とあり、この寺の創建が記されている。『続日本紀』の文武天皇二年（六九八）十月の条に「薬師寺の構作ほぼ終わるを以て、衆僧に詔して、其の寺に住まわしむ」とある。その後『薬師寺縁起』に元正《げんしょう》天皇養老二年（七一八）に「伽藍を平城京に移す。大和国添下郡右京六条二坊十二町に在り……」と記し、平城遷都に伴って移された。藤原京の元の寺院を本薬師寺《もとやくしじ》と呼んでいる。

薬師寺金堂の丈六金銅薬師如来座像は座高二五四・七センチ（八尺四寸）あって、美男顔で、肩から胸への豊かな肉付き、薄く仏身が透けて見えるような納衣《のうい》の衣文《えもん》、触知的な写実性をもって超越的な仏の姿をみごとに具現したわが国仏像彫刻の傑作、と美術書には記されている。

台座の上框《うえかまち》には葡萄唐草文様《ぶどうからくさもんよう》、中框にはインド系の裸形異人像十二軀、下框には青龍《せいりゅう》、白《びゃっ》虎《こ》、朱雀《すざく》、玄武《げんぶ》の四神が描かれ、中国・西域につながる意匠で飾られ、盛唐の影響を受けている。

この丈六薬師如来座像が本薬師寺の本尊か、それとも平城薬師寺の本尊として鋳造されたものか問題があり、幾多の論争を生んできた。しかし、白鳳と天平《てんぴょう》の二つの時代に重なり、様式を区切る天平初期の代表的仏像とされている。侍仏の日光《にっこう》・月光菩薩《がっこうぼさつ》とともに薬師如来座像は享禄元年（一五二八）の火災で鍍金は溶け、漆黒の仏像となっている。

薬師寺講堂の丈六金銅仏

薬師寺講堂の本尊として祀られている丈六の金銅薬師如来座像は像高二六七・五センチ（八尺八寸）である。近世の記録によると、元は西院弥勒堂《さいいんみろくどう》にあったのが、江戸末期に講堂復興とともに移された。元は弥勒像であっただろうといわれる。唐招提寺《とうしょうだいじ》講堂にあった弥勒三尊像にあてる説もある。『七大寺巡礼私記』にひく寛仁二年（一〇一八）の「定心阿闍梨巡礼記《じょうしんあじゃりじゅんれいき》」によると、その前は高田寺《たかだじ》にあったことになる。高田寺を壬申《じんしん》の乱の功臣高田首新家《たかだのおびとしんけ》の氏寺に比定し、本像の造立を高田氏の盛時の七世紀末頃におく考えもある。

しかし、美術史家はこの像の様式はもっと後代的なものがあり、古く見える装身具などの服制や形式は模古的なものと思われ、その年代決定は慎重を要すという。本像の螺髪部《らほつ》、台座をはじめ各所に後補部が多いのも、年代の判断を下し難い理由にもなっている。しかし、数少ない丈六の金銅仏像であることは間違いない。

蟹満寺の丈六金銅仏

奈良朝以前の初期の丈六金銅仏座像の中で、美術史上最高傑作と謳《うた》われる薬師寺金堂の薬師如来座像と比肩し得る蟹満寺の釈迦如来座像は秀作である。像高は二四〇・三センチ（七尺九寸）を計る。堂々とした丈六金銅仏でありながら「蟹の恩返し物語」に縁起をもつ蟹満寺では観音像を本尊として信仰し、地元では古来、この釈迦如来座像は東方山中に栄えた光明山寺《こうみようさんじ》から移されたという伝承があって、蟹満寺では客仏と信じられてきた。

この釈迦如来座像の造立時期を白鳳期とするか、天平期とするか、その時期に創建された寺院から運ばれてきた客仏とするか、もともと蟹満寺にあった旧仏とするか、この来歴の謎をめぐって長い間蟹満寺論争が展開されてきた。

その口火を切ったのは、角田文衛《つのだぶんえい》氏の論文である（「廃光明山寺の研究―蟹満寺釈迦如来座像の傍証的論考」『考古学論叢』一、一九三六）。角田氏は釈迦如来座像を光明山寺に伝来したとする寺伝を批判し、釈迦如来座像の造立年代が平安時代に創建された光明山寺とは合わない。別の寺院から光明山寺にうつされたと考えた。釈迦如来座像の造立時期を白鳳期とする角田氏は、白鳳期の寺院で、同一地域に立地する高麗寺《こまでら》（一七ページ、地図参照）に着目し、高麗寺にあった釈迦如来座像が光明山寺に移され、それがさらに蟹満寺に移されたと推定した。

足立《あだち》康《やすし》氏は、釈迦如来座像の造立を天平期とする立場から、北隣に隣接する奈良期の寺院の井《い》提《で》寺《でら》から蟹満寺に移されたとした。光明山寺の旧仏とする寺伝については、井提寺の別名である光明寺《こうみょうじ》と混同して伝えられたという説である（「蟹満寺釈迦像の伝来について」『日本彫刻史の研究』一九四四）。

杉山次郎氏は、釈迦如来座像の造立を天平期説とする立場から、山城町の東隣の加茂町にある山城国分寺《やましろこくぶんじ》（一七ページ、地図参照）の旧仏説を提唱した。寺伝については、金光明寺《こんこうみょうじ》という国分寺の別称との混同があったのではないかという（「蟹満寺本尊考」『美術史』四一、一九六一）。

釈迦如来座像の移動説はいずれも蟹満寺の釈迦如来座像ほどの白鳳・天平の丈六金銅仏が単なる地方寺院では成立しないと考えている。

先に述べたとおり、飛鳥寺の丈六金銅仏は、当時の最高権力者であった蘇我馬子の創建による国家的大寺に安置されたわが国最古の丈六金銅仏である。山田寺の丈六金銅仏は蘇我倉山田石川麻呂の発願によるものであり、その後持統天皇の援助によって完成した寺院の白鳳仏である。薬師寺は天武天皇の勅願により創建し、持統天皇によって完成した本薬師寺が平城遷都に伴って西ノ京に移った官寺である。いずれの寺院も絶大な権力と富を背景として建立された国家的大寺であり、そこで開眼した丈六金銅仏である。

では、蟹満寺の丈六金銅仏は誰によって造立されたのであろうか。角田説は相楽郡一帯に勢力をもった渡来系の狛《こま》氏に関係深い高麗寺を想定した。足立説は恭仁京遷都の責任者で皇族出身の左大臣 橘 諸兄《たちばなのもろえ》が建立したという井提寺を考えた。杉山説は官寺であった山城国分寺を想定したのであった。

唯一、丈六金銅釈迦如来座像は蟹満寺の旧仏であるという説を提唱したのは、田中重久《しげひさ》氏である（「平安遷都前の寺院とその出土瓦」『夢殿論誌』一八、一九三八）。田中氏は蟹満寺周辺で採集した数片の古瓦を根拠に、蟹満寺は白鳳創建の寺院であり、丈六金銅釈迦如来座像も蟹満寺に伝来した旧仏であると考えた。

第一次発掘調査の成果

山城町教育委員会は一九九一年度より町内遺跡の調査の一環として、蟹満寺の地下遺構の残存状況と寺域の範囲を確認するための発掘調査を実施した。その後、一九九二年度に第二次調査、一九九四年度に第三次調査を実施した。

検出された遺構は、二重にめぐる瓦積《かわらづみ》を外装にもつ瓦積基壇《きだん》の建物跡である。基壇の規模は、外側の瓦積で南北一七・八メートル（六〇尺）、内側の瓦積で一七・二メートル（五八尺）、造営尺には一尺＝二九・七センチの唐尺（天平尺）が使用されている。

この基壇の上に現本堂が立地しているが、現本堂は宝暦九年（一七五九）に建立された桁行三間、梁行三間、向拝一間の建物である。この本堂の建物方位と検出された建物の方位は一致し、現本堂の大棟のラインは遺構の東西中軸線の延長上にある。瓦積基壇の南北規模やその立地から見て、塔、講堂ではなく金堂が想定される。現本堂はこの基壇のほぼ中央に収まり、本尊を中心として折返すならば、基壇の東西規模は約二八メートル（九四尺）になる。

基壇上の根石を残す礎石据え付け穴や上段瓦積に接して残る裳階《もこし》の礎石をもとに復元を試みると、桁行五間、梁行二間の内陣の四方に各一間の庇《ひさし》がめぐり、さらに、その廻りに裳階が付く建物と思われる。

問題の釈迦如来座像は現本堂の正面奥に安置されている。現在の台座は幅二・六メートル、奥行一・九メートル、板床から高さ〇・九メートルを計る。かつては地下から石垣状に積み上

蟹満寺の発掘調査図　四天王寺式か薬師寺式の伽藍配置が考えられる。

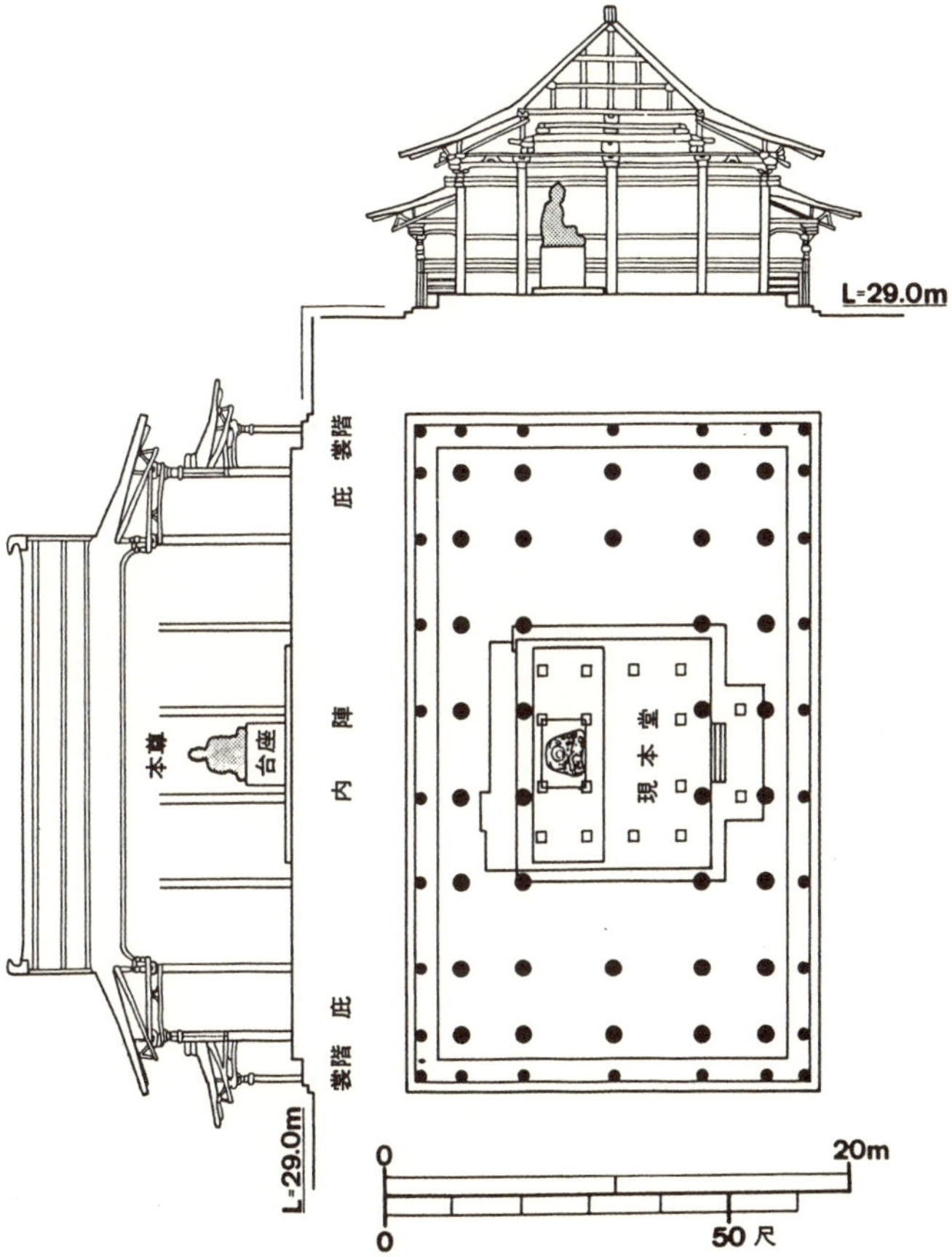

蟹満寺金堂の復元図　釈迦如来座像は現在の位置から動いていないと考えられる。

げた台座側面を見ることができたようであるが、昭和二十八年（一九五三）の水害で台座が緩んだためコンクリートで修理し、台座を高くし、釈迦如来座像も若干高く持ち上げたという。予想される基壇内陣より約二メートルの高さにある。様式的に近い薬師寺金堂の薬師座像をみると、約〇・五五メートルの須弥壇《しゅみだん》の上に高さ一・五二メートルの台座を置き、その上に結跏《けっか》趺坐《ふざ》している。床面からの高さは約二・〇七メートルとなり、蟹満寺釈迦如来座像とほぼ同じである。以上のことから、蟹満寺釈迦如来座像は検出された建物の本尊として、創建以来現位置を動いていないとすることができる。蟹満寺本来の旧仏と考えるべきである。

第二次調査の成果

第一次調査で検出された建物の基壇の西辺には回廊が取り付かないことが確認されている。第二次調査では建物の東一八メートル（六〇尺）のところに東回廊が確認された。場所的に建物と回廊の間に、塔あるいは金堂の存在は考えられない。

建物の南北の中心線を軸として、東回廊と同じ間隔の西回廊を想定すると、東西の回廊の規模は七四メートル（二五〇尺）に達し、建物の東側と同じように西側にも堂塔の存在は考えられない。したがって、蟹満寺の伽藍配置は法隆寺や法起寺のように塔と金堂が横に並列するのでなく、四天王寺のように塔、金堂、講堂と縦に列ぶ配置か、あるいは薬師寺のように金堂の前に東西二基の塔が配置されるのかどちらかであろう。現在のところ不明である。

第二次調査の出土瓦では、蟹満寺創建の軒丸瓦は笵型《はんがた》の傷の進行状況から蟹満寺金堂造営終了後に高麗寺へ笵型が移動したことがわかった。蟹満寺の創建時期は高麗寺の塔、金堂、講堂などの造営時期と重なっている。

この高麗寺の創建時の軒丸瓦は、蘇我馬子建立の飛鳥寺の創建期の素弁八葉蓮華文《そべんはちようれんげもん》Ⅰaの軒丸瓦と同笵で、七世紀初頭のものである。高麗寺の本格的伽藍の整備には、天智天皇勅願の川原寺の創建期の複弁八葉蓮華文《ふくべんはちようれんげもん》A類の軒丸瓦と同笵《どうはん》の軒丸瓦が使用された。七世紀後半ごろと考えられている。狛氏が蘇我氏や天智天皇と深いかかわりをもっていたであろうことがわかる。

第二次調査では更に、飛鳥に建立された紀寺《きでら》創建時の軒丸瓦の同笵例が蟹満寺創建の軒丸瓦に加わっていることが判明した。紀寺は紀氏の氏寺の評価がある。紀臣大人《きのおみのおとな》は天智朝の御史大夫《ぎょしたいふ》、その子麻呂《まろ》は大納言《だいなごん》、天武天皇十三年（六八四）に朝臣《あそん》の姓を賜っている。奈良期には麻呂の孫広純《ひろずみ》、古佐美《こさみ》はともに武将として活躍し、蝦夷《えぞ》討伐等に名を残している。紀寺は七世紀後半の中央政府と密接な関係のもとに営まれた大寺院である。

以上のことから、蟹満寺の中央政府とのかかわりは、強いものであったことがうかがわれる。

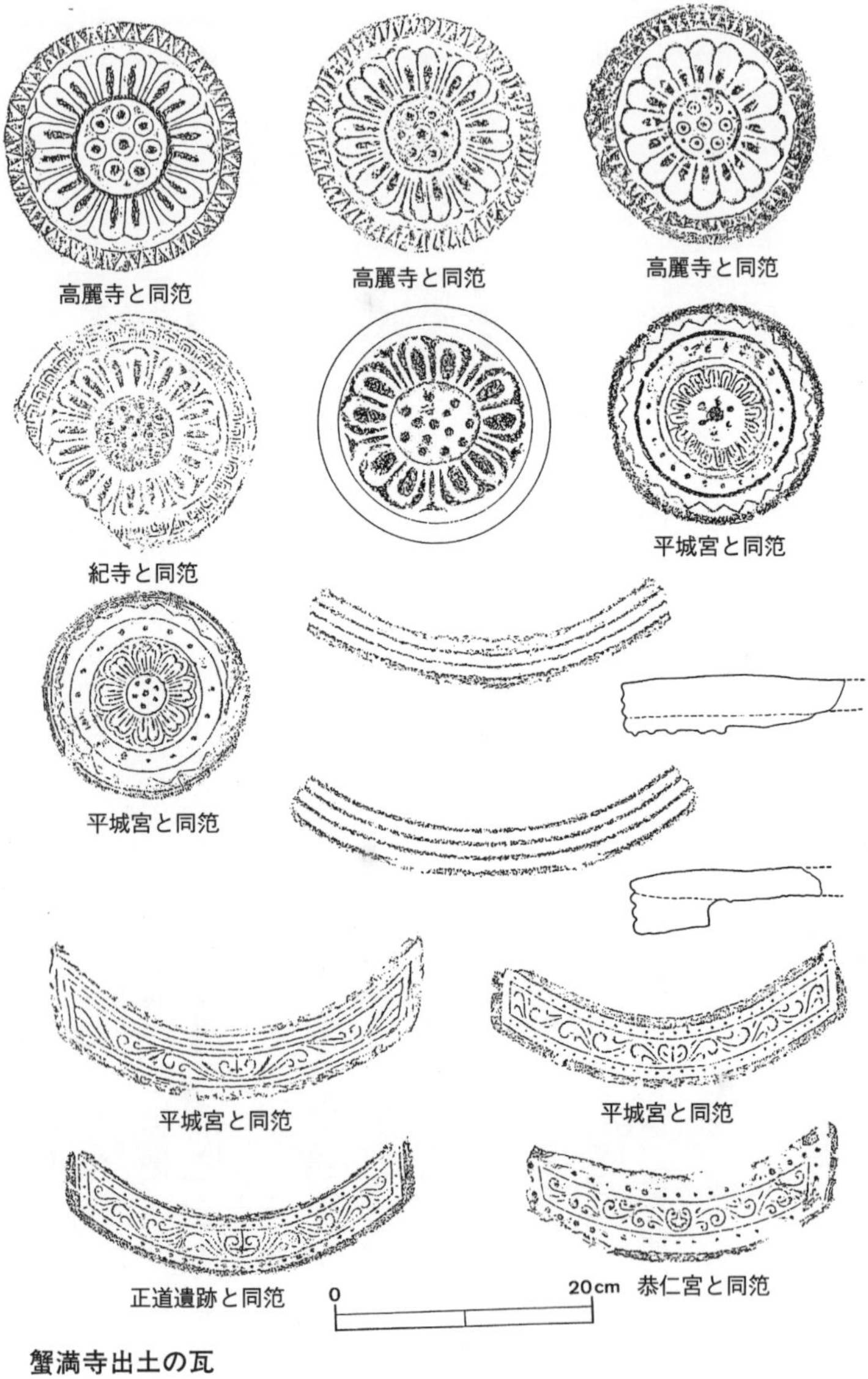
高麗寺と同笵
高麗寺と同笵
高麗寺と同笵
紀寺と同笵
平城宮と同笵
平城宮と同笵
平城宮と同笵
平城宮と同笵
正道遺跡と同笵
0
20cm
恭仁宮と同笵

蟹満寺出土の瓦

しかも、蟹満寺が高麗寺の造営に連動することも注目される。

第三次調査の成果

第三次調査は蟹満寺の伽藍配置と天神川の関係が追究された。蟹満寺の背後を流れる天井川の天神川堤防は高さ八メートルに及ぶ。調査の結果、天神川の天井川化は十八世紀後半以後であることが明らかになった。少なくとも、十五世紀後半から十八世紀後半までの川床のレベルは現川床面より五〜六・五メートルも低かった。十三世紀以前から弥生中期末葉までは大規模な変化はなかったと判断されている。古代蟹満寺の時代の天神川は寺域内の高さとそれほどの落差をもたず、安定した小河川として現位置に存在していた。

天神川の流れは車谷の谷口から北西に向かって流れ出た途端、南西に向かってほぼ直角に折れ曲がる流路をとる。蟹満寺の想定伽藍中軸線はこの屈曲点を貫くように延びており、この流路と金堂の間に講堂の存在が予想されている。主要伽藍は天神川の南に配置されるが、第三次調査の結果、天神川を越えた北方に金堂基壇と方位を同じくする掘建柱建物群の存在が確認され、蟹満寺の寺域は三町前後の南北規模をもつ寺院ではなかったかと想定されている。

蟠満寺の創建と廃絶

軒瓦の様式や出土瓦の比率からみて蟠満寺の創建は白鳳時代にさかのぼるとみて間違いない。創建時の軒丸瓦は高麗寺跡出土の瓦と同笵である。蟠満寺の造営時の主体となった軒丸瓦は高麗寺では第Ⅱ段階造営に使用されている。蟠満寺の創建は高麗寺造営の第Ⅰ段階から第Ⅱ段階へ移行する時期、即ち、七世紀末頃である。釈迦如来座像の造立時期もこのころとみて大過ないと思われる。

第一次発掘調査で検出された建物は基壇瓦積の南辺、西辺南半部に火を受けた痕跡があり、焼土が上面を覆うことから火災による廃絶が予想される。基壇瓦積の最後の補修は、補修に使用された平瓦の特徴から平安時代初頭が考えられる。廃絶は平安時代以後で、基壇の周囲に濠が掘られた鎌倉時代初頭以前ということになる。

蟠満寺の性格

白鳳創建の蟠満寺の丈六金銅釈迦如来座像は奈良時代以前の丈六金銅仏としては我が国で、五本の指の中に入る数少ない丈六金銅仏である。また丈六金銅仏は飛鳥寺、山田寺、薬師寺の本尊であり、いずれの寺院も国家の官寺的大寺院である。

一方、蟹満寺の寺院造営に関連しては、創建時に使用された軒丸瓦が高麗寺、紀寺と同じ笵型で造られたものである。このことは、山背の渡来系豪族の狛氏や中央政府の官人・武将の紀氏との関与が推察される。

奈良期の蟹満多寺を創建造営した山背の古代豪族は誰なのか、文献史料にも名を連ねる豪族であろうと思うが、今後の研究にまたれるところである。

馬の値段、鏡の値段

山背古道

そらみつ　倭《やまと》の国　あをによし　奈良山越《こ》えて　山代《やましろ》の　管木《つつき》の原　ちはやぶる
宇治の渡《わたり》　滝《たぎ》つ屋の　阿後尼《あごね》の原を　千歳《ちとせ》に　闕《か》くる事無く　万歳《よろづよ》に　あり通《かよ》はむ
と山科《やましな》の　石田《いはた》の社《もり》の　すめ神に　幣帛《ぬさ》取り向けて　われは越え行く　相坂山《あふさかやま》を
（巻十三—三二三六）

この歌から大和から奈良山を越え、筒木の原を通り、宇治川を渡り、滝つ屋の阿後尼の原を通り、山科の石田社を過ぎ、相坂山を越えるという山背古道が理解される。
巻十三には同じような歌がもう一首ある（三二四〇、一五ページ参照）。

この歌からも奈良山を越え、泉川（木津川）を渡り、宇治川を渡って、相坂山の峠を越えて志賀の韓崎へとたどる山背古道が復元される。この道は平城京から天智天皇の近江大津宮をはじめ、東山道、北陸道へ通ずる重要な幹道であった（一三ページ、古代の都城図参照）。

この山背道を旅する人の中に互いを思いやる夫婦がいて、次のような万葉歌を詠んでいる。

つぎねふ　山背道《やましろぢ》を　他夫《ひとづま》の　馬より行くに　己夫《おのづま》し　歩《かち》より行けば　見るごとに　哭《ね》のみし泣かゆ　そこ思《も》うに　心し痛し　たらちねの　母が形見《かたみ》と　わが持てる　真澄鏡《まそみかがみ》に　蜻蛉領巾《あきづひれ》　負《お》ひ並《な》め持ちて　馬買へ　わが背《せ》　（巻十三―三三一四）

泉川渡瀬《わたりぜ》深みわが背子《せこ》が旅行き衣《ころも》濡れにけるかも　（巻十三―三三一五）

真澄鏡持てれどわれは験《しるし》なし君が歩行《かち》よりなづみ行く見れば　（巻十三―三三一六）

他人の夫が騎馬で行くのに、自分の夫は徒歩で苦労して行くのを見れば、涙が出て心が痛む、母の形見として持っている真澄鏡に蜻蛉領巾をそえて、ともに背負って市へ持って行き、馬を買いなさい。と妻は言い。さらに、私は鏡を持っているが持ちがいもない。泉川を渡るにも騎

馬で渡れば濡れないですむ。というやさしい妻の思いやりが詠まれている。これに対して、夫の返歌は、

馬買はば妹《いも》歩行《かち》ならむよしゑやし石は履《ふ》むとも吾《あ》は二人《ふたり》行かむ　（巻十三―三三一七）

馬を買ったら、私はよいとしても妻の君は徒歩だろう。ままよ、石ころ道を私は二人で歩いて行きたい。共に相手を思いやり、ほのぼのとする歌である。

この歌から想像するに、彼らはひとりで旅をするのではなく、集団での旅であったと思われる。

『日本書紀』の欽明《きんめい》天皇即位前紀の条に、山背国紀郡深草里《きのこおりふかくさのさと》の秦大津父《はたのおおつち》なる者が伊勢に向かい商いを終えて帰る途中、二匹の狼が相争って血を流しているのに遭遇した記事がある。部族間の抗争を二匹の狼にたとえたのである。この記事から、山背と伊勢を往来する行商が部族間の抗争にも遭遇することもあり得たと思われる。おそらく彼らは武装し、隊商を組んで旅をしていたのではないだろうか。長距離の行商に関する歌は、

紀の国の　浜に寄るとふ　鰒珠《あはびたま》　拾《ひり》はむといひて　妹《いも》の山　背の山越えて　行きし君　何時《いつ》来まさむと……（中略）……君は来まさぬ　久にあらば　今七日《なぬか》だみ　早くあらば　今二日だみ　あらむとそ　君は聞《きこ》しし　な恋ひそ吾妹《わぎも》

（巻十三―三三一八）

紀伊国に真珠を求めて出かけ、帰りまでは七日ほどかかり、早ければ二日で帰るだろう、と詠んでいる。この時期、紀伊国の往復、あるいは伊勢への商いも、騎馬による隊商が考えられる。当時、馬はたやすく手に入ったのだろうか。馬の値段はいかほどであったろうか。

平城京二条大路の溝から出土した絵馬

馬の値段

「つぎねふ山背道」の歌から、馬一頭を鏡一面と蜻蛉領巾をそえての交換が求められている。この歌から馬一頭の値や古代の鏡一面の値が求められてきた（澤瀉久孝『萬葉集注釈』

一九五七、原田大六『邪馬台国論争』一九六九)。

正倉院文書の中に駅馬《えきば》の売買記録がある。正税帳《しょうぜいちょう》とよばれるもので、それぞれの年の税の使途を記録して、朝廷に報告したものである。その中で、駅の伝馬《てんま》の購入と老いて不用になった伝馬の払い下げを記録した文書から馬の値を換算してみよう。

和泉監正税帳　天平九年(七三七)

伝馬肆(四)匹　　上一匹　中三匹　直稲漆伯肆拾(七四〇)束　上馬二百束　中馬別

百八十束

伝馬壱匹　中　直稲壱伯捌拾(一八〇)束

尾張国正税帳　天平六年(七三四)

売不用伝馬　壱拾壱匹　直稲伍伯陸拾(五六〇)束　一十匹別五十束　一匹六十束

売不用馬　壱匹　直五十束

売不用伝馬　参匹　直稲壱伯伍拾(一五〇)束　匹別五十束

駿河国正税帳　天平十年(七三八)

加伝不用馬　伍匹　直稲弐伯五拾(二五〇)束　匹別五十束

但馬国正税帳　天平九年(七三七)

買立伝馬　壱拾弐匹　直稲参仟参伯伍拾（三三五〇）束　七匹々別三百束　五匹々別二百五
十束

周防国正税帳　天平十年（七三八）

不用馬　陸（六）匹　値稲参伯（三〇〇）束　馬別五十束

太宝令《たいほうりょう》、養老令《ようろうりょう》によると稲一束からは籾《もみ》一斗がとれ、これを精米すると米五升になる。すなわち稲一束は米五升に換算される。太宝令、養老令の度量衡の一升は現在の四合にあたる。したがって米五升は現在の二升になる。これをキログラムに換算すると、一〇キロは約七升になる。仮に標準価格米一〇キロを五千円として当時の伝馬の値を換算してみると、次のように

束×2升÷7升×5000円＝馬の値

の計算式となる。

これによって正倉院の駅馬の売買記録から馬の値段を計算すると、

買立伝馬

但馬国正税帳　天平九年

三〇〇束（六〇〇升＝八五・七キロ）　四二万八五〇〇円
二五〇束（五〇〇升＝七一・四キロ）　三五万七〇〇〇円

和泉監正税帳　天平九年
上馬二〇〇束（四〇〇升＝五七・一キロ）　二八万五五〇〇円
中馬一八〇束（三六〇升＝五一・四キロ）　二五万七〇〇〇円

売不用伝馬
和泉監正税帳　天平九年
六〇束（一二〇升＝一七・一キロ）　八万五五〇〇円
五〇束（一〇〇升＝一四・三キロ）　七万一五〇〇円

駿河国正税帳　天平十年
五〇束　七万一五〇〇円

以上のような値となる。馬の購入価格の最高額は但馬国の稲三〇〇束の四二万八五〇〇円で、最も安値なのは和泉の中馬の稲一八〇束の二五万七〇〇〇円である。不用伝馬の払い下げ価格は和泉の稲六〇束の八万五五〇〇円が少し高いが、一般には不用伝馬は稲五〇束で、七万一五〇〇円ということになる。

鏡の値段

馬と交換の鏡に添えた蜻蛉領巾がいかなるものであったかわからないが、正税帳に記録される紬《つむぎ》や布の値をみれば、

駿河国正税帳　天平十年（七三八）

絁《あしぎぬ》　捌拾（八〇）匹　直稲玖阡参伯（九三〇〇）束

五十匹別百二十束（二四〇升＝三四・三キロ）一七万一五〇〇円

三十匹別百十束（二二〇升＝三一・四キロ）一五万七〇〇〇円

伊豆国正税帳　天平十一年（七三九）

生絁　壱匹　価稲壱伯（一〇〇）束（二〇〇升＝二八・六キロ）一四万三〇〇〇円

絁一匹の値は一四万三〇〇〇円から一七万一五〇〇円に換算される。一匹は唐制では五丈一尺（幅は二尺二寸）で現一五・五メートルといわれる。さらに、周防国正税帳には次の記録がある。

周防国正税帳　天平十年（七三八）

絁　陸（六）尺　価稲陸（六）束　以一束充一尺

絁の一尺は稲一束にあてている。これを換算すれば、一四五〇円になる。唐制の一尺は約三

〇センチで、かりに、鏡に添えた蜻蛉領巾が六尺（一・八メートル）くらいであったとすれば、八七〇〇円くらいであろうと思われる。

奈良時代の鏡は長岡京で、四《し》仙《せん》騎《き》獣《じゅう》八《はち》稜《りょう》鏡《きょう》が出土している。母の形見の真澄鏡がどの程度の鏡であったかはわからないが、蜻蛉領巾を添えて馬と交換することから換算すれば、最も安値の和泉の中馬を買うには二五万七〇〇〇円必要であり、そこから周防の絁六尺の値段八七〇〇円を引くと、二四万八三〇〇円となる。この例からみると、奈良時代の一般的鏡一面の値段は二五万円から三〇万円くらいであろう。鏡は馬と同じくらい高価なものだったのである。

長岡京から出土した
四仙騎獣八稜鏡

参考までに、騎馬用の鎧である挂甲《けいこう》の値段を現代の値段に換算してみよう。天平六年（七三四）の尾張国正税帳によれば、挂甲陸（六）領料稲陸伯（六〇〇）束とあり、挂甲一領は一〇〇束で、先の伊豆の生絁一匹と同じ値であり、今の値段でいうと一四万三〇〇〇円となる（『寧楽遺文』東京堂出版、一九六二）。

官人の給料

当時、馬や鏡を買えたのは限られた身分の人びとであろう。この限られた人びとの年収は、いかほどのものであったろうか。奈良時代の官人の年収は米価を基準として換算されている（『芸術新潮』特集平城京再現、一九八四年六月号）。これにあてはめると次の様になる。

一　位	三億七四五五万円	藤原不比等	橘諸兄
二　位	一億二四八四万円	藤原仲麻呂	長屋王
三　位	七四九〇万円	大伴旅人	
正四位	四一一九万円		
従四位	三五〇六万円	太安麻呂	
正五位	二八〇一万円	薩妙観	
従五位	一五四〇万円	大伴家持	山上憶良
正六位	七〇四万円		
従六位	六一六万円	柿本人麻呂	
正七位	四九三万円		
従七位	三九四万円	宗賀部乳主（但馬国出石郡少坂郷戸主）	

正八位　三五五万円　椋橋部乙理（丹後国加佐郡戸主）
従八位　三一八万円
大初位　二五六万円　大宅加是麻呂（大倭国添上郡大宅郷戸主）
少初位　二三〇万円

太宝令では、臣下は正一位から少初位まで三十階にわかれ、位階を持つ者は令の定めにより、位に相当する官職についた。たとえば、従五位下の大伴家持が上国越中国の国守に任命されたのも官位相当の制度からである。位階を持つ者には政治的特権が与えられ、経済上も特権が与えられていた。従五位下の大伴家持は一般人の口分田の四〇倍の八〇町の位田《いでん》が与えられていた。このように位階をもらい、官職につくと位田、職田《しきでん》、位封、職封の稲、絁、綿、布、鍬《くわ》などが与えられた。官人も五位以上になると、貴族として巨大な経済上の特権が与えられていたのである。

大宅加是麻呂の昇進

下から二番目の位にいる大宅加是麻呂《おおやけのかせまろ》は奴婢を東大寺に貢献することによって、少初位下から大初位上に進んだのである。

『万葉集』巻九には「名木《なき》川にして作れる歌」が五首（一六八八、一六八九、一六九六〜一六九八、一三六ページ参照）ある。『倭名類聚鈔《わみょうるいじゅしょう》』の山城国の久世郡郷名の中に那紀《なき》郷がみえ、名木川は久世郡を流れる川であった。この久世郡那紀里の戸主の戸口の奴婢が、正倉院文書の「東《とう》大寺奴婢籍帳《だいじぬひせきちょう》」の中に記録されている。

天平十三年（七四二）六月綴喜郡甲作里、同郡山本里、久世郡那紀里、紀伊郡邑薩里、乙訓郡山崎里の戸主の戸口の奴婢が大和国添上郡師毛里戸主少初位下大宅朝臣加是麻呂の戸に移った。その時の記録は次のとおりである。

山背国司移　大養徳国司

　合奴婢弐拾捌（二十八）人

　　婢飯虫女年三十六

　　婢伊蘇女年三十五

　　　右二人綴喜郡甲作里戸主粟国加豆良部人麻呂戸口所貫、天平五年死亡

　　奴人足年二十

　　　右一人同郡山本里戸主錦部田禰戸口所貫

　　奴麻呂年六十

奴古麻呂年五十九
婢多比女年八十一
奴豊足年三十六
奴小男年二十七
奴八男年二十三
婢秋夜女年三十二
婢刀自女年二十九
奴手見年五十二
婢三嶋女年五十八
婢和伎毛女年二十五
右十一人久世郡那紀里戸主水尾公真熊戸口所貫
奴牛甘年三十八
奴真甘年十六
奴千吉年二十四
奴真吉年二十

婢真枝足女年二十
奴安麻呂年五十七
婢奈為女年二十
婢香留女年十七
奴小君年四十三
　右九人紀伊郡邑薩里戸主軽部牛甘戸口所貫
奴酒麻呂年二十五
奴麻呂年二十四
　右二人同郡同里戸主茨田連族小墨戸口所貫
奴輿止麻呂年二十四
奴藪原年十三
　右二人乙訓郡山崎里戸主間人造東人戸口所貫
奴雲足年六　神亀二年死亡
　右還付彼部添上郡師毛里戸主少初位下大宅朝臣加是麻呂戸
以上の大宅朝臣加是麻呂の奴婢は天平勝宝元年（七四九）にそのほかの奴婢と共に合計六一

人が東大寺に貢献されている。貢献によって奴婢の戸籍が移動するため、死亡した奴婢も記録されたまま移っている。したがって実際の人員は六一人よりも少なかったと思われるが、それにしてもかなりの数である。当時、東大寺は大仏開眼を前にして多くの労働力を必要としている時期である。この奴婢の貢献によって、加是麻呂は散位寮散位大初位上に上進したのである。また、この時、那紀里戸主水尾公《みずおのきみ》真《ま》熊《くま》戸口の婢であった多比女は八十九歳の高齢になっている。そのような高齢であっても、若い奴婢たちと共に東大寺に送られたということは特殊な技能をもっていたのか。どのような仕事が待っていたのであろう。

加是麻呂が奴婢を貢献することによって得た大初位上の年収は、二五六万円。少初位の年収は二三〇万円で、その差だけをみると割に合わないように思える。年収だけでは、はかることのできないそれ以上の特権を約束されていたのだろう。五位以上の貴族の特権はいかほどのものであったか想像できるというものである。

久世廃寺と正道廃寺

山背の久世

山背《やましろ》の久世《くせ》の社《やしろ》の草な手折《たを》りそ　おのが時《よ》と立ち栄ゆとも草な手折りそ
（巻七―一二八六）

山背の久世の若子《わくご》が欲《ほ》しといふわれ　あふさわにわれを欲しといふ山背の久世
（巻十一―二三六二）

鷺坂《さぎさか》にして作れる歌

白鳥《しらとり》の鷺坂山の松蔭《かげ》に宿《やど》りて行かな夜《よ》も深《ふ》け行くを
（巻九―一六八七）

細領巾《たくひれ》の鷺坂山の白躑躅《しらつつじ》われににほはね妹に示さむ
（巻九―一六九四）

山背の久世の鷺坂神代《かみよ》より春ははりつつ秋は散りけり　（巻九―一七〇七）

柿本人麻呂《かきのもとのひとまろ》が詠んだ歌に「山背の久世」が二首と「山背の久世の鷺坂」が三首ある。柿本人麻呂は生没年ともに詳細は不明である。持統《じとう》朝から文武《もんむ》朝に活躍した宮廷歌人であるが、業績については不明な点が多い。従六位という低い官位で過ごし、石見国で死去したといわれる。岸俊男氏は、柿本人麻呂を天理市櫟本《いちのもと》の出身で和邇《わに》氏系の人と考えられている。これに対して、山背で詠んでる歌が多いことから、山背国久世地域の出身ではないか、という説もある。

承平年間（九三一～九三八）に編纂された『倭名類聚鈔《わみょうるいじゅしょう》』の国別郷名の条に、山城国久世郡に久世郷があり、この久世郷は現地名の城陽市北部にある大字久世に比定されている。

こうしたことから、「久世の鷺坂」を土地の人はあれだこれだというが、確証はない。柿本人麻呂の詠む「久世の社」も、現久世神社に比定する人もいる。久世神社の神殿は室町時代の建造物で、重要文化財に指定されている。しかしながら、この久世神社は延喜五年（九〇五）に醍醐《だいご》天皇の命により編纂され、延長五年（九二七）に完成した『延喜式《えんぎしき》』の中の「神祇式《じんぎしき》」には記載されていない。したがって、平安期以降の神社である。

しかし、久世神社の境内には白鳳《はくほう》創建の奈良期の寺院遺跡がある。

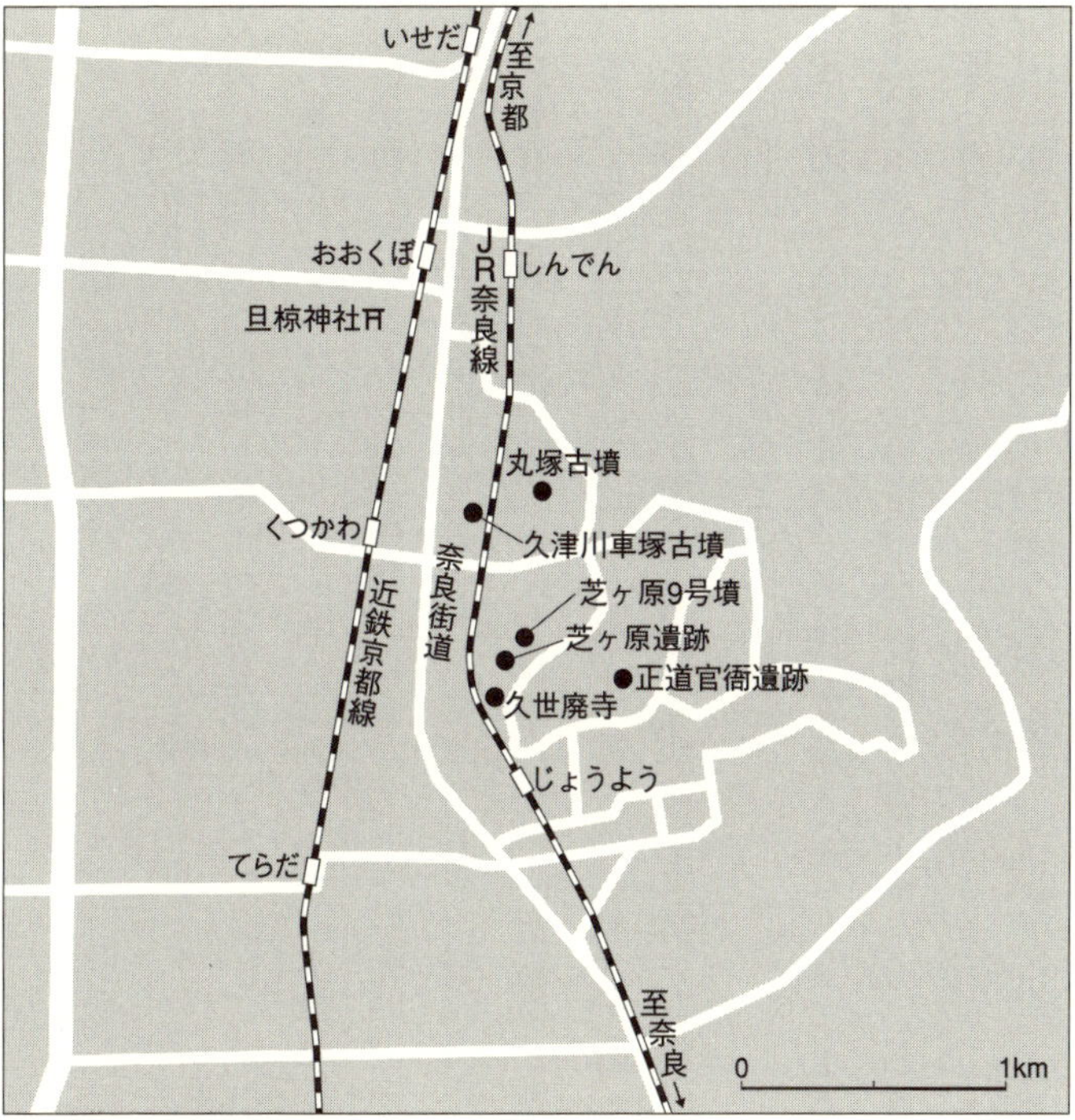

久世廃寺と周辺の遺跡

久世廃寺

この寺院跡に関する文献史料はまったく知られていない。したがって、寺院名はわからず、地名をとって久世廃寺《くせはいじ》跡と称している。

久世廃寺跡はJR奈良線に沿って東に立地している。ここは木村捷三郎《しょうざぶろう》氏らの一部の古瓦研究者には知られていた遺跡である。昭和四十二年（一九六七）、城南高校地歴部で測量調査した結果、塔、金堂が横に並ぶ法起寺式《ほっきじしき》の伽藍《がらん》配置《はいち》の寺跡であることがわかった。

その後の城陽市教育委員会の数次にわたる発掘調査で、JRの踏切を越えた久世神社参道の南に南門があって、その北の境内の右側に一辺一三・四メートルの方形基壇の塔跡が立地し、左側に東西二六・七メートル、南北二一・三メートルの瓦積基壇《かわらづみきだん》の金堂跡があり、その奥の北に東西二三・五メートル、南北一三メートルの瓦積基壇の講堂跡が検出された。さらに、寺域は東西一二〇メートル、南北一三五メートルの範囲であることが調査の結果わかった。

検出された軒瓦は軒丸瓦の一九パーセントが白鳳時代のもので、中には奈良県明日香村の奥山久米寺と同笵《どうはん》の飛鳥様式の瓦も見られた。出土瓦の七九パーセントは奈良時代の平城宮《へいじょうぐう》様式や恭仁宮《くにのみや》と同笵の瓦で占められている。出土瓦から見ると、この寺院は白鳳期に創建された奈良期の寺院で、平安期初頭以降の文様瓦は出土していないことから、その廃絶は平安時代に入って間もないころと思われる。

出土遺物には、南門北側の瓦溜《かわらだまり》から像高九センチの蓮華座に乗る釈迦誕生仏像《しゃかたんじょうぶつぞう》がある。銅製に鍍金《ときん》がよく残っている。白鳳仏とも天平仏ともいわれている。そのほか、多口瓶《たこうびょう》の緑釉《りょくゆう》陶器《とうき》や香炉、皿、椀、蓋。二彩の平鉢、水瓶《すいびょう》。三彩の火舎《かしゃ》、広口瓶などがある。また、銅銭の万年通宝《まんねんつうほう》、富寿神宝《ふくじゅしんぽう》、貞観通宝《じょうがんつうほう》が出土し、寺院存続の一つの手がかりとなっている。

異形の瓦

昭和五十年（一九七五）の夏、久世神社の参道の溝で異形の瓦の破片を表面採集した。破片は縦一三・三センチ、横一一・七センチ、厚さ三・五センチを測るもので、割れ口はどの面も古く、昨日今日の破片ではなかった。泥を洗い落とし、よくよく観察すると、鬼形文鬼板《おにがたもんおにいた》の鬼神の胴部左側と左腕の部分であることがわかった。同じ文様の鬼形文鬼板は平城宮跡、薬師寺《やくしじ》、唐招提寺《とうしょうだいじ》などで出土している。半円梯形の軒端飾板《のきはしかざりいた》の中に裸形の鬼神が顔を正面に向け、手は膝の上に置き、脚を折り曲げて正座するたくましい像を主体とし、左右の空間には体に沿って巻毛のたてがみを表現した構図の文様である。

この鬼板の破片で特に注目されるのは、手首から腕下にかけて一直線の笵型《はんがた》の傷痕が残っていることである。平城宮跡出土の鬼形文鬼板にもほぼ中央に左右一直線の笵型の傷痕がみられる。この傷痕は造瓦の際に上下二枚に割れた鬼板の笵型を用いて一

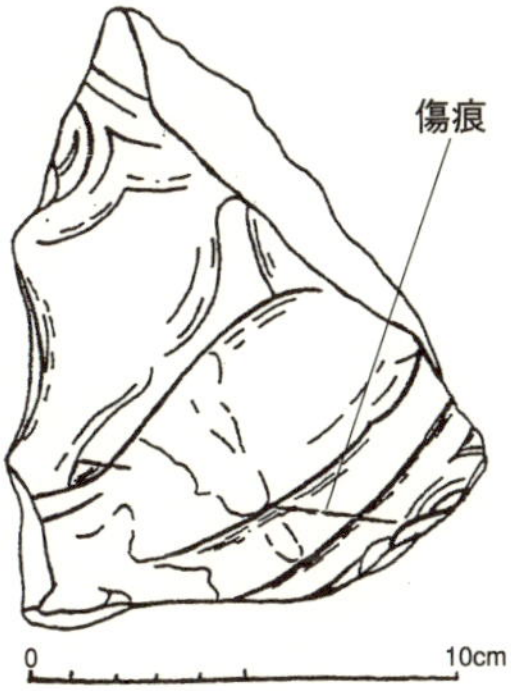

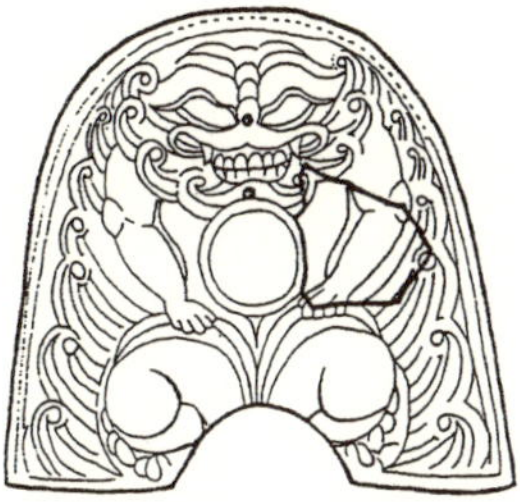

久世廃寺出土の鬼形文鬼板の破片（上）下図は同笵の平城宮跡出土鬼板。太線の部分が破片の箇所。

枚の棟端飾板を造った時のつなぎ目の傷痕であり、久世廃寺跡出土の鬼形文鬼板と同一笵型で造られたことを物語っている。

鬼板は寺院の大屋根の大棟《おおむね》の両端や降棟《くだりむね》の棟端を留める瓦で、鬼板の中央を釘で留めるために小孔が開けられている。飛鳥時代の鬼板には飛鳥の奥山久米寺《おくやまくめでら》や奈良市帯解《おびとけ》の山村廃寺《やまむらはいじ》出土のように、軒丸瓦《のきまるがわら》の蓮華文《れんげもん》と同じ文様が使用され、棟端の堤瓦を留めると同時に棟端飾板でもあった。これが奈良時代になると、文様に鬼面が使用されて、鬼瓦と呼ぶようになる。棟端飾板は使用枚数が限られているから、寺院跡からの出土数は極めて少ない。

鬼形文の系譜

山本忠尚《ただなお》氏の研究（山本忠尚「舌出し獣面考」『研究論集』V、一九七九）によると、鬼形文の源流は、中国の華北にある石窟寺院《せっくつじいん》に飾り付けられた獣面で、その流れを受けた山西省大同の雲岡《うんこう》石窟第八洞の主室の北壁上層の獣面の飾り付けは、北魏《ほくぎ》、献文《けんぶん》帝時代（四六五〜四七一）の五世紀後半の造営と考えられている。河南省鞏県《きょうけん》石窟第三窟の西壁主龕《しゅがん》の獣面は、熙平二年（五一七）から孝昌末年（五二八）の造営という。獣面は石窟寺院の魔よけの意味で飾り付けられていた。

御崎山古墳出土の
環頭大刀

藤ノ木古墳出土の鞍金具

獣面は中国の南北朝の飾金具にも使用され、顔面額に釘孔が開けられている。おそらく棺の飾金具であったと思われる。遺骸を護るための魔よけとして使用さていたのであろう。わが国では島根県松江市大草町の御崎山《みさきやま》古墳出土の環頭《かんとう》大刀《たち》の柄頭《つかがしら》に獣面が使用されている。六世紀後半ころの伝来品と考えられている（町田章「環頭の系譜」『研究論集』Ⅲ、一九七六）。

中国の六世紀ころの民間信仰の神に擢天《たくてん》があり、擢天と獣面が重なり裸形の鬼神が生まれた。

六世紀後半の奈良県斑鳩《いかるが》の藤ノ木古墳の鞍金具はガ

ラスの飾りをはめる把手《とって》の下に彫金した金銅板が当てられていた。金銅板の彫金は目を見開き、口を大きく開け、歯牙を見せ、右手に刀、左手に斧を振りかざす鬼神の全身を表す図柄である。中国の北魏の影響を受けたものと思われる（『斑鳩藤ノ木古墳』一九九三）。

韓国の百済《くだら》の都、扶余《ふよ》の窺岩面外里《きがんめんがいり》廃寺の怪獣文方形磚《せん》（東京国立博物館蔵）は、正面を向く獣面で、目を見開き口を大きく開けて歯牙を見せ、両手を開き、裸形の怪獣神が両脚で立つ立像である。鬼形文は百済の怪獣神などとともに日本にもたらされ、遣唐使や鑑真和上《がんじんわじょう》の来朝による八世紀の唐文化の伝播が、平城宮の鬼形文鬼板の成立となったものであろう。

裸形の鬼形文は宮城や寺院の魔除け、あるいは守護神として大屋根の四隅で風雨にも負けず、体は小さいけれど健気にも目を見開き、歯牙をむいて、邪気を防ぐたいへん愛らしい小鬼である。

鬼瓦の形式

和銅元年（七〇八）の遷都の詔《みことのり》により、平城宮の造営がはじまり、和銅三年（七一〇）には藤原京から平城京への遷都がおこなわれた。平城宮の造営に際しては、平城宮の北方の奈良山丘陵に役所の官瓦窯が設けられて、中山瓦窯、山陵《さんりょう》瓦窯、押熊《おしくま》瓦窯などで瓦の生産がなされていたことが奈良国立文化財研究所の四〇年にわたる平城宮にかかわる発掘調査の成果として明らかになってきた。奈良国立文化財研究所の毛利光《もりみつ》俊彦《としひこ》氏は平城宮出土の鬼瓦を形式分類し、さらに平城宮と同笵鬼瓦の出土寺院の研究を発表した（「日本古代の鬼面文鬼瓦」『研究論集』Ⅵ、一九八〇）。それによると次のような分類がなされている。

平城宮跡出土鬼形文鬼板Ⅰ式A

Ⅰ式は鬼形の全身を表した鬼板で、大型と小型の二種があり、大型をⅠ式A、小型をⅠ式Bに分類した。これらは、平城宮の瓦を焼いた中山四～六号瓦窯で出土した。Ⅰ式は遷都の詔をうけて、最初の平城宮造営がおこなわれた和銅元年（七〇八）から養老五年（七二一）に生産、使用された。久世廃寺跡出土の鬼板はこのⅠ式Aである。

Ⅱ式とⅢ式は鬼形の顔面のみを表現した鬼瓦で、下顎のある顔面のすべてを表現している。

Ⅱ式Aの大型は山陵一〜三号瓦窯、押熊四号瓦窯で出土している。Ⅱ式Bの小型は押熊四号瓦窯で出土した。聖武天皇の即位をめざして宮城内が整備された養老五年（七二一）から天平十七年（七四五）に生産、使用されたとみられている。山背の久世では後でふれる正道《しょうどう》遺跡で出土している（一〇〇ページ参照）。

Ⅲ式は小型の一種のみで、中山四号瓦窯で出土している。聖武天皇が恭仁京《くにきょう》、紫香楽宮《しがらきのみや》、難波宮《なにわのみや》を経て平城宮に帰還した後の造営時期の天平十七年から天平勝宝年間（七四九〜七五六）に生産、使用されている。山背の久世では平川廃寺で出土している。

Ⅳ式からⅥ式は鬼面の下顎の表現を欠く鬼瓦である。

Ⅳ式は下顎、下歯の表現を欠き、木葉形の耳をつける特徴がある。Ⅳ式Aは中山六号瓦窯で出土し、『続日本紀』に記載される「大宮改修」「平城宮改作」「東院玉殿竣工」をうかがわせる造営時期の天平宝字元年（七五七）から神護景雲年間（七六七〜七六九）に生産、使用された。

Ⅴ式Aは押熊四号瓦窯で出土している。Ⅴ式Bの小型の瓦窯は不明である。平城宮の「楊《よう》梅宮《ばいのみや》」の造営時期から長岡京遷都までの宝亀元年（七七〇）から延暦三年（七八四）に生産、使用された。

Ⅵ式は破片で出土し、大型と小型の二種がある。

久世廃寺と同じ鬼板をあげた寺院

久世廃寺跡出土の鬼形文鬼板と同笵の平城宮Ⅰ式Ａの鬼板を出土している寺院は、奈良国立文化財研究所の毛利光俊彦氏の研究（前掲書）によると、平城京内で四寺院、平城京域外で一寺院が知られている。京内は興福寺《こうふくじ》、薬師寺《やくしじ》、海龍王寺《かいりゅうおうじ》、唐招提寺《とうしょうだいじ》で、京域外では河内の西琳寺《さいりんじ》である。

京内寺院の興福寺は藤原不比等主導の平城京遷都および平城宮造営に合わせて創建された寺院で、創建は「和銅年中」といわれる。『続日本紀』の元正天皇養老四年（七二〇）十月の条に「造興福寺仏殿三司」の記事があり、仏殿司《ぶってんのつかさ》の設置によって造営は官の掌握するところとなり、藤原不比等にかかわる天皇、皇后等によって天平末年ごろまでに造営された。堂塔の造営に合わせて平城宮官窯の瓦が供給され、Ⅰ式Ａの鬼板もその際に用いられたものであろう。

薬師寺は天武天皇が発願し、持統、文武天皇によって造営され、奈良県高市郡木殿に完工した。『薬師寺縁起』（『群書類従』釈家部所収）によると「養老二年（七一八）徙建《しけん》本薬師寺」とあり、本薬師寺より移すと云う意味で、平城京遷都に伴い高市郡木殿の本薬師寺を平城京右京六条二坊の西の京へ移築がおこなわれた。『続日本紀』の養老三年（七一九）三月の条に「始置造薬師寺司史生二人」とあって、官営による造営が始められたことがわかる。さらに、養老六年（七二二）七月の条には諸大寺を管理し、僧尼の規律を司る僧綱《そうこう》が常時居住する官大寺であった記事がある。出土瓦から主要堂塔の建立はほぼ天平年間に終わったと考えられ、その際、平城宮官窯の瓦の供給を受け、I式Aの鬼板が使用された。

海龍王寺は奈良朝以前の古瓦を出土する古寺（福山敏男『奈良朝寺院の研究』一九四八）で平城京遷都に伴い、宮城の東に藤原不比等の邸宅ができてから同邸宅の東北隅にあたるようになり、隅院《すみいん》、隅寺《すみじ》、角寺《すみじ》と呼ばれた。『七大寺巡礼私記』には光明皇后が僧玄昉《げんぼう》の帰朝の安全を祈って創建したと伝える。『続日本紀』の天平十年（七三八）三月の条には「隅院食封一百戸」とあって、朝廷の待遇が厚かったことが推察される。造営に際しても平城宮官窯の瓦が供給されるのも当然と思われる。

唐招提寺は『続日本紀』に天平宝字七年（七六三）五月、僧鑑真物化《ぶつか》に際し、平城京右京五条二坊の新田部親王《にいたべのみこ》の旧邸宅地に唐招提寺を開創したとある。聖武太上天皇は鑑真の授戒《じゅかい》を受け、鑑真に大僧正の位を授けた。また、淳仁《じゅんにん》天皇は鑑真に大和上《だいわじょう》の称号を授けた。唐招提寺の建立に際しては平城宮の朝集殿《ちょうしゅうでん》を講堂に、藤原仲麻呂邸の建物を食堂《じきどう》に転用したといわれ、平城宮I式Aの鬼板の出土も転用建物に使用されていたものであろうと考えられている。

京域外の寺院で唯一、平城宮I式Aの鬼板を出土しているのは大阪府羽曳野《はびきの》市の西琳寺である。西琳寺の創建は百済様式の素弁八葉蓮華文軒丸瓦等の出土から七世紀前半までさかのぼると考えられている（石田茂作『飛鳥時代寺院址の研究』一九四四）。『西琳寺文永注記』の縁起によると、欽明天皇の時、文首阿志高《ふみのおびとあしたか》なる者による造仏立寺という。『日本書紀』の雄略天皇九年七月の条には河内国古市郡人書首加龍《ふみのおびとかりょう》なる者がこのあたりに居住している記事が見える。西琳寺はこの河内の文《ふみ》氏の氏寺であった可能性が濃い。

岸俊男氏によると、橘三千代《たちばなのみちよ》の本貫は河内国古市郡で、河内の文氏との関係が考えられるという（岸俊男「県犬養宿禰橘三千代をめぐる憶説」末永先生古稀記念『古代学論叢』一九六七）。藤原不比等と橘三千代の間に安宿媛《あすかべひめ》が誕生している。安宿媛は光明子の幼名で、河内国安宿郡（飛鳥戸郡）に因むといわれる。西琳寺は河内の文氏の氏寺として橘三千代を通じて藤原氏とのかかわりが深く、寺院造営にあたっては官営瓦窯の瓦の供給があったのもうなずける。

久世廃寺と栗隈氏

では、久世廃寺に官窯からの瓦の供給があった背景は何であろうか。

久世廃寺は『倭名類聚鈔』にみる国別郷名の久世郡久世に立地している。久世郡の郷名の中には栗隈《くりくま》郷がある。『日本書紀』『続日本紀』にみえる栗隈氏は郷名を冠する山背国久世郡の在地豪族であろうと注目されてきた。喜田貞吉氏によると、『日本書紀』の舒明天皇即位前紀に「栗隈采女黒女《くりくまのうねめくろめ》迎於引入大殿」とあって、栗隈氏は采女を出している。采女は大化二年の詔に郡《こおりの》少領《すけ》以上の子女で形容端正者を貢げとある。大化期の郡少領はかつての国造《くにのみやつこ》や県主《あがたぬし》を任命しており、したがって、栗隈氏は大化以前からの久世郡の在地豪族と見られるとしている（喜田貞吉「栗隈県」『久津川古墳研究』一九二〇）。

『日本書紀』の天智天皇七年（六六八）二月の条に、「栗隈首徳万《くりくまのおびととくま》に女有り、黒媛女《くろひめめ》と曰う、水主皇女《もひとりのひめみこ》を生む」とある。水主皇女は後に三品水主内親王となり天平九年（七三七）八月に七十歳近くで薨じている。

松が枝《え》の地《つち》に着くまで降る雪を見ずてや妹《いも》が籠《こも》り居《を》るらむ　（巻二十—四四三九）

水主内親王は寝食もままならぬ病床にあって、ずっと参内できなかったので、元正上皇が侍女たちに「水主内親王に贈るために、雪を題に歌を作ってさし出すように」と仰せられた。この時、石川命婦《みょうぶ》がこの歌を作って奏上したという。

栗隈氏に関しては、『続日本紀』の光仁天皇宝亀十一年（七八〇）八月の条に次のような記事がある。

外従五位下栗前連枝女《くりくまのむらじえだめ》は天武天皇の第九皇子忍壁親王《おさかべのみこ》の子山前王《やまくまのおおきみ》の皇女でありながら、母方の姓を用いていた。宝亀十一年八月に池原女王《いけはのおおきみ》と王名を改め、従五位下を授けられている。この記事から山前王の妃は栗前（隈）氏の女であったことがわかる。

以上のように栗隈氏の子女は天皇や皇族の妃として水主皇女や池原女王を生んでおり、皇族と姻戚関係にあった。平城宮Ⅰ式Aの鬼形文鬼板を出土する寺院跡がすべて奈良朝の官寺的な性格を持ち、天皇・皇族と関係深い寺院であった。久世廃寺跡出土の鬼形文鬼板をはじめ平城宮式の軒瓦は官瓦窯から供給されたものであり、山背の富裕豪族栗隈氏が皇族と極めて深い関係であったことを考えれば平城宮Ⅰ式Aの鬼板の出土もなんら不自然なことではない。

したがって、この久世神社の境内にのこる久世廃寺といわれる寺跡は栗隈氏の氏寺であった可能性が極めて高い寺院である。

正道遺跡

久世廃寺のあるこの地域には、また正道《しょうどう》遺跡がある（八五ページ、地図参照）。

昭和四十年ころは芝ヶ原から正道にかけての台地の宅地開発が始まっていた。開発の名のもとに無惨に遺跡が破壊されてしまわないように、土曜日の午後は、遺跡保護のパトロールをかねて分布調査に歩いた。

芝ヶ原と正道の間にある小さな谷の斜面を正道へ登ったところで、砂礫とともに古瓦の破片が落ちていた。その中には川原寺式の八葉複弁蓮華文《はちようふくべんれんげもん》の軒丸瓦や平城宮式の複弁蓮華文の軒丸瓦の破片、重弧文《じゅうこもん》の軒平瓦の破片、二彩の陶片等があった。谷の斜面で採集したので、この付近に瓦を焼いた瓦窯跡があるのではないかと思った。しかし、時期の異なる文様瓦があること、あるいは二彩の陶片があることは、瓦窯跡より寺院跡の可能性があると思われた。周辺を観察した結果は、台地上の畑の耕作で出土した砂礫や古瓦類を谷に向けて捨てた跡であることが判明した。

正道廃寺

そこで、正道の台地上に未知の古代寺院遺跡が存在する可能性があることを京都府教育委員会文化財保護課の堤《つつみ》圭三郎《けいさぶろう》氏に連絡した。それを受けて、京都府教育委員会は昭和四十一年(一九六六)、堤氏の担当で試掘調査を実施した。その結果、桁行《けたゆき》四間、梁行《はりゆき》二間の掘立柱建物一棟を検出し、遺構の存在が確認された。そこで、遺跡名を正道廃寺跡と名づけた。

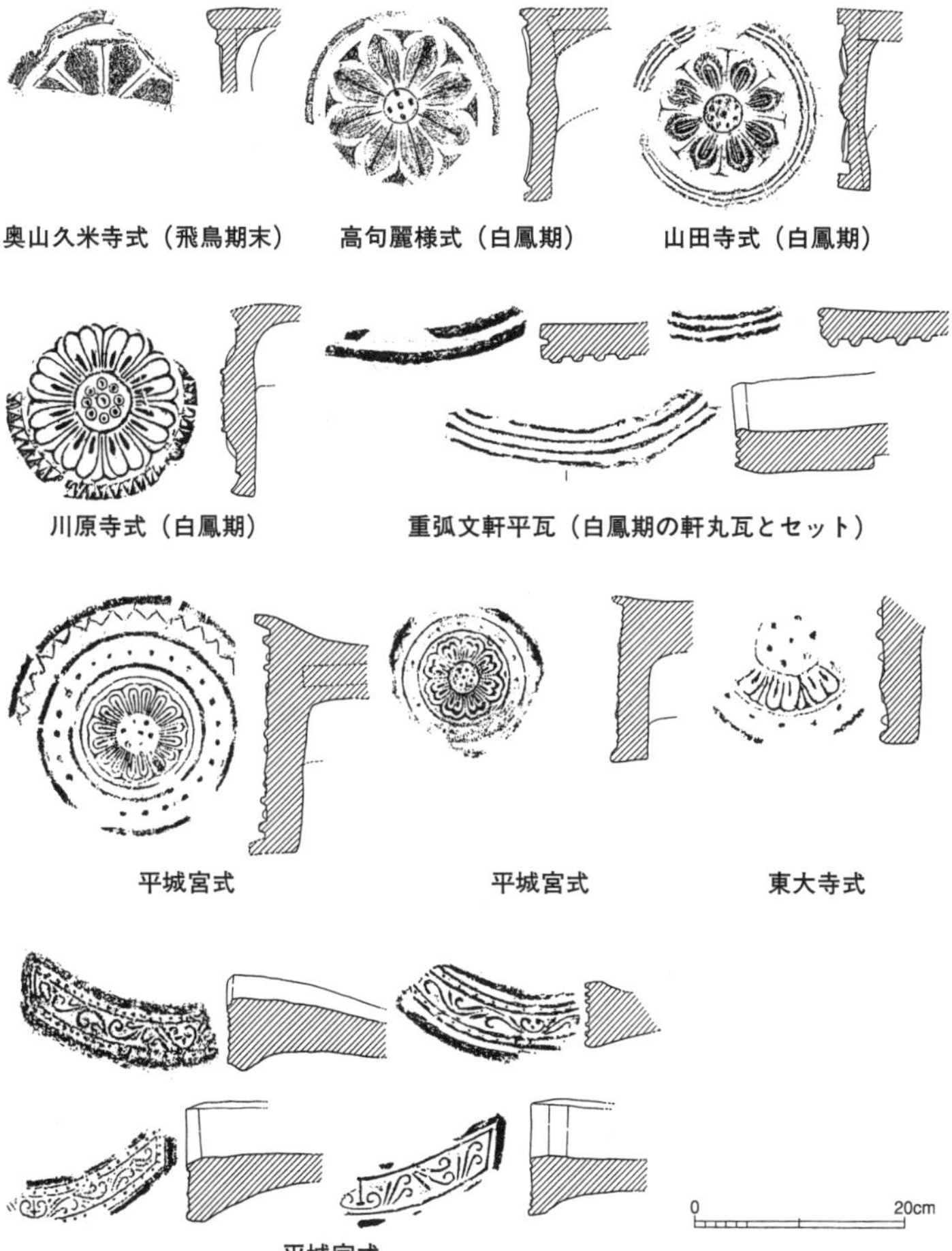

正道遺跡出土のさまざまな瓦

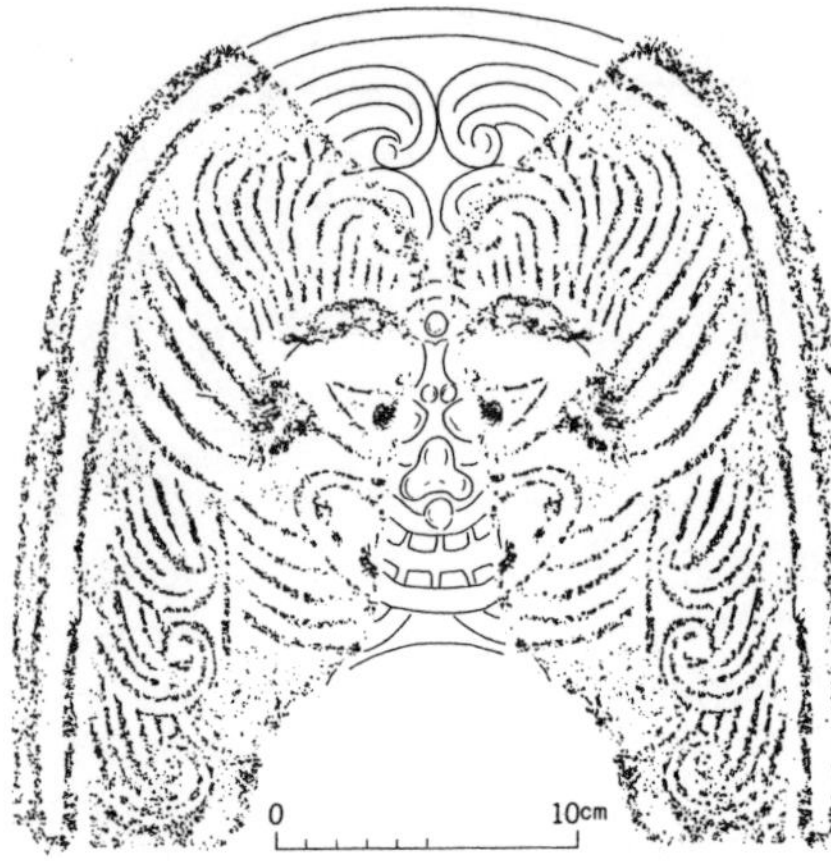

正道遺跡出土の鬼板　平城宮II式Bの小型の鬼板。

この地域の宅地開発が進んできたので、京都府教育委員会は開発に先立ち、昭和四十三年（一九六八）に第二次調査を、昭和四十四年（一九六九）には第三次、第四次調査をかなり広範囲に実施した。

その結果、出土した軒丸瓦は奥山久米寺式の素《そ》弁蓮華文《べんれんげもん》軒丸瓦、高句麗《こうくり》様式の蓮華文軒丸瓦、山田寺式の単弁蓮華文軒丸瓦、川原寺式の複弁蓮華文軒丸瓦の飛鳥末期から白鳳期の九種類一二五点が出土し、これに対となる重弧文の軒平瓦も出土した。これに次ぐ奈良期の軒丸瓦は平城宮式や東大寺式のもので、四種類一七四点が出土した。これらと対になる平城宮式の唐草文の軒平瓦や平城宮式鬼板、七大寺式鬼板も出土した。出土瓦の半分は白鳳期のもので、白鳳創建の寺院遺跡と思われる。

寺院跡関係の遺物として、塔の相輪《そうりん》の一部の青銅製の刹管《さつかん》と呼ばれる心軸や水煙《すいえん》の破片、塼《せん》仏《ぶつ》の光背《こうはい》から天蓋《てんがい》にかけての破片が出土した。塼仏で最も近似した例は三重県夏見廃寺《なつみはいじ》の白鳳後期の塼仏である。出土遺物からは正道廃寺跡が推察されるが、数次にわたる発掘調査では寺院遺構の基壇《きだん》や礎石《そせき》の類はついに検出されなかった。わずかに瓦溜の跡が検出されたが、寺院遺構に伴うものではなかった。

正道郡衙

第三次、第四次、第五次調査で、七世紀後半から九世紀前半の掘立柱の建物遺構群が検出された。掘立柱建物群は桁行八間、梁行四間の大規模建物を中心に、後殿《こうでん》、脇殿《わきでん》、南門と建物が整然と配置されていた。配置建物群の西側には支柱をたくさん持ち、重量物を収納する倉庫群が検出された。出土遺物にも台付円面硯《えんめんけん》が破片を含め五点も出土した。また、出土土器が須恵器の杯《つき》、高杯《たかつき》をはじめ精製された宮廷様式ともいうべき食器の割合が多いこと、少数ながら緑《りょく》釉《ゆう》、灰釉《かいゆう》陶器が出土していることは、ただの集落ではなく郡役所の郡衙《ぐんが》ではないかと考えられた。場所的にも久世郡の中心地の久世郷に位置しており郡衙である可能性は高い。

郡衙は郡家「ぐんけ」とか「ぐうけ」或いは「こおりのみやけ」などとよばれており、地名から郡衙跡の存在が考えられるところは、神戸市東灘区御影郡家《ぐんけ》（摂津国兎原郡）、大阪府高槻市郡家町《ぐんけまち》（摂津国島上郡）、大阪府茨木市郡《こおり》（摂津国島下郡）、大阪府寝屋川市郡《こおり》（河内国茨田郡）などがあげられる。

発掘調査によって郡衙遺跡と確認された例は、常陸国新治郡《にいはる》（方三町、建物五二棟）、下野国那須郡《なす》（方二町、建物三〇棟以上）、筑後国御原郡《みはる》（方二町、建物二〇棟）、このほか、遺跡として七〇カ所が確認されている。

奈良期の正税《しょうぜい》は土地を単位とする租《そ》と、人間を単位とする庸《よう》、調《ちょう》とがある。

庸、調は人間を単位とするため、性別、年齢、顔かたち等の特徴、それに課税するか、しないかの別を記した帳簿の計帳《けいちょう》が作られていた。庸は歳役《さいえき》といって一年に十日間、都で土木事業に従事するか、労役の代わりに二丈六尺の布を納める人頭税《じんとうぜい》である。調は絹《きぬ》、紬《つむぎ》、糸《いと》、綿《わた》、布《ぬの》などから「郷土所出」のもの、つまり、その地の産物を納める税である。この庸、調に対して田地から納めるのが租で、租は口分田にかけられる物納の税であった。租は一反当たり稲二束二把で、これは一反から穫れる稲の百分の三、即ち、三パーセントであった。各戸主は自分の戸に与えられた口分田の租をまとめて、九月から十一月末にかけて、籾《もみ》のままで納めた。納められた租穀は国衙や郡衙の正倉《しょうそう》に保管され、国や郡の財源となった。

租米を春の端境期に種籾《たねもみ》として五割の利息付きで貸付け、秋の収穫で返還させる出挙《すいこ》がある。出挙は地方財政の財源に充てられ、正倉に保管されていた。

正道官衙遺跡の復元図（作画：早川和子）

現在の正道官衙遺跡　遺跡の一部が復元され遺跡公園となっている。

郡衙遺跡で柱穴の多い掘立柱の建物群は、重量物の租米や出挙米を納めた正倉の倉庫群の遺構であったろう。

正倉院文書の正税帳によると、

大和国　平群郡六棟、十市郡八棟、城下郡十六棟、山辺郡八棟、添上郡十六棟

和泉国　和泉郡二十七棟、日根郡十四棟（『寧楽遺文』上巻　東京堂出版、一九六二）

郡衙にこれらの倉庫群があったことが記録されている。正道遺跡でも遺跡の北西部から大型倉庫数棟の遺構が検出されている。

「上野国交替実録帳《こうづけのくにこうさんじつろくちょう》」長元元年（一〇二八）の文書（『平安遺文』四六〇九文書）には、上野国各郡の郡衙の建物が詳細に記録されている。即ち、郡庁（庁屋）、向屋、副屋、公文屋、西屋、東屋、納屋の六棟から八棟で郡役所が構成されており、官舎としては宿屋、向屋、副屋、廐《うまや》、または厨《みくりや》の四棟で一単位をなす館が、一館から四館、合計一六棟で構成する官舎群からなっていた。

幻の正道廃寺

正道遺跡で検出された遺構を検討してみると、寺院建築遺構の場合は瓦積基壇や礎石を使用

しているのが一般的奈良期の寺院跡である。宮廷や官庁の建物は掘立柱建物で南門、正殿、後殿、脇殿が同じ方向に整然と配置されるのが一般的である。正道遺跡の場合も掘立柱建物の規模が大きく、建物の配置も同一方向を向き、整然としている。長元元年の上野国の文献史料と比較すると、南門から北にむかって、向屋、東西に東屋と西屋、その北に二重の柱穴を持つ庁屋、副屋と列び文献史料と合致する。

また、滋賀県栗東町岡遺跡（栗太郡衙）、滋賀県高島町日置《ひおき》遺跡（高島郡衙）等、地方官衙の典型的遺構と一致している。出土遺物の円面硯は識字層の存在や帯金具、緑釉陶器の出土も官衙的要素の遺物である。

遺跡の存在する現地名は城陽市寺田字正道であるが、古代以来久世郡の中心地域の久世郷にあり、正道遺跡は久世郡衙跡とみて大過ないと思う。文化庁は史跡指定の際、慎重を期して史跡名を正道官衙遺跡としている。

一方、遺跡発見の動機となった多数の文様瓦や寺院跡関係の塼仏の破片、塔の相輪の一部の出土は正道廃寺跡であるという可能性も捨て難い。寺院遺構はすでに郡衙造営時に破壊されたのか、あるいは、まだ周辺部に埋没しているのか、わからない。幻の正道廃寺跡である。

万葉の村

庶民の家

貧窮問答《びんぐもんだふ》の歌一首併せて短歌　山上憶良

風雑《まじ》り　雨降る夜《よ》の　雨雑《まじ》り　雪降る夜《よ》は　術《すべ》もなく　寒くしあれば　堅塩《かたしほ》を　取りつづしろひ　糟湯酒《かすゆざけ》　うち啜《すす》ろひて　咳《しはぶ》かひ　鼻びしびしに　しかとあらぬ　鬚《ひげ》かき撫でて　我《あれ》を措《お》きて　人は在らじと　誇《ほこ》ろへど　寒くしあれば　麻衾《あさぶすま》　引き被《かがふ》り　布肩衣《ぬのかたぎぬ》　有りのことごと　服襲《きそ》へども　寒き夜すらを　我よりも　貧しき人の　父母は　飢《う》ゑ寒《さむ》からむ　妻子《めこ》どもは　乞ふ乞ふ泣くらむ　この時は　如何《いか》にしつつか　汝《な》が世は渡る

天地《あめつち》は　広しといへど　吾《あ》が為《ため》は　狭《さ》くやなりぬる　日月《ひつき》は　明《あか》しといへど　吾《あ》が

為は 照りや給はぬ 人皆か 吾《あ》のみや然る わくらばに　人とはあるを　人並《ひとなみ》に 吾《あれ》も作《な》れるを 綿も無き 布肩衣《ぬのかたぎぬ》の 海松《みる》の如《ごと》 わわけさがれる 襤褸《かかふ》のみ 肩に うち懸け 伏廬《ふせいほ》の 曲廬《まげいほ》の内に 直土《ひたつち》に 藁《わら》解き敷きて 父母は 枕《まくら》の方《かた》に 妻子どもは 足《あと》の方《かた》に 囲《かく》み居《ゐ》て 憂へ吟《さまよ》ひ 竈《かまど》には 火気《ほけ》ふき立てず 甑《こしき》には 蜘蛛《くも》の巣懸《か》きて 飯炊《いひかし》く 事も忘れて 鵺鳥《ぬえどり》の 呻吟《のどよ》ひ居《を》るに いとのきて 短き物を 端截《はしき》ると 云へるが如く 楚取《しもと》る 里長《さとをさ》が声は 寝屋戸《ねやど》まで 来《き》立ち呼《よ》ばひぬ かくばかり 術《すべ》無きものか 世間《よのなか》の道

（巻五―八九二）

世間《よのなか》を憂《う》しとやさしと思へども飛び立ちかねつ鳥にしあらねば

（巻五―八九三）

天平四年（七三二）冬の作。山上憶良《やまのうえのおくら》が丹比県守《にひのあがたもり》（当時参議、民部卿、山陰道節度使）に謹上した歌といわれる。

伏廬《ふせいお》の曲廬《まげいお》の家は土間に藁《わら》を敷き、家族五人が寝ると頭と足がつかえるくらいの広さしかないところに造り付け竈《かまど》がある。その竈には御飯を炊く甑《こしき》がかかっているが、火の気もなく蜘蛛の巣がかかっている。『万葉集』の中でもよく知られている歌で、当時の庶民の生活や住居の様子がうかがえる。かつて、筆者たちはこのころの集落跡を発掘調査したことがある。場所は『万葉集』にも詠まれている山背の久世で、現城陽市久世字芝《しば》ヶ《が》原《はら》である。

芝ヶ原遺跡

芝ヶ原遺跡は、前章で出てきた正道官衛遺跡とは谷一つ隔てた西の台地で、久世神社の鎮守の森の北側、久世小学校の南隣に位置する（八五ページ、地図参照）。昭和五十年（一九七五）十二月から翌年三月末までの一冬かかって、五〇メートル四方の二四〇〇平方メートルを発掘調査した。調査を始めたのは、まさに「風雑り　雨降る夜の　雨雑り　雪降る夜」のような気候であったのに、終了した時には桃の花が咲いていた。

検出した遺構は竪穴住居跡《たてあなじゆうきよあと》七六基と掘立柱建物《ほつたてばしらたてもの》二一棟以上、その他円筒埴輪棺《えんとうはにわかん》二基などであった。遺構はトレンチの外にも拡がり、広範囲に分布する集落跡であることが判明した。竪穴住居跡は大きく七つの集団に分かれ、一つの群は竪穴遺構が四回から五回の重複があり、建替えが五回もおこなわれていたことになる。

竪穴遺構の切合い関係で、どこも壊されていない最も新しい竪穴住居を摘出して、戸数を数えてみると、一四基が認められた。今回の調査では、一四基の竪穴住居や七つのグループと重

芝ヶ原遺跡の竪穴住居跡　5回もの建替えがおこなわれ、住居跡が重なっている。黒い部分が最後に建てられた住居跡。

複関係を持たない単独に立地する数基の竪穴住居が見つかっており、これが加わって常時、二〇戸前後の家屋に人が住んでいて、四回から五回の建て替えがおこなわれるくらいの年月の間、人びとが住み続けたということが解った。

　さらに、竪穴住居の遺構を壊して掘立柱建物の柱穴が掘られており、掘立柱建物が後出の遺構であることがわかる。すなわち、竪穴住居から掘立柱建物に家屋がかわったのである。したがって芝ヶ原のこの集落はかなり長期にわたって存在していたこともわかった。後で述べるが、出土した須恵器から、六世紀末から八世紀初頭まで約一五〇年間続いた集落である。

住居の形

竪穴住居には長方形プランと正方形プランの二形式がみられる。長方形の竪穴は五・二×二・七メートルと極端に横長のものから、四・一×三・四メートルと方形に近いものまである。長方形竪穴に用いられた屋根の構造は切妻《きりつま》形であろう。正方形プランの最大の竪穴は六×五・八メートルの規模で、最小は三・二×三・二五メートルである。正方形の竪穴の屋根は寄棟《よせむね》形が考えられる。

竪穴住居の面積を大きさごとに分けてみると、三一〜三五平方メートル一戸、二一〜二五平方メートル五戸、一六〜二〇平方メートル一五戸、一一〜一五平方メートル一四戸、一〇平方メートル以下二戸で、一辺四メートル前後の竪穴住居が最も多い。

竪穴の北壁か東壁のほぼ中央に竈が設けられている。竈の焚き口は竪穴内にあるが、煙出しは竪穴の外に出る構造であった。中には焚き口が二つある構造のものがあり、同時に二個の炊飯ができる竈であった。住居の入り口は、竈の反対側の壁に設けられていたと思われる。また、竪穴内に造りつけの竈がなく、木炭や焼土の痕跡だけが見られる竪穴があったが、おそらく把手《とって》付の移動式の竈が使用されていたのであろう。

山上憶良が詠った直土《ひたつち》に藁を敷き、父母は頭の方に、妻子は足の方で寝る広さの万葉の家は芝ヶ原の一辺四メートルの竪穴住居がまったくそのとおり、竈には甑をかけ炊飯していたことがうかがえる。

掘立柱建物が竪穴住居の遺構を壊して検出されていることは、竪穴住居より後出の建物であることがわかる。掘立柱建物で最大のものは四間（七・四メートル）×二間（五・五メートル）四〇・七平方メートルと四間（八・一メートル）×二間（四・七メートル）三八・〇七平方メートルの二棟で、方形の丁寧な掘形《ほりかた》の柱穴からなり、他の掘立柱建物の柱穴とは違っている。二棟の大型建物は竪穴住居との重複関係はなく、むしろ、竪穴住居群の中央広場に立地しており、竪穴住居と共存していた可能性が強い。大型建物は里長《さとおさ》の家なのか、あるいは共同の集会所、作業所なのか、いずれにしても集落の重要な建物であった。

掘立柱建物群の面積をみると、三六～四〇平方メートル二棟、二六～三〇平方メートル一棟、二一～二五平方メートル一棟、一六～二〇平方メートル二棟、一一～一五平方メートル七棟、

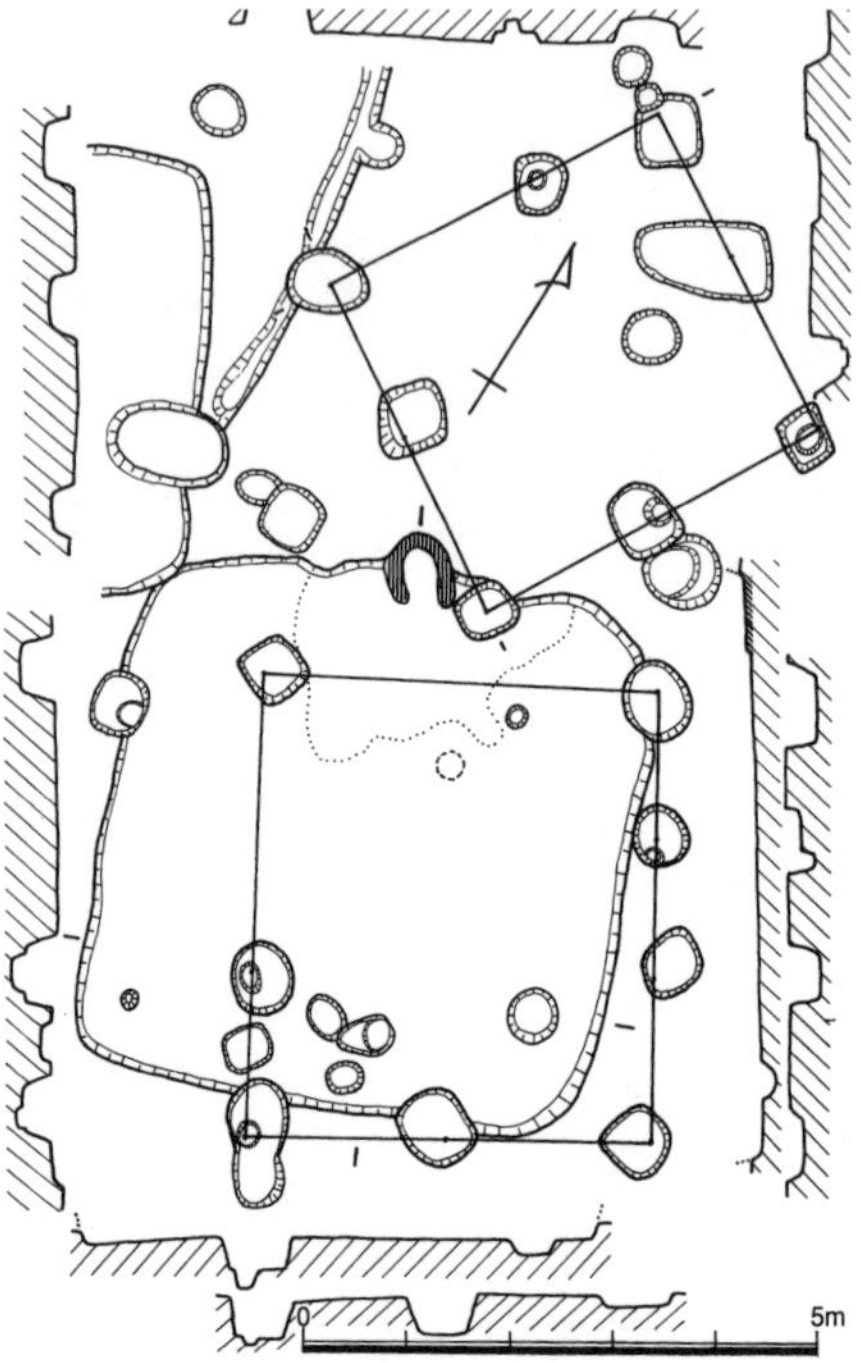

竪穴住居と掘立柱建物　竪穴住居の北側の壁に竈が造りつけられている。掘立柱建物は竪穴住居の後に建てられた。

一〇平方メートル以下四棟に分けられる。四間（四・三メートル）×二間（三・九メートル）一六・八平方メートル、二間（三・九メートル）×二間（三・五五メートル）一三・八平方メートルが一般的掘立柱建物の大きさで、その点、一般的竪穴住居の大きさと変わらない面積であり、居住用の建物である。四間×二間の建物の屋根は切妻形を、二間×二間の建物は寄棟形の屋根が考えられる。

芝ヶ原遺跡における竪穴住居と掘立柱建物の相関関係は竪穴住居から掘立柱建物の家屋へ移行していく転換期の遺構であり、畿内における掘立柱建物家屋の出現の時期を示す一例として、建築史上においても貴重な資料であろう。

住居の時期

芝ヶ原遺跡の住居の時期の決め手となるのは、出土した土器である。一般的にこの時期の土《は》師器《じき》の器形の変化は乏しく、編年の細分化はむずかしい。その点、須恵器《すえき》の器形の変化は顕著であり、特に杯《つき》において著しい。今、芝ヶ原の杯の身蓋の例をみるに五形式に分かれる。森浩一氏の須恵器の編年（『古代学研究』三〇号、一九六二）を借りると、Ⅲ後半、Ⅲ末、Ⅳ前半、Ⅳ後半、Ⅴの形式にあてはまる。

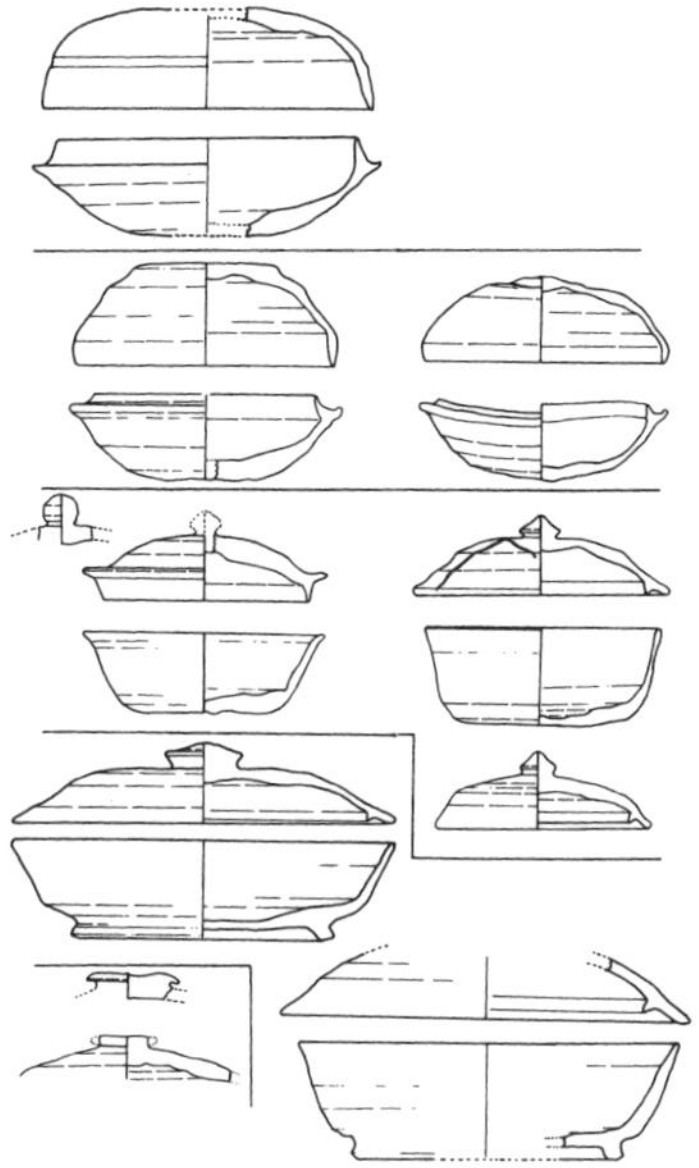

芝ヶ原遺跡出土須恵器の形式編年

出土須恵器で遺構に伴うものとしては、層位的に竪穴住居跡の上に堆積していた土器溜《どきだめ》の土器群である。この土器群は竪穴住居群よりは後のもので、最終末の竪穴住居と並行する時期かもしれないが、その大半は掘立柱建物の時期のものと思われる。この土器溜出土の土器が住居の転換期の時期決定の基準となる。

ここでは、Ⅲ後半の出土はなく、Ⅲ末に始まり、Ⅳ前半とⅣ後半が最も多く、またⅤ期の土器の出土が少ない。これを住居遺構にあてはめると、竪穴住居の最盛期はⅢ後半の時期で、Ⅲ末頃廃絶し、かわって掘立柱建物が出現し、掘立柱建物の最盛期はⅣ前半、Ⅳ後半の時期で、Ⅴに入るころ、この集落は廃絶した。したがって、竪穴住居から掘立柱建物へ転換したのはⅢ末Ⅳ初めころで、実年代では六世紀末から七世紀初頭であろう。村落自体も六世紀後半に成立をみて、八世紀初頭までは存続した約一世紀半に及ぶ集落であったと思われる。すなわち飛鳥時代から奈良時代にわたり活動していた集落であった。

人びとの生業

芝ヶ原遺跡は、標高四二メートルの洪積台地《こうせきだいち》上に立地する地理学上の高地性集落である。集落立地の自然条件としては不利な乏水地であり、生活に必要な飲料水は丘陵を浸食した谷間の湧水しか求められず、日常生活にはかなり不便をしていたと思われる。

当時の一般的村落の生産基盤は水田耕作にあったと思われる。芝ヶ原遺跡でも鍬先《くわさき》や小形の鉄鎌《てつがま》が三個出土している。しかし、芝ヶ原の台地と水田地帯の沖積平野《ちゅうせきへいや》とは最短距離にして五〇〇メートルから六〇〇メートルは離れている。七世紀の畿内の沖積平野は班田収授《はんでんしゅうじゅ》の条《じょう》里制《りせい》が実施されるか、その直前であり、平野の開拓はかなり進んでいたはずである。したがって、当時の集落は生産地に近い平野の微高地の自然堤防の上に形成されるか、丘陵末端の湧水《ゆうすい》線《せん》に沿って成立するのが極めて自然である。

丘陵上の芝ヶ原遺跡は農耕集落として成立しうるだろうか。ただ、鉄製農具の普及に伴い、畑作の可能性は否定できないが、その確証は持ち合わせていない。農耕以外の生産では牧馬などの畜産的生産も考えられる。出土遺物に馬具の革帯の飾《かざり》鋲《びょう》が一個出土しているが、わずか一点の出土では馬飼部《うまかいべ》の集落とは言いきれない。

集落が丘陵上に立地する例は、畿内の弥生後期の高地性防御《ぼうぎょ》集落がある。丘陵の斜面に延々と空壕《からぼり》をめぐらせて外敵の侵入を防いでいる。芝ヶ原の場合は周壕《しゅうごう》などの防御的遺構は確認されておらず、武力抗争の動乱を避けるための防御集落である可能性もあるが、今のところ不明である。

工人の集落

芝ヶ原遺跡の発掘調査では鉄器一九点と鉄滓《てっさい》一一点が検出された。鉄滓は製鉄遺跡に見られるほどの多量な出土ではなく、椀形滓《わんがたさい》ばかりで、ここで鉄鉱石や砂鉄から鉄を製錬したのでは

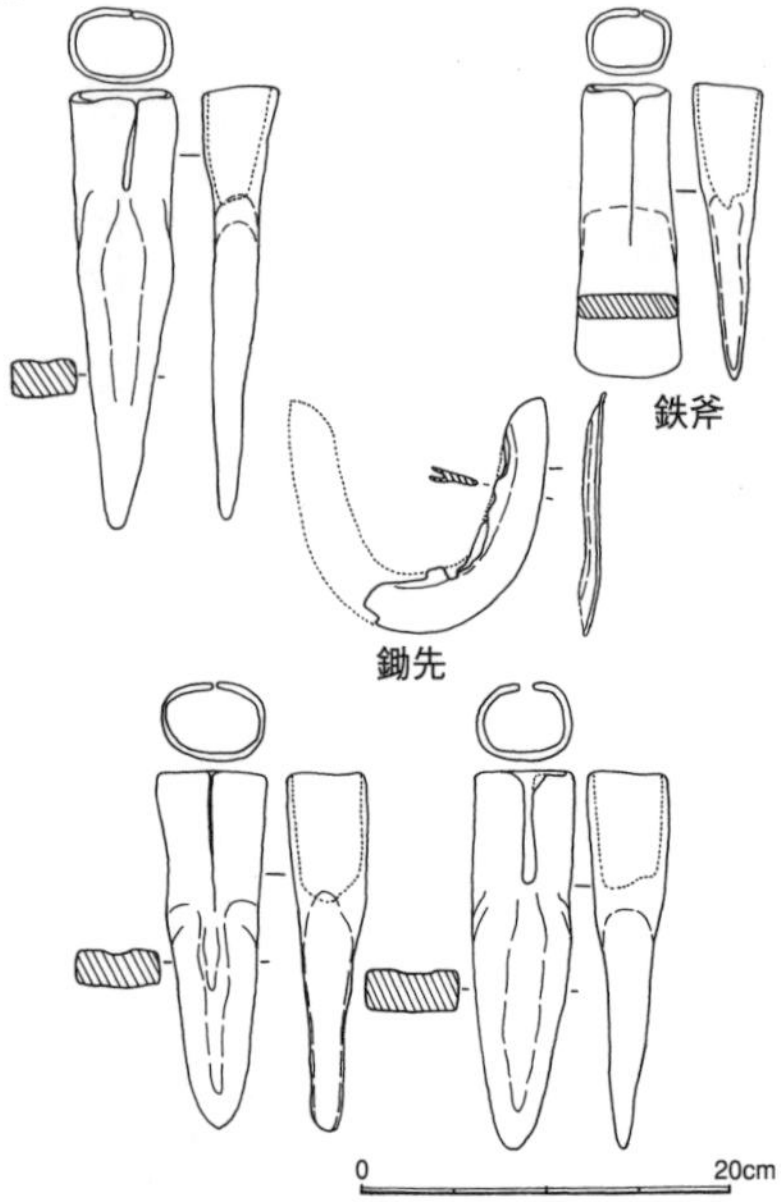

芝ヶ原9号墳出土異形の鉄器と鉄斧、鋤先

なく、地金の鉄材を加工した際に出た鉄滓ではないかと思われる。昭和五十三年（一九八七）の芝ヶ原の東地域の調査の際にフイゴの羽口《はぐち》が検出されている。芝ヶ原九号墳（一三二ページ参照）の墳丘裾には、鉄斧《てっぷ》や鋤先と一括出土した異形の鉄器三個がある。形状は大型で、槍の石突《いしづき》に近似しており、袋穂《ふくろほ》の柄が付き、本体は扁平にしてぶ厚く、先は尖るが、先端は鈍く丸みをもつ、全体に重量のある鉄器である。この鉄器の類例は知らないが、形状から槌《つち》の機能が考えられ、鉄器や鉄滓、フイゴの羽口と関連性を持つ鍛冶《かじ》工具の一種ではないかと思われる。

芝ヶ原遺跡は集落立地の自然条件と考え合わせるとき、その生産基盤は小鍛冶《こかじ》にあったのではなかろうか。周辺遺跡の正道遺跡では奈良期の官衙に先行する古代寺院跡の存在が考えられるし、西に隣接する久世廃寺跡は白鳳創建の奈良期の寺院であり、芝ヶ原遺跡の竪穴住居跡から久世廃寺出土と同型の川原寺式の軒丸瓦や平瓦の破片が出土している。古代寺院はその建立に、かなりの年月を費やしている。蘇我倉山田石川麻呂《そがのくらやまだいしかわまろ》が発願した山田寺は起工より完成までに四六年の長きにわたっている。

長期間にわたる寺院の建立には、これに従事するいろいろな工人の集落が周辺に存在したはずである。芝ヶ原の古代集落も同時代の正道廃寺や久世廃寺の建立に従事した工人の集落ではなかっただろうか。

万葉の村

当時の村を正倉院文書で見ると、

御野（美濃）国山方郡三井田里　太宝弐年（七〇二）戸籍

三井田里戸数伍拾（五〇）戸　上政戸拾壱（一一）　中政戸弐拾壱（二一）　下政戸拾別（一八）

口数　捌伯仇拾仇（八九九）　男肆伯弐拾弐（四二二）　正丁壱伯伍拾参（一五三）

女肆伯陸拾参（四六三）　正女弐伯拾弐（二一二）

と記され、このほかに兵士、少丁《しょうてい》、小子《しょうし》、耆老《きろう》、廃疾《はいしつ》、奴婢《ぬひ》等の口数が記録され、その後に各戸毎に戸主以下の家族が記録されている（寧楽遺文』上巻　東京堂出版、一九六二）。

大化二年（六四六）春正月の改新の詔で、「総て五十戸を里と為す、里毎に長一人を置く、戸口を按検し、農桑《のうそう》を課殖し、非違《ひい》を禁察す、賦役《ふえき》を促すことを司れ」とあり、行政上の戸の最小単位が郷戸《ごうこ》で賦課の単位をなし、一〇人前後から一〇〇人におよぶ人びとで構成されていた。夫婦、親子、兄弟等の親族、奴婢、家人を含む大家族であった。

これに対して、生活単位の小家族を房戸《ぼうこ》と呼んでいる。芝ヶ原遺跡の竪穴住居の一基や掘立柱建物の一棟の小家族が房戸で、一四〜一七戸の房戸が集まって郷戸を形成し、大型掘立柱建物は郷戸主の居住家屋であったかもしれない。

芝ヶ原遺跡の村は、山上憶良が詠んだ「伏盧の曲盧」の家屋と「楚取る《しもとと》里長《さとおさ》」の家屋を連想させる万葉の村である。

子らの墓

子どもの死

子らを思へる歌一首

瓜食《うりは》めば　子ども思ほゆ　栗食《くりは》めば　まして思《しの》はゆ　何処《いづく》より　来《きた》りしものそ　眼交《まなかひ》に　もとな懸《かか》りて　安眠《やすい》し寝《な》さぬ

（巻五―八〇二）

反　歌

銀《しろがね》も金《くがね》も玉も何せむに勝《まさ》れる宝子に及《し》かめやも

（巻五―八〇三）

瓜をたべても、栗を食べても、子どものことがしのばれる。子どもはどんな因縁で生まれてきたのだろうか、目の先にちらついて安眠もできない。子どもは何にもかえ難い宝物である。愛しい子どもへの親の愛情が詠まれている。

このようなかけがえのないわが子の死に対して詠まれた歌に、次の歌がある。

男子《をのこ》の、名は古日《ふるひ》に恋ひたる歌三首

世の人の　貴《たふと》び願ふ　七種《ななくさ》の　宝もわれは　何為《なにせ》むに　わが中《なか》の　生れ出でたる
白玉の　わが子古日は　明星《あかほし》の　明《あ》くる朝《あした》は　敷栲《しきたへ》の　床《とこ》の辺《へ》去らず　立てれども
居《を》れども　共に戯《たはぶ》れ　夕星《ゆふつつ》の　夕《ゆふへ》になれば　いざ寝よと　手を携《たづさ》はり　父母も　上《うへ》
は勿放《なさが》り　三枝《さきくさ》の　中にを寝むと　愛《うつく》しく　其《し》が語らへば　何時《いつ》しかも　人と成り
出《い》でて　悪《あ》しけくも　よけくも見むと　大船《おほぶね》の　思ひ憑《たの》むに　思はぬに　横風《よこしまかぜ》の
にふぶかに　覆《おほ》ひ来《き》ぬれば　為《せ》む術《すべ》の　方便《たどき》を知らに　白栲《しろたへ》の　手襁《たすき》を掛け　まそ
鏡　手に取り持ちて　天《あま》つ神　仰ぎ乞ひ祈《の》み　地《くに》つ神　伏して額《ぬか》づき　かからずも
かかりも　神のまにまにと　立ちあざり　乞ひ祈《の》めど　須臾《しましく》も　快《よ》けくは無しに
漸漸《やくやく》に　容貌《かたち》くづほり　朝な朝な　言ふこと止《や》み　たまきはる　命絶えぬれ　立ち
踊り　足摩《す》り叫び　伏し仰ぎ　胸うち嘆き　手に持《も》てる　吾が児飛ばしつ　世間《よのなか》の

道　　　　　（巻五―九〇四）

世間の人が言う七種の宝より勝る、玉のようなわが子古日《ふるひ》は、朝夕戯れ、かわいい子である。早く成人した姿を見たいものだと思っていたのに、病にかかり、邪悪な風に翻弄《ほんろう》される大船のように、なす術もなく、白布の襷《たすき》をかけ、真澄鏡《まそかがみ》を手に持って、天の神、地の神に仰ぎ伏し祈り、神の思し召すままと取り乱して乞い願うのだが、よくはならず、生きる姿を失い。命も絶えてしまった。立ちあがり踊りあがり、足ずりして泣き叫び、天を仰ぎ胸打って嘆き、手の中の大事な玉のわが子を手から飛ばしてしまった。これが世の中か。

反歌

稚《わか》ければ道行き知らじ幣《まひ》は為《せ》む黄泉《したへ》の使負《つかひお》ひて通《とほ》らせ　（巻五―九〇五）
布施《ふせ》置きてわれは乞ひ禱《の》む欺《あさむ》かず直《ただ》に率去《ゐゆ》きて天路《あまぢ》知らしめ　（巻五―九〇六）

わが子、古日の野辺の送りに、幼子であるから黄泉の国へ行く道を知らないであろう、布施を贈るから黄泉の使者よ、真っ直ぐに連れて行き、天への道を教えておくれ。読むうちに自ずから涙が溢れでる親心を詠んだ歌である。

この愛しい子どもを葬った墓はどのようなものであったろうか。庶民の墓の変遷をみてゆこう。

墓の変遷

日常生活容器を遺骸収納の為に転用した土器棺《どきかん》の例は縄文時代からあって、縄文後期から晩期にかけての愛知県吉胡《よしご》貝塚や縄文晩期の滋賀県杉沢遺跡例にみられる。朝鮮半島から新文化が伝来した弥生時代には北九州を中心に貯蔵用の大型甕《かめ》を合せ口にして遺骸を収納した合口甕《あいくちかめ》棺墓《かんぼ》がみられる。佐賀県吉野ヶ里の墳丘墓は合口甕棺を内部主体として、ガラスの管玉《くだだま》や銅剣を副葬していた。周辺には無遺物の甕棺墓群による集団墓地が形成されていた。畿内の方形《ほうけい》周溝墓《しゅうこうぼ》においても、大阪府瓜生堂《うりゅうどう》遺跡のように墳丘中央の組合せ木棺を主埋葬施設として、周りに土器棺の従属的埋葬がみられる。

古墳時代になると厚葬思想にもとづいて、計画性をもって高く大きく築造した高塚の墳墓が造られる。築造年代の下限は飛鳥時代で、関東地方では奈良時代まで存続している。従属的埋葬としては円筒埴輪《えんとうはにわ》を埋葬用の棺に転用した円筒埴輪棺がある。奈良県新沢《にいざわ》五〇〇号墳の前方後円墳のくびれ部に円筒埴輪棺が埋葬されており、古墳時代前期からみられる慣習である。山背では城陽市の久津川《くつかわ》古墳群の大型古墳の墳丘周辺で検出されている。

道路から出てきた円筒埴輪

久津川古墳群中最大の前方後円墳は車塚《くるまづか》古墳（八五ページ、地図参照）で、南北に主軸を置き、前方部が南を向いている。墳丘東側裾にはＪＲ奈良線が主軸に沿って通り、ＪＲの線路の東側には前方部から後円部にかけて幅一六メートルの周濠の跡が鍵形に窪地をなしている。さらに、その外側には幅一五メートルくらい、わずかに傾斜して平地に移行している。

昭和四十三年（一九六八）の夏、前方部墳丘東南角から東三〇メートルの緩傾斜の肩付近の地点で、豪雨によって道路が洗い流され、道路の真ん中に円筒埴輪が露出しているのを見つけた。幅二メートルほどの道路は舗装も側溝もなく、自然のままの道路であった。道路の真ん中にあるため車の轍《わだち》にも壊されることもなく、埴輪は埋没保存されていた。そのころ、道路の奥に団地ができたり、工場が移転したりして、自動車の往来も激しくなりつつあった。水道管、ガス管の敷設も時間の問題であろうと思われた。

一日だけの調査

久津川古墳群の盟主格の車塚古墳の周濠の外堤に埴輪列が存在するのではないかと思い、この道路の真ん中の円筒埴輪が消滅する以前に調査をしなければと、その秋に町道の占有掘削許可を城陽町長よりもらい、宇治警察署長に道路使用許可を得、京都府教育庁文化財保護課に埋蔵文化財発掘調査届を提出して、勤労感謝の日に朝から日没までの数時間、車を止めて、強行調査を実施した。

調査は、砂利が敷詰められ、踏み固められた路面を清掃していくと、すでに表土はなく、黄褐色粘土質の地山に、東西約三メートル離れて、二カ所に円筒埴輪が横になっているのを確認した。砂利が食い込み、全貌を出すのには非常に時間がかかった。横たわる円筒埴輪の一端は朝顔形埴輪《あきがおがたはにわ》のくびれ部より上を逆にして口縁部《こうえんぶ》で塞いであった。他の一端は円筒部を半截したもので塞いであり、円筒埴輪棺であることがわかった。他の一基も同様の円筒埴輪棺であった。そこで、西側のものを西棺《せいかん》、東側のものを東棺《とうかん》とよぶことにした。

西棺は主軸を南北方向に向き、中央主体は一個の円筒埴輪の単棺《たんかん》からなり、北端に朝顔形埴輪のくびれ部より上の口縁部を逆にして塞ぎ、南端は円筒埴輪の下底部を半截したものを立てる形で塞いでいた。北側の朝顔形のほうがわずかに高く路面に露出していたため、北半部は欠

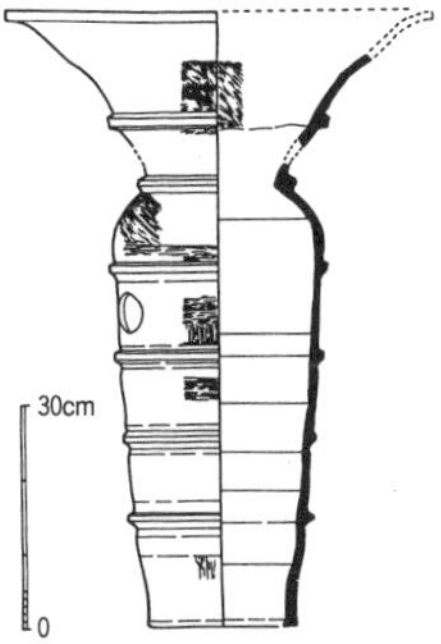

西棺復元朝顔形埴輪
実測図

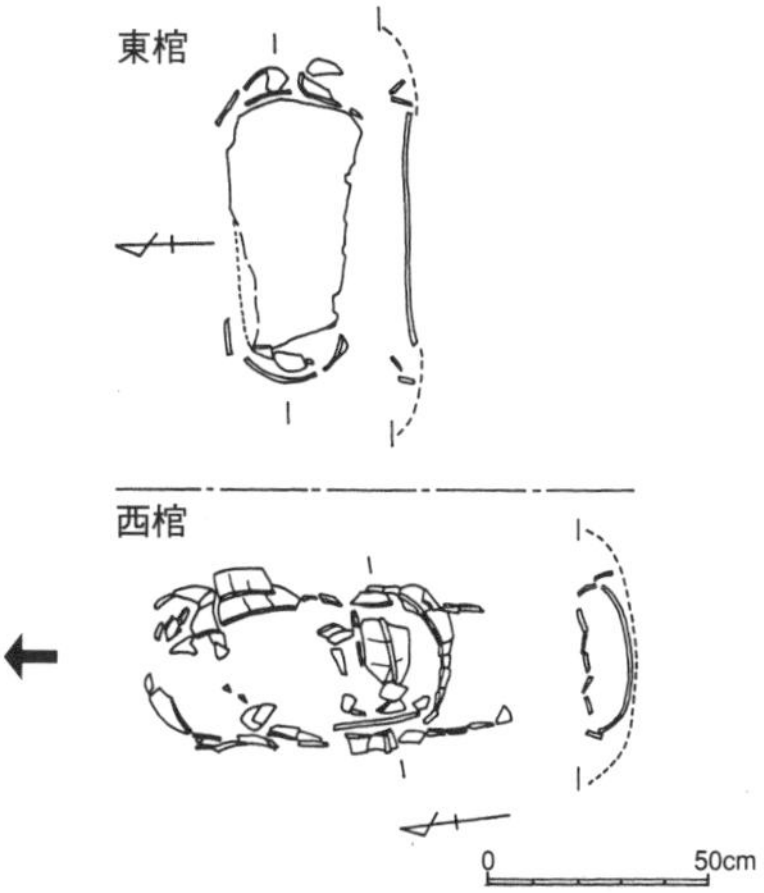

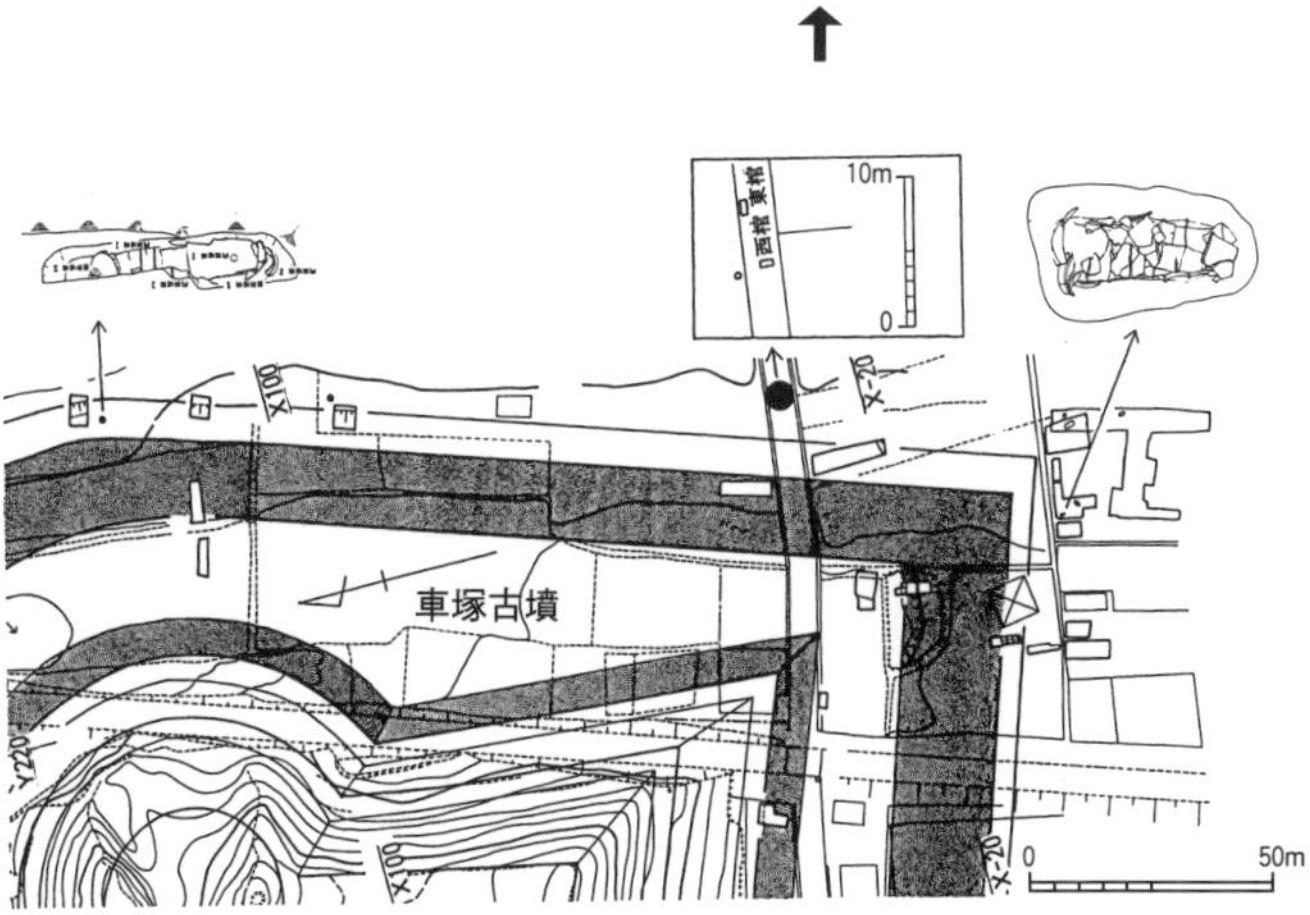

道路の真ん中から出てきた埴輪棺

失していた。棺内からはなんら遺物らしきものは検出できなかった。棺の大きさは長さ六〇センチ、幅三二センチ、高さ復元推定三〇センチであった。

東棺は西棺の東三・二メートルのところに主軸は東西方向に、西棺の主軸とは直交する形で位置していた。東棺は道路の北端にあったため、車の轍で壊され保存状態が悪く、埴輪棺の下底部のみが痕跡程度にしか残っていなかった。中央主体は一個の円筒埴輪の単棺で、東端は朝顔形埴輪の口縁部で塞ぎ、西端は円筒埴輪の基底部を半截して立てて塞いでいた。棺の内部には何も残っていなかった。棺の大きさは長さ七八センチ、幅三〇センチであった。

車輪の下から、かろうじて救い出した埴輪棺は現在、花園大学に保存されている。この二つの棺は、その大きさからみて小児を埋葬したと思われ、出土位置から見て車塚古墳に従属する円筒埴輪棺墓と思われる。

多くの円筒埴輪棺

その後、一〇年以上たって、車塚古墳の東側外堤で昭和五十九年(一九八四)に、城陽市教育委員会の調査により円筒埴輪棺二基が検出された。棺内には頭蓋骨、上肢骨、大腿骨が遺存していたが副葬品その他は皆無であった。平成元年(一九八九)、平成三年(一九九一)の車塚古墳南東部外堤の調査でも円筒埴輪棺四基が検出されている。いずれも歯牙一点以外は副葬品その他皆無である。また、車塚古墳の東側外堤のトレンチによる部分的調査であるが、先の二基の円筒埴輪棺を含む八基の円筒埴輪棺が出土している。

高密度の分布である。車塚の周辺を全面発掘調査したら、相当数の埴輪棺の存在が予想される。遺骸の存在は間違いなく埋葬施設であるが、地表には何の施設もなく、既存の円筒埴輪や朝顔形、蓋《きぬがさ》形埴輪を転用し、副葬品は皆無で庶民的埋葬施設である。しかし、車塚古墳の場合は従属的埋葬施設で、殉葬《じゅんそう》の可能性が強い。八基の円筒埴輪棺のうち外堤東南部の六基は、三基が円筒埴輪一個の単棺で小児の埋葬が考えられる。

前章で述べた芝ヶ原遺跡からも円筒埴輪棺が出土しており、頭蓋骨と大腿骨が遺存していたが、副葬品その他は皆無であった。

古墳時代とは、その名のとおり巨大な古墳が造られた時代ではあるが、庶民の埋葬は、このように副葬品もなく円筒埴輪を転用したものであった。

殉葬と埴輪

殉葬については『日本書紀』垂仁天皇二十八年十月に次のような記事が見える。

垂仁天皇の弟、倭彦命《やまとひこのみこと》が亡くなられたので、身狭桃花鳥坂《むさのつきさか》に葬った。側近くに仕えていた者たちを集めて、生きながらにして陵域に埋め立てたが数日は死なず、昼夜泣きうめいていた。遂に死んで朽ち腐り、犬や鳥がこれを食らった。天皇はこの泣きうめく声を聞き、心に悲しみ傷つき、群卿に「生前に愛でられた者たちを亡くなった者に殉じさせるのは、はなはだ傷つくわざである。古の風習といえども、良くないことになんぞ従うことがあろうか。今より以後は議して殉死を止めよ」とおおせられた。

三十二年秋七月に皇后日葉酢媛命《ひばすひめのみこと》が亡くなり、葬送に臨み、天皇は群卿に「死者に従うの道、前によからずと知る。このたびの葬送はいかがせん」とおおせられた。このとき野見宿禰《のみのすくね》が進み出て「君王《きみ》の陵墓に生きている人を埋め立てるはよくない。後の世に伝えることではない」と申し上げ、出雲国に使者を遣し、土部《はじべ》百人を召し上げ、埴土《はにつち》をもって人馬及び種々物形を造作し、天皇に献じた。

『日本書紀』に見る埴輪起源説話であるが、土師《はじ》氏の祖先顕彰の作為的記事である。埴輪の起源は弥生後期の墳丘墓の祭祀用の特殊壺形土器《とくしゆつぼがたどき》と特殊器台《きだい》から始まり、朝顔形埴輪へと変遷推移してゆくというのが定説となっている。殉葬は古墳築造の最盛期には一般的慣習ではなかったかと思う。大化二年の薄葬《はくそう》の詔が出されたころは、すでに古墳自体が簡素化され、薄葬の風習が慣行されていた。殉葬の風習も廃退していた。薄葬令は、そうした慣習を法制化したのであったろう。

薄葬令の時代の古墳

飛鳥時代以降に存続した古墳は終末期古墳の名でよばれ、古墳時代後期の後期古墳とは区別して定義づけられている。実年代は七世紀初めころより九世紀ころまでとし、これを前期と後期に細分し、その前後の区分は大化改新ころの七世紀中葉と考えられている。

大化二年（六四六）の詔では、王、上臣、下臣、大仁、小仁、大礼以下小智と身分によって墓制を制限し、殉死及び馬の殉葬を禁じ、墓に宝物を納める副葬を禁止した。これが、いわゆる大化の薄葬令《はくそうれい》である。

この時代以後の古墳としての伝統的前方後円墳は、関東の群馬県八幡塚古墳にみられる。八世紀の前方後円墳である。

畿内の古墳は六四一年に没した舒明《じょめい》天皇陵が八角形墳で、同じく天武持統《てんむじとう》合葬陵も八角形墳である。天武天皇は六八六年に没し、持統天皇は六九七年に没している。この古墳は鎌倉時代に盗掘され、それを記録した『阿不幾乃山陵記《あふきのさんりょうき》』によれば、内部は大理石の切石の石室からなっている。七世紀の切石の横穴石室は奈良県桜井市の文殊院《もんじゆいん》西古墳、明日香村の岩屋山《いわややま》古墳がある。奈良県斑鳩《いかるが》の御坊山《ごぼうやま》一号墳は横口式石槨《よこぐちしきせっかく》に漆塗《うるしぬり》の陶棺《とうかん》を内蔵し、三彩の円面硯《えんめんけん》とガラス軸の筆を副葬するというインテリの墓であった。また、明日香村の鬼の俎《まないた》、鬼の雪隠《せっちん》も横口式石槨である。

明日香村の中尾山古墳は八角形墳の墳丘に切石の小石室を内部主体とし、蔵骨器《ぞうこつき》を内蔵する火葬墓であったと思われる。皇族で最初に火葬に付されたのは持統天皇で、『阿不幾乃山陵記』によると、天武持統合葬陵には天武天皇の夾紵棺《きようちよかん》と持統天皇の金銅製の蔵骨器が納められていた。火葬墓に移行する過渡期の陵墓である。

火葬墓の蔵骨器は石櫃《いしびつ》に金銅製の椀《わん》や蓋付壺《ふたつきつぼ》の須恵器が用いられていた。太安麻呂《おおのやすまろ》墓は木製の櫃《ひつ》が用いられている。このような火葬墓とは別に、奈良県天理市鈴原では土師器の甕に須恵質の鉢を合口にする蔵骨器が出土し（小島俊次「奈良県文化財報告」七、一九六四）、奈良県桜井市横枕では土師器の壺や陶質の壺に火葬骨を納めていた（末永雅雄「奈良県抄報」五、一九六五）。これらは日常生活容器を蔵骨器に転用した例で、庶民の墓に近い火葬墓と思われる。

土師式合口甕棺墓

昭和四十四年（一九六九）、城陽市立久世小学校の建設に伴って、芝ヶ原九号墳（八五ページ、地図参照）の保存のため、墳丘裾部の発掘調査を城陽市教育委員会から依頼され、調査を実施した。

芝ヶ原九号墳は丘陵上の平坦地に立地する一辺二五メートルの方形墳の可能性のある古墳で、内部主体は未調査で不明である。墳丘裾から家形、盾形、靫《ゆき》形、蓋形の形象埴輪や朝顔形埴輪その他硬質の円筒埴輪が出土しており、五世紀後半ころの古墳と思われる。

この古墳の墳丘南裾でU字形鍬先《くわさき》、鉄斧《てっぷ》各一個と大型の石突状の異形鉄器三個（一一六ページ、図参照）が一括して出土した。古墳の時期より新しい遺物であった。墳丘西裾では、土師《はじ》器《き》の単口縁胴長丸底《たんこうえんどうながまるぞこ》の甕形土器に口縁部を欠失した丸底の壺形土器を甕の口縁に挿入する呑口《のみぐち》式《しき》の合口甕棺墓を検出した。甕棺の周辺には何の施設もなく、地山を掘った長径八〇センチ、短径四〇センチの土壙《どこう》に、全長六〇センチの合口甕棺がほぼ水平に埋納されていた。棺内外からは副葬品その他、なにも検出されなかった。

土師器の単口縁胴長丸底の合口甕棺は近畿周辺で一四遺跡一七例が知られている。芝ヶ原九号墳のように墳丘及び墳丘周辺で出土している例は六遺跡九例がある。たとえば城陽市平川の

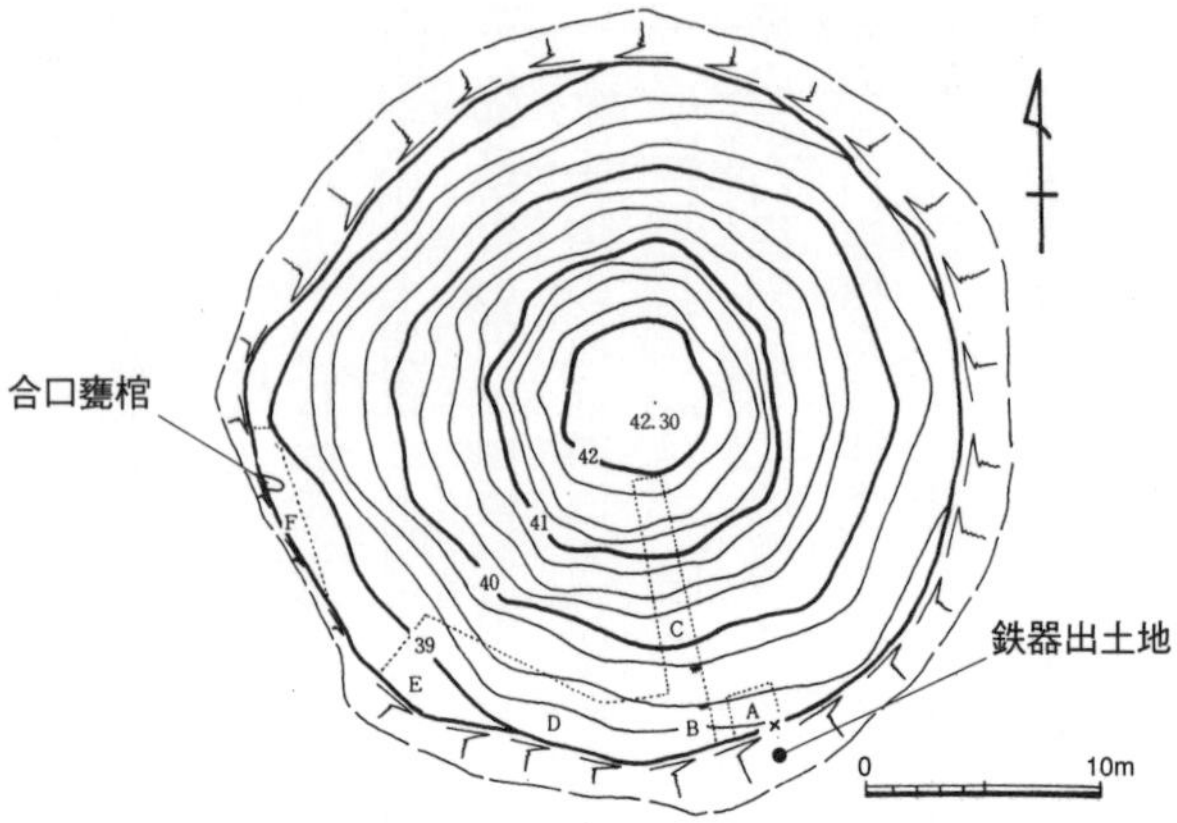

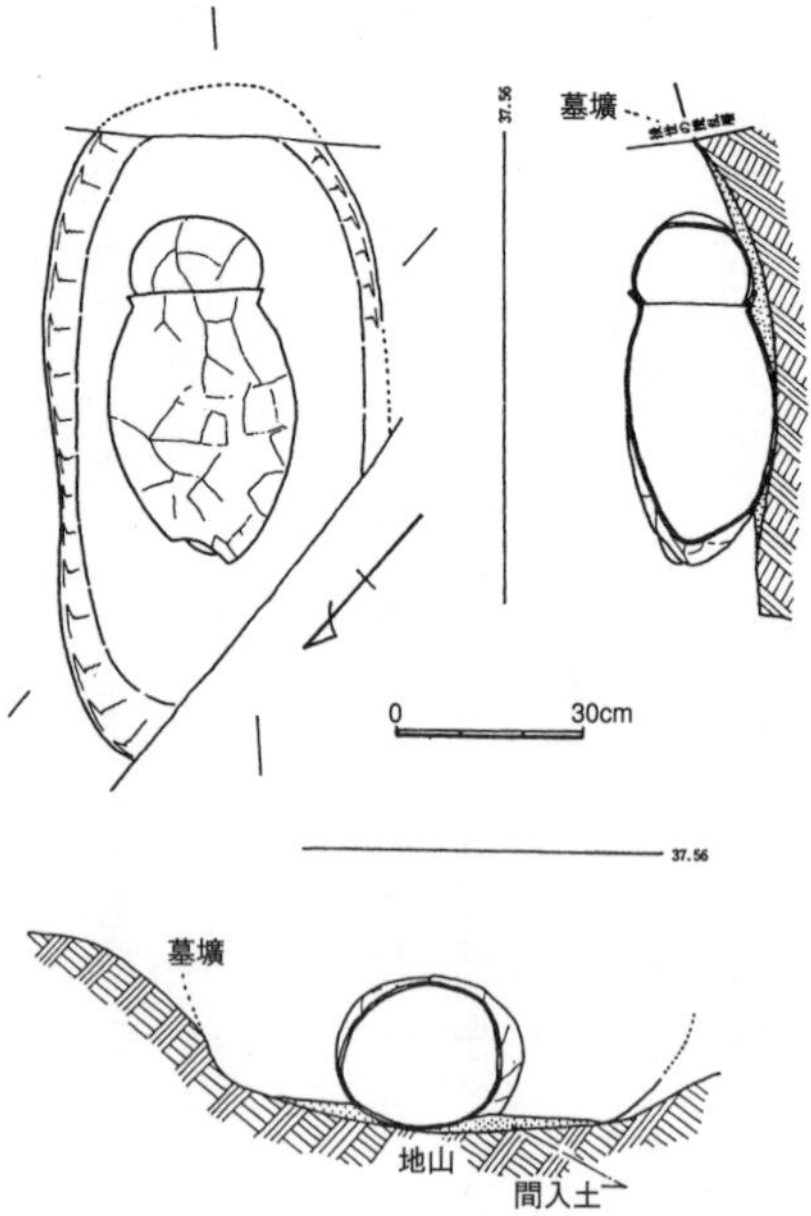

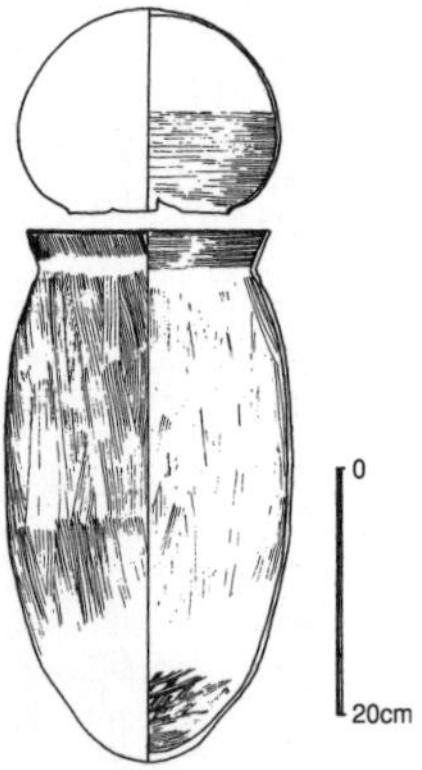

合口甕棺実測図

◀合口甕棺出土状態

芝ヶ原９号墳と出土した合口甕棺

赤塚古墳は木棺直葬の五世紀後半ころの古墳であるが、墳丘南で甕棺墓二基が検出されている（「城陽市埋蔵文化財調査報告」第二集、一九七四）。南棺は長径一一〇センチ、短径五二センチの土壙の中央に大形甕と小形甕の合口式甕棺墓で、棺の全長は七五センチを測り、棺内外出土の遺物は皆無であった。棺に使用された甕形土器は煤《すす》の付着により日常使用の土器の転用であることがわかる。

三重県津市元井池古墳は丘陵突端に位置する直径二三メートルの円墳に木棺直葬を内部主体とする六世紀前葉ころの古墳である。墳丘南裾で土師器の甕形土器の口縁に、口縁部を欠失し、半截した須恵器の横瓶の体部を挿入して蓋とした甕棺墓が検出されている。棺内外には副葬品その他は皆無であった。この古墳の墳頂部には埋葬遺構と重なる一辺三メートル余の方形竪穴住居跡が検出されている。実測図が示したところでは、南主体の墓壙を壊して竪穴住居が造られており、古墳の築造より後世の住居跡であることがわかる。甕棺墓は住居跡と一致する時期のものと思われる（「元井池古墳発掘調査報告」一九六九）。

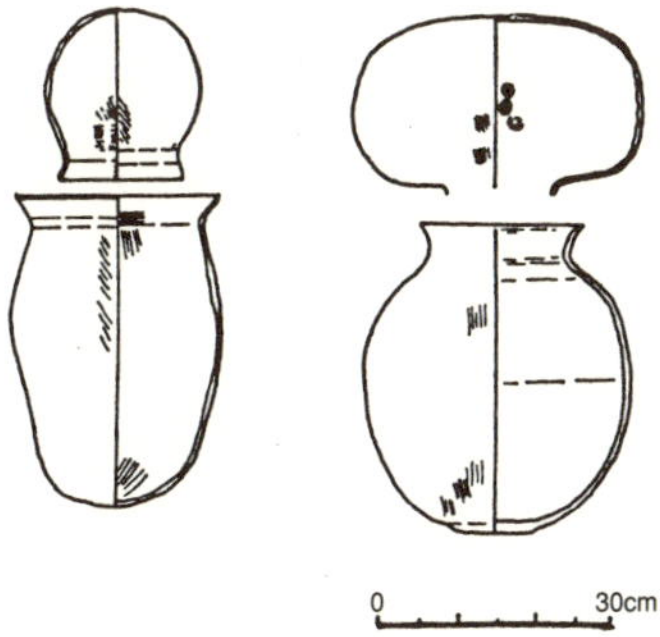

土師式合口甕棺　左：赤塚古墳出土、右：元井池古墳出土。

六遺跡、九例は古墳の発掘調査に伴って検出されたため、古墳に従属する埋葬施設の円筒埴輪棺と同じような従属的甕棺墓と考えられているが、甕棺墓は須恵器のⅣ、Ⅴ形式と共存し、古墳の時期より新しい。特に、棺に使用されている土師器の単口縁の胴長丸底の甕形土器は藤原宮跡の井戸遺構で須恵器のⅣ、Ⅴ形式を伴出して検出されている（「奈良県史跡名勝天然記念物調査報告」第二五冊、一九六九）。平城宮跡からも天平宝字七、八年（七六三、六四）の木簡と伴出している（「土師式土器集成」四、一九七四）。土師式合口甕棺墓は、古墳の従属的埋葬墓ではなく、飛鳥・奈良時代の一般庶民の墓とみたほうがよいだろう。

甕棺墓の最も新しい例は、長岡宮の朝堂院と内裏の中間の北側で土師器の合口甕棺墓一基が検出されている。長径七九センチ、短径四五センチの土壙に三個の甕形土器を組合せたもので、甕棺の全長は六五センチを測り、棺内外からは遺物の出土は皆無であったという。棺内に建物の基壇に使用された凝灰岩の小片が流入していることから、長岡京廃都後に埋葬されたものであることがわかる。甕の形式からみても平安時代初期の甕棺墓である、と報告されている（「埋蔵文化財発掘調査概報」一九七八）。

子らの墓

土師式合口甕棺墓は六世紀末葉から八世紀末ころまでの慣習で、弥生文化の甕棺墓の伝統の継承ではなく、朝鮮半島からの新しい文化の伝播によるものであろうと思われる。墓は特別な施設もなく、素掘りの土壙に日常使用の土器を転用して棺とした。甕形土器を合せ口にして遺骸を納め埋葬し、副葬品その他も納められていない。きわめて簡素でいわゆる庶民の埋葬施設である。合口甕棺の全長は六〇センチから八〇センチくらいで、最大でも九〇センチから一メートルぐらいの大きさである。棺の大きさから成人の収容はむりで、いずれも幼児を埋葬した棺であろう。

愛おしいわが子の死は冒頭の『万葉集』の歌にあるとおり、瓜を食べても、栗を食べても、子どものことが思われる。愛しいわが子を天の神、地の神に伏し祈ったが、霊魂きわまる命も絶えてしまった。足摺して叫び、天を仰ぎ、胸を打って嘆いた、わが子の死。

わが子が黄泉の国へ旅立つにあたり、遺骸を甕形土器に納めて埋葬し、幼い子どもだから往く道も知らないだろう。黄泉の国の使者よ、背負って連れて行っておくれ、と涙ながらに祈り埋葬した土師式合口甕棺墓であったろう。

名木川と栗隈の大溝

幻の名木川

名木《なぎ》川にして作れる歌二首

焱《あぶ》り干《ほ》す人もあれやも濡衣《ぬれぎぬ》を家《いへ》には遣《や》らな旅のしるしに　（巻九―一六八八）

荒磯《ありそ》辺《へ》に着《つ》きて漕《こ》がさね杏人《からひと》の浜を過ぐれば恋しくありなり　（巻九―一六八九）

名木川にして作れる歌三首

衣手《ころもで》の名木の川辺《へ》を春雨《はるさめ》にわれ立ち濡《ぬ》ると家思《おも》ふらむか　（巻九―一六九六）

家人《いへびと》の使《つかひ》にあるらし春雨の避《よ》くれどわれを濡《ぬ》らす思へば　（巻九―一六九七）

焱り干す人もあれやも家人《いへびと》の春雨すらを間使《まつかひ》にする　（巻九―一六九八）

名木川《なぎがわ》のほとりで春雨に濡れる人を詠んだ歌が五首あげられている。この名木川がどこを流れる川なのか。復元考察を試みてみたいと思う。

正倉院文書の「東大寺《とうだいじ》奴婢《ぬひ》籍帳《せきちょう》」には天平十三年（七四一）と天平勝宝元年（七四九）に山背国久世郡《くせぐん》那紀里《なきのさと》水尾公真熊《みずおのきみまくま》なる者が記載されている。『倭名類聚鈔《わみょうるいじゅしょう》』の国別郷名の山城国久世郡の条に竹渕《たけふち》、奈美《なみ》、那羅《なら》、水主《みずし》、那紀《なき》、宇治《うじ》、殖栗《えくり》、栗隈《くりくま》、富野《との》、拝志《はやし》、久世、羽栗《はくり》の各郷が記載されており、その中に那紀郷がみえる。しかし、京都府久世郡地域の現地名には那紀、名木と云う地名は存在しない。

また、久世郡地域を流れる河川にも名木川と言う河川は存在しなかったが、現在は宇治市広野町八軒屋谷から近鉄大久保駅へ、城陽市下大谷から近鉄大久保駅へ流れる大谷川に合流して自衛隊大久保駐屯地前を西へ流れ、古川に合流する小河川を名木川と称している。この川は第二次大戦中に軍事工場のために北流していた山川を付け替えたもので、奈良時代からの河川ではない。

さまざまな名木川の復元

万葉集に詠まれた名木川の復元は早くから試みられてきた。

享保十九年（一七三四）に並河五一郎は『山城志』に「源は広野東より伊勢田に至るを那紀川と云ふ」と記し、山川《やまかわ》を指しているのかと思われる。

吉田東伍《とうご》氏は『大日本地名辞書』（冨山房、一九〇七）に「（名木川は）今此名なしと雖も、南方富野荘村より小倉村の西に至る迄六十町許一渠あり、稲田の間を通し汚水を排除す、則ち古の栗隈大溝《くりくまのおおうなで》なり」として、名木川と栗隈の大溝は同一河川と考え、位置から察するに現古川《ふるかわ》にあてている。また、那紀郷は小倉村伊勢田付近に比定している。

奥野健治氏は『万葉山代志考』（大八洲出版、一九四六）で、「名木川は山城川の別名で、山城川が巨椋池《おぐらいけ》に注ぐ口に位置したと思われる那紀郷の郷名をとって名木川と称したのであって、山城川は郡名をとっては久世川、小さく郷名をとっては名木川となる」として、栗隈の大溝と関連して古川にあてている。

井上通泰《みちやす》氏は『万葉集追考』（岩波書店、一九三八）で「川の少ない久世郡であるから名木川を擬定するには少しも困難ではない。広野川のほかに名木川に当てるべき川はない。古の那紀郷は小倉村の西南部にあたり、その郷を貫いて流れるのは広野川の末なる山川である。那紀郷の名を負える名木川は今の山川で、則ち、名木川は広野川でなければならない」と断定している。

澤瀉久孝《おもだかひさたか》氏は『萬葉集注釈』巻九（中央公論社、一九六二）で「荒磯辺に着きて漕がさね杏人の浜……　から舟に関係ある歌とみて、名木川は巨椋池に流入する川で、山川か古川であろう」とみている。

谷岡武雄氏は『宇治市史』第一巻（一九七三）で、「伊勢田の西を北流する山川は大久保付近では名木川と呼ばれ、代々その名称を受け継いでおり、名木川をそれ以外の古川などに当てる必要はない」と記している。

以上のように、江戸期の地誌書から国文学者、歴史地理学者と、それぞれの立場から名木川の復元が試みられたが、結局は現在の河川の山川と古川をいろいろな呼び方で名木川にあてているのである。また、一方では名木川は栗隈の大溝と同一であるという説と、別の河川であるという説に分かれている。

栗隈の大溝

栗隈の大溝は『日本書紀』の仁徳天皇十二年冬十月の条に「掘大溝於山背栗隈県以潤田。是以其百姓毎年豊之」とある。また、推古天皇十五年（六〇七）にも「山背国掘大溝栗隈」と同じような記事がみえる。「仁徳紀」も「推古紀」も大溝、築堤、池造りの記事が多く、土地の開拓がおこなわれている。なかでも推古期は大陸文化の第二波の伝播期であり、初期仏教文化の開花期でもあり、渡来人のもたらした技術が生産地域の整備拡大に貢献したであろうことは想像に難くない。栗隈の大溝が『日本書記』に二度も記載されている理由は、短い記事からは残念ながら知ることはできない。

さて、この栗隈の大溝が現在のどの位置にある水路なのか、その復元は名木川同様に早くから試みられてきた。

大島武好《たけよし》は正徳元年（一七一一）に『山城名勝志《やましろめいしょうし》』で「今、長池町ノ北ニ長池ノ跡トテ廻リニ堤アリ、今ノ町モ古ヘノ池ノ跡ナリト云。是昔ノ栗隈ノ大溝ナルベシ」と述べて、城陽市長池付近にあてている。

吉田東伍、奥野健治の両氏は、名木川と栗隈の大溝は同じ河川として富野荘《とのしょう》から巨椋池に流れる古川にあてている。

谷岡武雄氏は『平野の開発』（古今書院、一九六四）で、城陽市水主付近から久御山町安田に向かって北流し、旧巨椋池に入る古川は大久保・佐山地区において、久世郡条里の第六条と第七条の境界線と一致している。このことは古川が、条里施行期の直前または同時代につくられた人工の河川であることを示している。式内社の旦椋《あさくら》神社は近鉄大久保駅の西に鎮座するが、明治十二年（一八七九）の水害以後、現位置に遷座《せんざ》したのであり、それ以前は大久保の西方の古川の近くに立地していた。ここが小字名でも旦椋となっている。旦椋神社は栗隈社《くりくま》とも呼び、栗隈山鎮座ということは近世以来変わりなく、『山城名勝志』その他の江戸期の地誌書にも記載されている。したがって、この地域が古代に栗隈と呼ばれていたとみてほぼ誤りないし、栗隈の地を北流する古川が栗隈の大溝ではなかったかと、条里地割《じょうりじわり》施行直前の推古期の栗隈の大溝を古川に求められている。

地図に残る名木川の跡

以上の諸説に対して、筆者は名木川と栗隈の大溝を下記のとおりに観察する。

都市化現象の起こる以前の昭和三十年ころの宇治市大久保から久世郡久御山町佐山にかけての国土地理院撮影の一万分の一の空中写真を観察すると、伊勢田、大久保、林、佐山と沖積平野を西に向かって大きく蛇行して、佐山の西で旧木津川の流路に合流する旧河道跡を見ることができる。このことは宇治市役所の都市計画課で昭和四十六年（一九七一）に作図された三千分の一の大縮尺の都市計画図でも確認することができた（一四五ページ）。

巨椋池南部の、そして木津川右岸の沖積平野は水田の畦道や灌漑水路に奈良時代の条里制地割遺構が歴然と残り、現存する地名の坪名より久世郡条里が復元されている（谷岡武雄『平野の開発』）。この条里制地割のなかを方向の違う畦《あぜ》や溝が幅八〇メートルから四〇メートルで大きく蛇行する旧河道が観察される。その内側は水田化されており、消滅寸前の末期的河川であったと思われる。しかし、条里施行時にはまだ河川として存在しており、奈良時代の河川としては、木津川右岸にみるなかでは最も大きな川で、山川や古川の比ではなく、『万葉集』に名木川と詠まれても決して遜色はない。

名木川を澤瀉久孝氏は「荒磯辺に着きて漕がさね杏人の浜……」から舟に関係ある歌として、巨椋池に流れる河川を想像されている（『萬葉集注釈』巻九）。旧木津川が巨椋池に流れ込む付近で合流する名木川の景観を考えれば「荒磯辺云々」とも矛盾はない。

『延喜式《えんぎしき》』内膳司《ないぜんのつかさ》の条には「川船一艘在与等津《よど》。右漕奈良、奈癸等《なぎ》園供御雑菜《ざつな》」とあり、「奈癸園五町五段二百四十歩」と記す。奈癸園の雑菜が川船で与等津に運ばれていたことを示し、巨椋池、木津川、名木川の船運が考えられる。地図に残る旧河道は名木川として間違いないであろう。

「東大寺奴婢籍帳」に見える那紀里や『倭名類聚鈔』に見える那紀郷はこの旧河道の名木川の川沿いには間違いないが、伊勢田、大久保、林、佐山などのどの集落に比定されるかは確証がない。

人工の川・栗隈の大溝

栗隈《くりくま》の大溝《おおうなで》に比定される古川は、久御山町林でこの名木川とみられる旧河道を横切って流れている。このことは、考古学上は「遺構の切り合い」として、遺構の新旧を判断する方法に使用される。たとえば、二戸の竪穴住居跡が重なっている場合、先の遺構を壊して完全な形で残っている竪穴住居跡の方を時期的には新しい住居跡と判断する。旧河道と古川の場合も、旧河道を横切って流れる古川の方が新しい河川で、古川を栗隈の大溝にあてることには疑問がある。

また、栗隈の大溝は『日本書紀』の仁徳天皇十二年に「大溝を山背国栗隈県に掘るもつて田を潤す。是を以て其の百姓毎年豊なり」とあって、記事どおり忠実に解釈すれば、栗隈の大溝は灌漑用水として田を潤したものであり、湿田の排水路ではなく、古川にはあたらない。

現自衛隊大久保駐屯地付近は人為的な地形変化があるが、第二次大戦以前の地形図とあわせて観察すると、城陽市下大谷から近鉄大久保駅の南を経て伊勢田の西を北流し、巨椋池に注ぐ山川がある。この山川は大久保付近では緩傾斜する西側に幅約一〇メートル、高さ約三メート

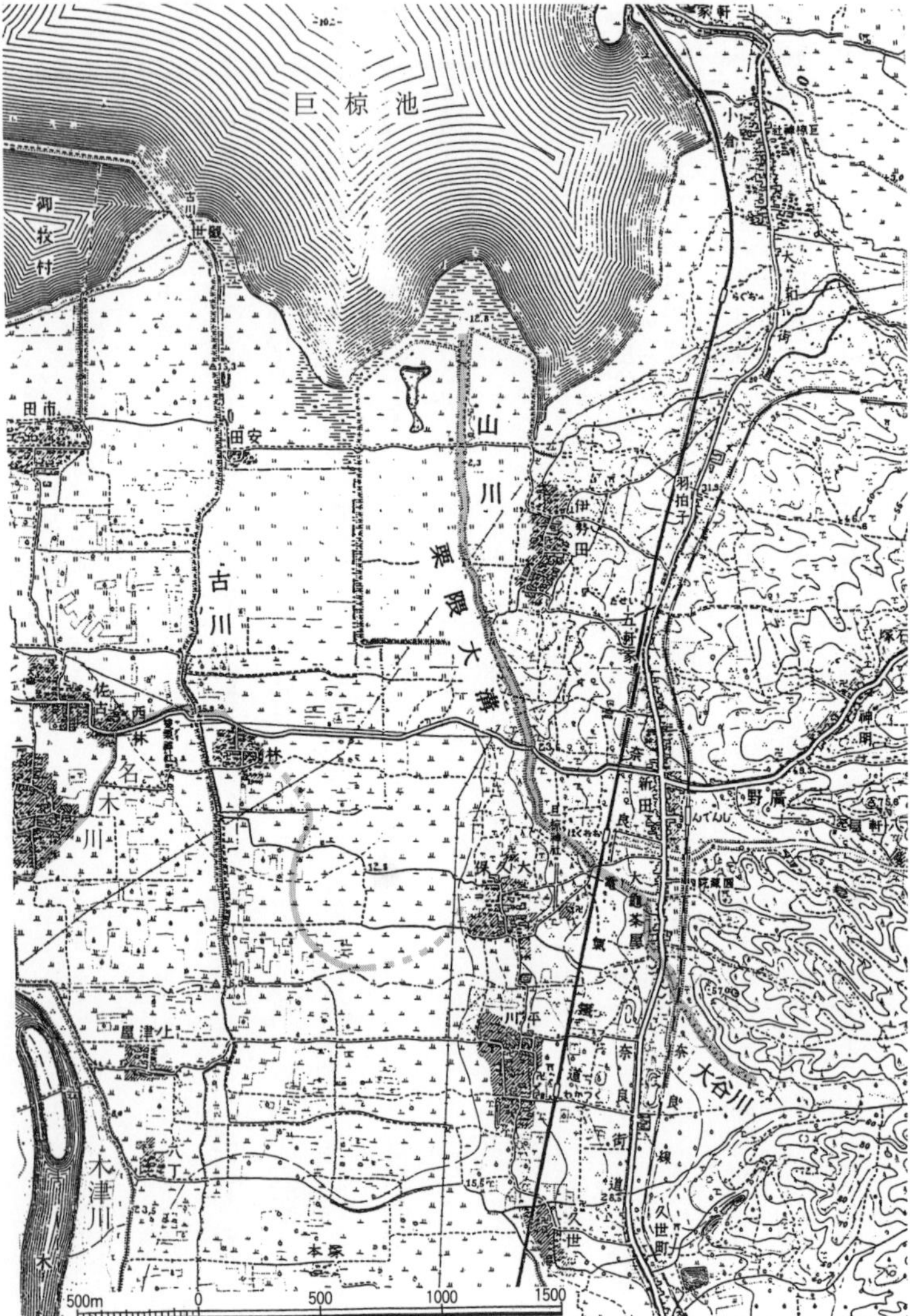

名木川と栗隈大溝

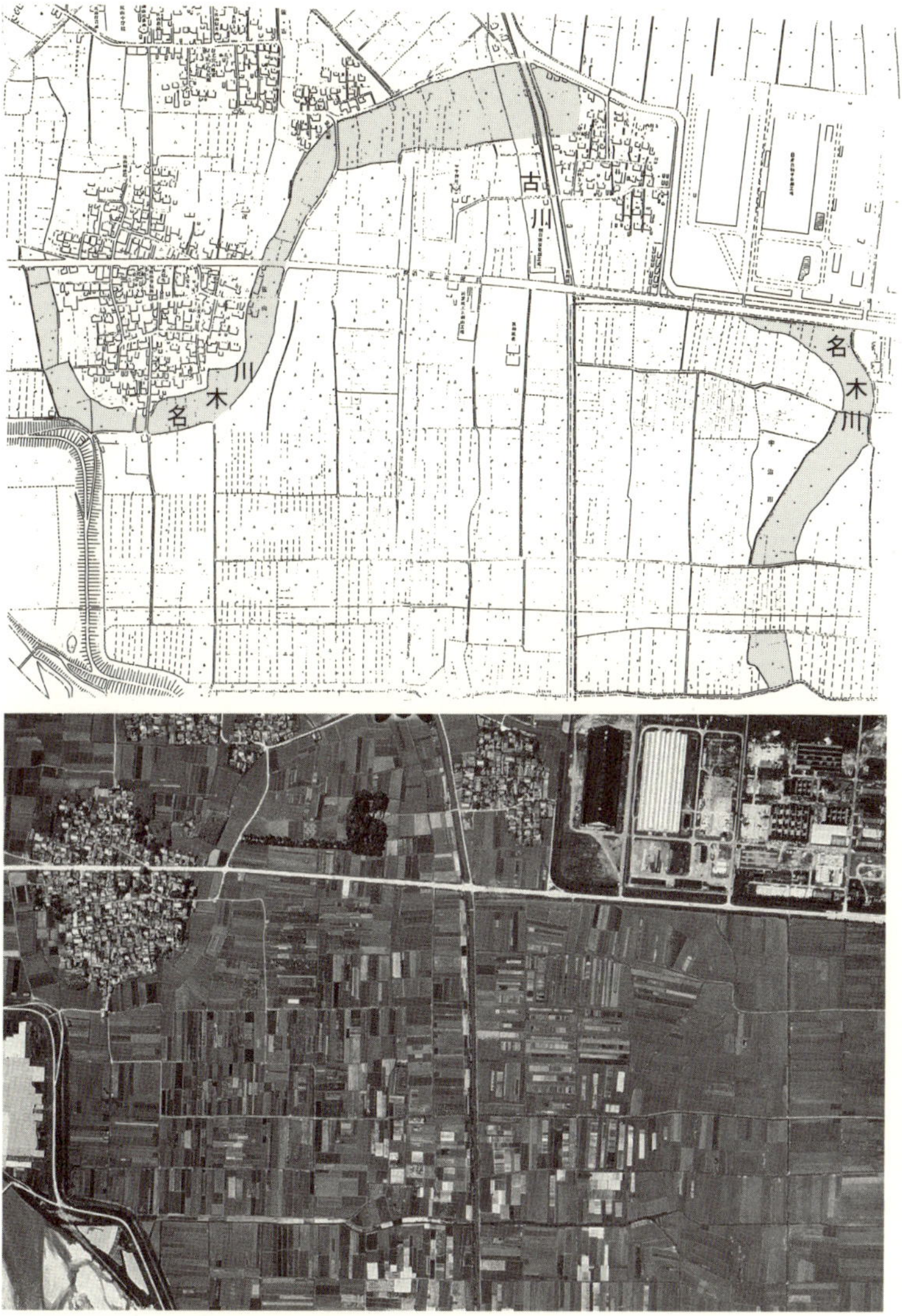

名木川旧河道　上：昭和 46 年（1971）作製の地図上に残る名木川の跡、下：昭和 36 年（1961）の航空写真。旧河道がよくわかる。

ルの堤防をつくり、切り取られた堤防の断面で七世紀ころの須恵器《すえき》の杯身《つきみ》の破片があった。山川は高乾地の低台地を北流し、ここでは両岸に堤防を築いて流れる人工の河川であり、田を潤す灌漑水路であっても矛盾はない。

城陽市下大谷の谷口から流れ出る山川の上流大谷川は、自然の状態では地形の傾斜に沿って近鉄久津川駅方向へ西流するはずである。しかし、この谷口の扇状地には車塚古墳、寺山古墳、芭蕉塚古墳などの大型前方後円墳といわゆる久津川の七ツ塚と呼ばれる古墳群が分布している。古墳群の間の開けた地には、奈良時代の寺院跡の平川廃寺が立地しており、寺域は百数十メートル四方を占めている。大谷川がこれら古墳群や平川廃寺をよけて流れていることは決して偶然ではなく、少なくとも平川廃寺の創建の時期には築堤により人為的に流路を変更して大久保方面に流し、更に北流させて低台地を流し、高乾地の灌漑用水として田を潤した人工の川であろう。下大谷から巨椋池に至る蜒々数キロメートルを流れる山川こそ栗隈の大溝にふさわしいと考える。

宇治の渡

宇治津

柿本朝臣人麿の近江国より上り来し時に、宇治河《うぢかは》の辺《ほとり》に至りて作れる歌一首

もののふの八十《やそ》氏河《うぢがは》の網代木《あじろぎ》にいさよふ波の行く方《へ》知らずも　（巻三―二六四）

柿本人麻呂《かきのもとのひとまろ》が大津の旧都より来て宇治川を越える時、行く末のはかなさを詠んだ歌である。

山背《やましろ》にして作れる

宇治川は淀瀬《よどせ》無《な》からし網代人《あじろひと》舟呼《よ》ばふ声をちこち聞ゆ　（巻七―一一三五）

宇治川に生《お》ふる菅藻《すがも》を川早み取らず来にけり裹《つと》にせましを　（巻七―一一三六）

宇治人《うぢひと》の譬《たと》への網代《あじろ》われならば今は王良増木屑来《こつみこ》ずとも　（巻七—一一三七）
宇治川を船渡せをと呼ばへども聞えざるらし楫《かぢ》の音もせず　（巻七—一一三八）
ちはや人《ひと》宇治川波を清《きよ》みかも旅行く人の立ちかてにする　（巻七—一一三九）

宇治川の代表的風物を詠んだ歌五首である。巻十三の三二三六と三二四〇（一五、六八ページ参照）も、山背道や近江道を往来する人びとが「ちはやぶる宇治の渡」を越えて行く情景を詠んだ歌である。宇治津《うじつ》は河川交通の拠点であり、陸路にあっては山背道、近江道の宇治川の渡河地点であり、宇治の町は渡津《としん》集落として発達した。

また、宇治川の渡河地点は戦乱の際の重要拠点でもあった。『日本書紀』によると天武天皇元年（六七二）夏五月、壬申《じんしん》の乱《らん》の際に宇治橋にて「菟道《うぢ》の守橋者《はしもり》に命じて皇大弟宮（大海人《おおあまの》皇子《みこ》）の舎人《とねり》の私《わたくしのくらひもの》粮を運ぶ事を遮《た》へしむ」とある。嵯峨《さが》天皇の弘仁元年（八一〇）九月十一日、薬子《くすこ》の変《へん》に際して文室朝臣綿麻呂《ふんやのあそんわたまろ》が「兵馬を駕し、宇治、山崎の両橋と与渡《よど》市津に頓兵を」置いたとある（『日本後紀』）。仁明《にんみよう》天皇の承和九年（八四二）七月十七日、承和《じようわ》の変においては「左右京職で街巷を警固し、亦山城の五道を固むを命ず。宇治橋、大原道、大枝道、山崎橋、淀渡にそれぞれ武将を遣して守る」と記されている（『続日本後紀』）。このように、宇治

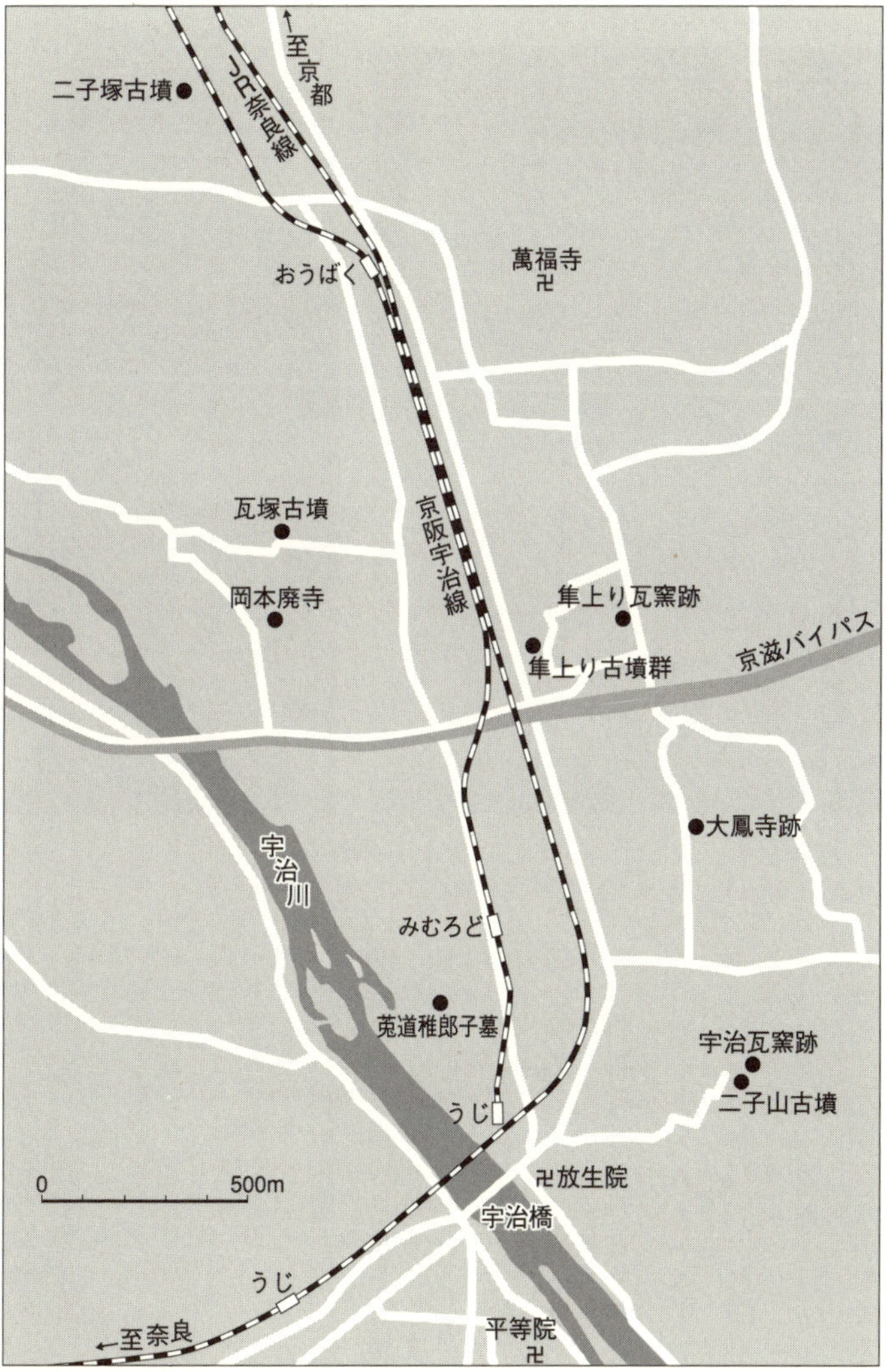
至京都
JR奈良線
二子塚古墳
おうばく
萬福寺
瓦塚古墳
京阪宇治線
岡本廃寺
隼上り瓦窯跡
隼上り古墳群
京滋バイパス
大鳳寺跡
宇治川
みむろど
莵道稚郎子墓
宇治瓦窯跡
二子山古墳
うじ
放生院
0
500m
宇治橋
うじ
至奈良
平等院

宇治周辺の遺跡

宇治橋断碑　上部三分の一が寛政３年（1971）に発見され、寛政５年（1973）に今の形（写真右）に復元された。

川の渡河地点は宇治橋で、戦乱のつど固められる軍事戦略上の要所でもあった。

宇治橋断碑

往来の最も困難な宇治川の渡河地点に橋が架けられた経緯を知る史料は、宇治の橋寺放生院《はしでらほうじょういん》の境内に建てられている「宇治橋断《だん》碑《ぴ》」である。

この断碑はもともとこの寺院の現位置にあったのではなく、「寛政辛亥（一七九一）夏四月、一夫隅《たまた》ま放生院の藩籬《はんり》（まがき）の側を穿ち、断碑二尺許りなるを獲たり」という状況で発見されたとある。発見されたのは現存する石碑の上方三分の一ほどで、下方三分の二は後世の復元である。復元は尾張の小林亮適なる人が『帝王編年記《ていおうへんねんき》』等に収録されていた銘文をもとに碑文を補い復元したのである。もともとの碑文は断碑の各行の上辺三行九文字の計二七文字で、残りは古記録からの復元であるが、ほぼ原碑文どおりと考えられている。

碑文を読み下してみると、

浼浼《べんべん》たる横流《おうりゅう》其の疾《はや》きこと箭《や》の如し　修修《しゅうしゅう》たる征人騎《せいじんうま》を停《とど》めて市《いち》を成《な》す
重深《じゅうしん》に赴《おもむ》かんとすれば人馬命《めい》を亡《うし》なう　古《いにしえ》より今に至るまで杭竿《こうかん》を知る莫《な》し

宇治橋断碑の碑文

浼浼横流　其疾如箭　修修征人　停騎成市　欲赴重深　人馬亡命　従古至今　莫知杭竿
世有釈子　名曰道登　出自山尻　恵満之家　大化二年　丙午之歳　構立此橋　済度人畜
即因微善　爰発大願　結因此橋　成果彼岸　法界衆生　普同此願　夢裏空中　導其苦縁

（傍点の文字は原碑文）

世《よ》に釈子《しゃくし》有り名を道登《どうとう》と曰う　山尻《やましろ》恵満《えまん》之《の》家《いえ》自り出たり
大化二年丙午《ひのえうま》之歳《のとし》　此の橋を構立《こうりゅう》し　人畜を済度《さいど》す
即ち微善《みぜん》に因《よ》って　爰《ここ》に大願《たいがん》を発《ほっ》すらく　因《いん》を此橋に結《むす》んで　果《か》を彼《か》の岸《きし》に成《な》さん
法界《ほっかい》の衆生《しゅじょう》　普《あまね》く此の願《がん》に同《どう》じ　夢裏空中《むりくうちゅう》に其苦縁《くえん》を導かんことを

とあって、たいへん格調の高い碑文である。

二人の造橋者

この宇治橋断碑の碑文によると、宇治橋は大化二年（六四六）僧道登《どうとう》によって架橋されたことになる。道登は『日本書紀』の大化元年（六四五）八月の条に僧十名をあげ、十師となしているという記事があり、その中に道登がみえる。宇治橋が大化二年の架橋であれば、十師の一人の道登が造橋者であっても無理な点は考えられない。

一方、『続日本紀《しょくにほんぎ》』の文武天皇四年（七〇〇）三月己未の条に、七十二歳で物化した道照《どうしょう》和尚の生前の業績が記録されている。その記事の中に「山背の国宇治の橋は和尚の創造する所の者なり」とある。道照が造橋者とすれば、文武天皇四年（七〇〇）に七十二歳で物化しているから、碑文の大化二年に宇治橋架橋であれば、道照はまだ十八歳の若僧であり、架橋をするだ

現在の宇治橋　平成8年（1996）に架けかえられている。大化2年に架けられた橋は、どのようなものでどこに架けられていたのだろうか。

けの資質が備わっていただろうか。かなりの無理が生じる。かりに『続日本紀』の道照の記事が正しいとすれば、道照は白雉四年（六五三）に入唐し、斉明天皇七年（六六一）に帰朝しているから架橋年次は斉明天皇七年以後のことであろう。

宇治橋の二人の造橋者については、早くから論争されてきたが、狩谷棭斎《かりやえきさい》の『古京遺文《こきょういぶん》』では『続日本紀』や『日本霊異記《にほんれいいき》』などが、道登を道照と誤ったものと記している。

造橋年が大化二年、斉明天皇七年以後のいずれにしても、『日本書紀』の天武天皇元年（六七二）夏五月の条には菟道《うじ》の守橋者《はしもり》がおり、造橋年次からほど遠からぬ時期に宇治橋の存在が記録されている。

『延喜式《えんぎしき》』の雑式《ざつしき》には山城国宇治橋の敷板は長さ各三丈、広さ一尺三寸、厚さ八寸、と丈夫な板を近江国から十枚、丹波国から八枚、正税を以て料にあて、毎年山城国に採送して備え置くことが定められていた。

このように宇治橋は国が管理する重要な橋であった。しかしながら、その宇治橋が宇治川のどこに架けられ、どのような構造の橋であったか、まったくわかっていない。

瀬田の唐橋

場所は違うが、当時の橋の構造を知る唯一の例として、滋賀県大津市の瀬田川に架けられていた唐橋《からはし》があげられる。瀬田川は琵琶湖から流れ出る川で、京都に入って宇治川となり、やがて淀川となって大阪湾に注ぐ。唐橋は、近江の国庁から延びる道が瀬田川と交わる地点に架けられた。宇治橋と同じように軍事上の要衝《ようしょう》の地点で、壬申の乱の際に大友皇子《おおとものみこ》が橋のたもとに布陣したことが『日本書紀』に見える。

この唐橋は瀬田川の浚渫《しゅんせつ》工事に関連して昭和六十二年から平成元年（一九八七〜八九）にわたって発掘調査が実施された。調査の結果、橋は七世紀代にさかのぼる可能性があり、当時の最高技術を駆使した橋脚の基礎構造が明らかになった。

調査を担当した大沼芳幸氏が『唐橋遺跡』（滋賀県教育委員会、一九九二）の報告書に述べていることを以下に要約しよう。

唐橋の構造

唐橋の第一橋脚の基礎構造の遺構は全面の八〇平方メートルに穴太《あのう》・坂本《さかもと》付近に産出する角張った山石を川底より一・二メートルの高さまで積み上げた状態で石群が残存していた。第一橋脚の北西側には石群を囲むように八個の柱穴を検出している。柱穴は石群の流失を防止するための設置と思われている。また、石群の中には四個の鉄鉱石が混じっていたという。鉄鉱石は他の石より比重の重い石である。人為的に運ばれたと思われるが、四個だけなんのために運んだかは謎である。

石群の下には橋脚を直接建て上げる部分の台材があった。台材は檜《ひのき》の角材を用いて、平面形が扁平な六角形に組み上げられていた。角材の組合せ技法は両方を欠き取って組み合わせる「アイカキ」の技法が用いられていた。

台材の下には基礎材があった。台材を支え、橋脚の基礎の不同沈下を防ぐための基礎構築である。基礎材は平面が楕円形になるように一一本の樫の丸太が並べられていた。これらの丸太

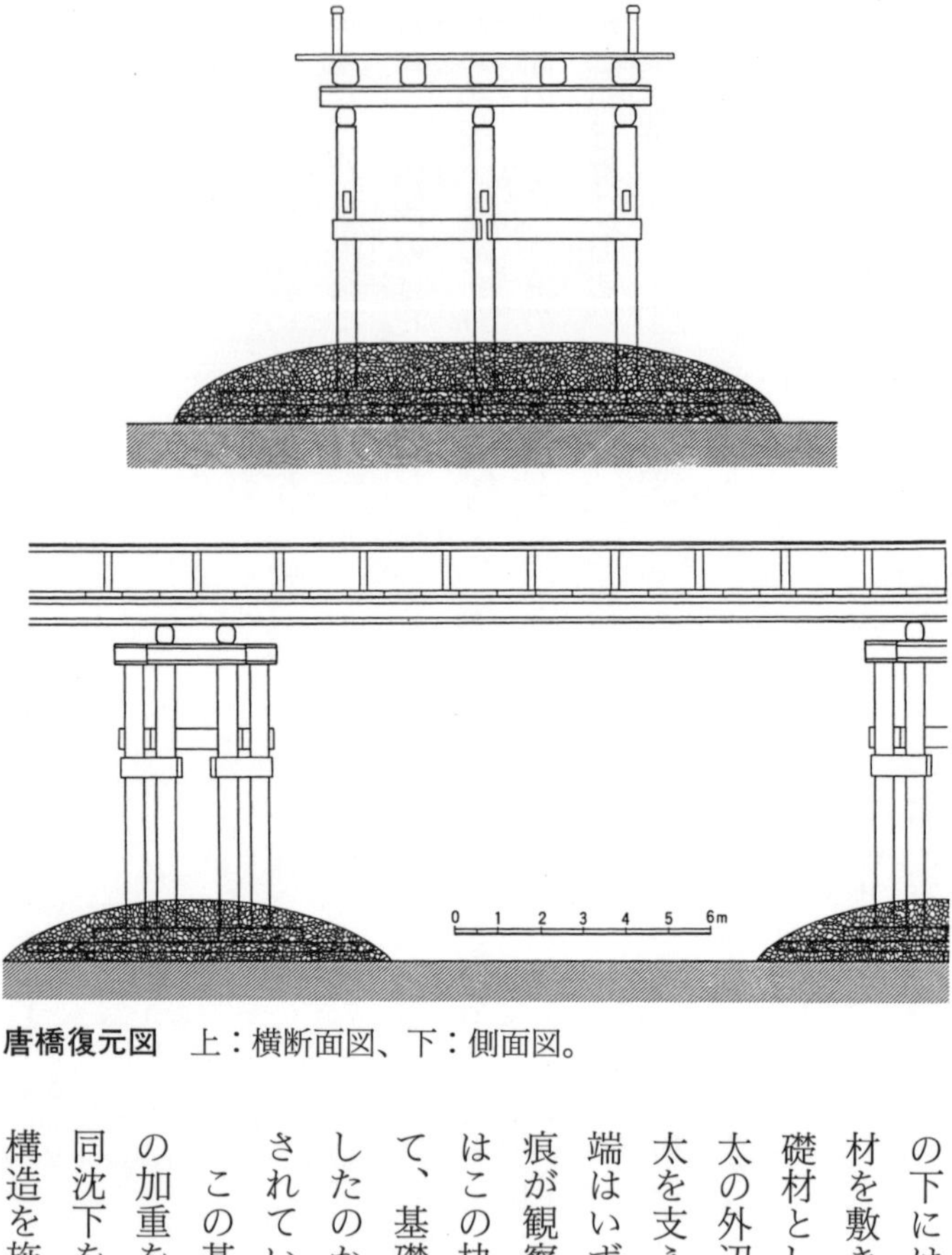

唐橋復元図　上：横断面図、下：側面図。

の下には丸太と直交する別材を敷き並べて最下層の基礎材とし、特に一一本の丸太の外辺に敷き並べて、丸太を支えていた。丸太の先端はいずれも抉《えぐ》り状の加工痕が観察されるから、本来はこの抉りに別材を固定して、基礎全体を一体構造としたのかもしれないと推察されている。

　この基礎材には橋梁全体の加重を均等に配分し、不同沈下を防ぐためと、この構造を施工位置に設置する

唐橋の復元模型　橋の台材と基礎材の構造がわかる。

際の構造全体の固定のための働きがあるものと考えられている。

さらに、基礎材と台材の間には直径四センチから六センチほどの細棒を三重以上に敷き並べた状況が検出された。この細材は石群の加重を効率よく均等に配分し、水中における基礎材の浮力も均等な力で押さえるための構造と考えられた。本来は基礎材全体をネット状に覆うように敷かれていたと思われている。

このように唐橋の橋脚の基礎構造は基礎材の上に台材を組み立て、その上に橋脚を建て、橋脚と基礎を固定することと水中浮上や流失を防ぐため、全体に岩石を積み上げたものであった。さらに、台材に囲まれた中の第五層に相当する部分に灰褐色の極めて粘質の強い粘土の拡がりがあり、石群の岩石間もしくは台材の移動を防ぐために人為的に運ばれた粘土を充填したとが考えられた。

第一橋脚と第二橋脚はともに同じ基礎構造で、当時としては最高の技術を駆使して造橋工事がおこなわれていた。第一橋脚と第二橋脚の間隔は約一七・八メートルが計測されている。

唐橋の造橋年代

発掘調査による出土遺物は、第一橋脚と第二橋脚の地点に七世紀代の土器の分布が集中している。そのことから、第一橋脚と第二橋脚は七世紀代の構築が考えられている。

第三橋脚地点では八世紀から九世紀の土器の分布と銭貨の和同開珎《わどうかいちん》の多量の出土があり、八世紀代の和同開珎の時代の構築であろう。第四橋脚は基礎材の直下で鎌倉時代の和鏡が出土しており、十二、三世紀代の構築が考えられている。

また、橋脚に使われた部材の実年代が年輪年代の鑑定によって得られている。第一橋脚の基礎材およびレベル調整用材は六〇七年の測定が、台材のA、Bは五四八年の測定が出た。周辺材の切り取りから切り出しなどの時間を考慮すれば、七世紀代の構築と考えても矛盾はない。

また、第一橋脚の基礎材に添う形で七世紀中葉と考えられる須恵器《すえき》の䗪《はそう》が検出され、また基礎構造を取り払ったところでは須恵器の壷形土器の口縁が出土しており、第一橋脚の創建を考えるうえで重要な出土遺物である。第二橋脚の第五層から検出された多量の土師器《はじき》の小甕《こがめ》や第二橋脚の石群より出土した無文銀銭《むもんぎんせん》は七世紀中ごろという。これも基礎構造の構築年代を割り出す参考となる出土遺物である。

さらに、第二橋脚の基礎石群の第四層から奈良期の造瓦法による桶巻《たるまき》作りの瓦が多量に出土したことは、橋脚構築後、何回かの改修を受けた後に、これらの瓦が廃棄された可能性が考えられている。

以上のように瀬田の唐橋は七世紀に造られ、その後幾多の戦乱の世をくぐり、幾たびもの改修を重ね、現在の唐橋にまでつづいている。コンクリート製になった今も、近江八景の名勝の一つとして人気のある観光地となっている。

新羅の橋

唐橋が架けられた位置は先にも述べたように近江の国庁から延びる道が瀬田川と交わるところで、中の島の存在により瀬田川でも最も川幅の狭いところが選ばれている。

唐橋のような基礎構造の上に台材を組み、その上に橋脚を構築して架橋する工法は橋脚に材木を多く使い、一見無駄な構造のように思われるが、川底の地盤が固すぎて柱を打ち込めなかった瀬田川では掘立柱の橋脚の工法は採用されなかったのであろう。

唐橋のような工法は新羅《しらぎ》でも採用されていた。韓国の慶州《けいしゅう》において一九八四〜一九八七年にかけて発掘調査された月精橋址《ウォルチョンキョ》では、石造り橋と木製台材を持つ橋とが検出された(『月精橋発掘調査報告書』文化財研究所、慶州古蹟発掘調査団、一九八八)。なかでも木製台材を持つ橋は橋脚基礎構造の平面形は五角形をなし、丸太を組合せた工法は瀬田の唐橋と同じ基礎構造である。月精橋址は七世紀の統一新羅時代の橋跡と報告されている。こうした新羅の技術が日本へも伝来したのであろう。

架橋技術集団

宇治橋は大化二年(六四六)、または斉明天皇七年(六六一)以降に架橋されたとすると、七世紀代の橋である。同時代の瀬田の唐橋や韓国慶州の月精橋に見るような橋脚基礎構造の工法で架橋されていたと思われる。

僧道登は高麗学生と伝える。もう一人の僧道照は白雉四年(六五三)に入唐《とう》し、斉明天皇七年に帰朝している。想像をたくましくすると、この二人は新羅や唐の架橋技術と技術者を伴って来朝、帰朝していないだろうか。当時、最高技術を持っていた彼等が宇治橋をはじめ各地の河川の要所に架橋した。このことが道照物化《ぶっか》の際の業績記録となったのではなかろうか。

かくして架橋された宇治橋も『続日本後紀《しょくにほんこうき》』によると、嘉祥元年（八四八）八月三日には「雨降通宵止まず。四日雨勢井を倒す如し。五日洪水浩々」人も家畜も流され、河陽橋は断絶し、「僅か六間を残す、宇治橋も傾損す」と記載されている。

当時の最高の技術によって造られた宇治橋も、降り続く雨による洪水には勝てず、造橋の当時を知りうるのは、わずかに「宇治橋断碑」のみである。

宇治若郎子の宮所

太子菟道稚郎子

額田王《ぬかたのおほきみ》の歌　いまだ詳《つばひ》らかならず

秋の野のみ草刈り葺《ふ》き宿《やど》れりし宇治の京《みやこ》の仮廬《かりほ》し思ほゆ　（巻一―七）

作者は額田王か否か不明である。昔の菟道稚郎子《うじのわきいらつこ》の行宮をしのんで詠んだ歌である。

宇治若郎子《うぢのわきいらつこ》の宮所《みやどころ》の歌一首

妹《いも》らがり今木《いまき》の嶺《みね》に茂《しげ》り立つ嬬松《つままつ》の木は古人《ふるひと》見けむ　（巻九―一七九五）

妻のもとに今来る――今木の嶺にうっそうと茂る嬬を待つ――松の木は昔の人が見ただろうか。柿本人麻呂《かきのもとのひとまろ》の歌といわれている。

二首とも菟道稚郎子の宮所にかかわる歌である。菟道稚郎子は応神天皇の皇太子であった。菟道稚郎子に関して記載された『日本書紀』巻十誉田《ほむた》天皇（応神天皇）の条をひもといてみると次のように書かれている。

誉田（応神）天皇には男女あわせて二〇名の皇子、皇女があった。その中で有力な皇子は皇后仲姫《なかつひめ》を母とする大鷦鷯皇子《おおさざきのみこ》、皇后の姉の高城入姫《たかきいりひめ》を母とする大山守《おおやまもり》皇子、和珥《わに》氏系の宮主《みやぬしの》宅媛《やかひめ》を母とする菟道稚郎子皇子の三皇子であった。

『日本書記』に見える菟道稚郎子の記録は次のようなものである。

応神天皇十五年秋八月
百済《くだら》王が阿直岐《あちき》を遣わした。阿直岐は能く経典を読むので、太子菟道稚郎子の教典の師とした。

応神天皇十六年春二月
王仁《わに》来る。太子菟道稚郎子は王仁を師として諸経典を習う。王仁は書《ふみの》（文）首《おびと》の祖である。

応神天皇二十八年秋九月

高麗《こま》王が使を遣し朝貢してきた。太子菟道稚郎子は、上表文を読みそれが無礼であったので、怒って高麗使を責めた。

このように、菟道稚郎子は阿直岐や王仁を師として経典を学び、英智にすぐれた皇太子として記載されている。

応神天皇四十年春正月

応神天皇は大山守皇子、大鷦鷯皇子と相談して、菟道稚郎子を皇太子とし、大山守皇子に国土を司らせ、大鷦鷯皇子を皇太子の補佐役に任命した。

この皇太子の記事は先の記事にすでに太子とあるので、日時的矛盾がある。

応神天皇四十一年春二月

誉田（応神）天皇崩御。

応神天皇の存命中に、皇太子が決められていたのにもかかわらず、天皇の死によって菟道稚郎子、大鷦鷯皇子、大山守皇子の三皇子の間には、皇位をめぐる熾烈な争いが起こる。

皇位の争い

『日本書紀』をもう少したどってみよう。

皇太子菟道稚郎子は大鷦鷯皇子に皇位を譲り、皇位につこうとしなかった。大山守皇子は先帝を恨み、皇太子を殺し帝位に登ろうと企てる。大鷦鷯皇子は、あらかじめそのはかりごとを知り、菟道稚郎子に密告した。菟道稚郎子は兵を備えて、大山守皇子を待ち受けた。それと知らず、大山守皇子は数百の兵士を率いて、菟道に至り宇治河を渡ろうとした。時に太子は粗末な着物を着て密かに渡守にまじって大山守皇子を船に載せ、船が河中にきたときに、渡守たちに船をひっくり返させた。大山守皇子は河に落ち、更に浮き流れながら

千早人《ちはやびと》　宇治の渡に　楫《かじ》取りに　速けむ人し　我が許《こ》に来む

宇治の渡に上手に楫を操って船を動かせる人よ、速く私のところに来てくださいと歌った。岸辺には伏兵が多く、大山守皇子は岸に着くことができず、ついに溺れ死んだ。其の屍は河原の渡りに浮き出で、菟道稚郎子はその屍を見て、

千早人　宇治の渡に渡り出に　立てる梓弓《あづさゆみ》、檀弓《まゆみ》　射切《いき》らむと心は思へど　射取《いと》らむと心は思へど　本方《もとかた》は君を思ひ出ね　末方《すえかた》は妹を思ひ出　苛《か》ら痛けく　其に思ひ悲しけく此に思ひ　不射切《いきらず》ぞ来る　梓弓　檀弓

宇治の渡しに立つ梓の木を伐ろう取ろうと思うけれど、木の本の方では君を末の方では妹を思い出し、悲しく木を伐らずにしまったと詠み、大山守皇子を那羅山《ならやま》に葬った。そして宮室《みやどころ》を菟道に興してそこに住まい、即位しなかったため皇位はあいたまま三年の月日がたってしまった。

その後、菟道稚郎子と大鷦鷯皇子と皇位を譲り合う記事があって、最後に菟道稚郎子は自殺し「仍ち菟道山《うじやま》の上に葬」られ、大鷦鷯皇子、すなわち仁徳天皇の即位となるのである。

以上が菟道稚郎子に関する記事であるが、『日本書紀』は儒教的徳治主義に書かれているので、どこまでが史実であるかわからない。

菟道稚郎子の墓

『延喜式』巻二十一「諸陵寮《しょりょうりょう》」によると、菟道稚郎子の宇治墓《うじはか》は山城国宇治郡にあり、兆域《ちょういき》東西十二町、南北十二町、守戸三烟《えん》と記されている。兆域が如何なるものかわからないが、稚郎子の父の応神天皇の恵我藻伏崗陵《えがもふしおかのみささぎ》は河内国志紀郡にあって、兆域は東西五町、南北五町とあり、兄の仁徳天皇の百舌鳥耳原中陵《もずみみはらのなかつみささぎ》は和泉国大島郡にあって、兆域東西八町、南北八町となっている。これから見ると、稚郎子の宇治墓は父の応神天皇、兄の仁徳天皇の墓よ

菟道稚郎子陵　『延喜式』に記載されている宇治墓の規模より小さい。

り大きい。

稚郎子の宇治墓と同じ大きさの兆域の陵墓は文武天皇の皇后藤原宮子の佐保山西陵《さほやまにしのみささぎ》で、兆域東西十二町、南北十二町とあり、大和国添上郡にあると記されているが、残念ながら所在は不明である。

ほかに宇治墓に近い兆域の陵墓としては天智天皇の山科陵《やましなのみささぎ》がある。兆域東西十四町、南北十四町、陵戸六烟と記されている。山科陵は実在の天皇と陵墓が一致する具体例である。宇治墓が山科の現天智陵に近い兆域の陵墓とすれば、宇治川畔に治定されている菟道稚郎子の御陵（二四九ページ、地図参照）は小さく範囲も狭い。立地条件などからもいろいろ疑問がある。

倭の五王の時代

「記紀」に見える応神天皇、仁徳天皇、菟道稚郎子の時期の倭《やまと》政権は高句麗《こうくり》と抗争して、朝鮮半島における立場を有利にし、かつ、既得地位を確保するため中国の南朝の諸王朝にしばしば朝貢している。

北朝ではなく南朝への遣使となったことのひとつに、北朝へは高句麗が朝貢していることがあった。また、山東半島までが南朝の勢力圏であったため、当時の航海技術では、沿岸伝いにゆくことが最も安全な航路であったことから、南朝への遣使がおこなわれたのであろう。

南朝宋の正史『宋書《そうしょ》』倭国伝《わこくでん》には一三回にわたる倭国との外交関係が記録されている。『梁《りょう》書《しょ》』にもその後の状況が二度記録されている。

この一連の外交記事に登場する讃《さん》、珍《ちん》、済《せい》、興《こう》、武《ぶ》の倭の国王を「倭の五王」と総称している。なかでも宋の順帝《じゅんてい》の昇明二年（四七八）の倭王武の「昔より祖禰《そでい》躬《みずか》ら甲冑を擐《つらぬ》き、山川を跋渉《ばっしょう》し、寧処《ねいしょ》に遑《いとまあ》らず……」という上表文《じょうひょうぶん》は有名である。自分を一字一音で表している倭王たちが漢風諡号《かんぷうしごう》でのどの天皇にあたるのか、その研究は古くから盛んである。

最後に記述されている倭王からたどると、武は雄略《ゆうりゃく》、興は安康《あんこう》、済は允恭《いんぎょう》、珍は反正《はんぜい》の四天皇にあてることに、ほとんど異説はない。しかし、讃については仁徳《にんとく》説と履中《りちゅう》説とがある。

倭の五王の実年代は五世紀で、わが国では古墳築造の最盛期である。沖積平野に周濠を持つ巨大な大型の前方後円墳群が築造された時期で、いわゆる古墳時代中期である。

大型の前方後円墳が群として集中する地域に倭政権の中心があったとすれば、その推移は三輪山麓に展開する大和《おおやまと》古墳群を背景とする三輪《みわ》王朝から、奈良盆地北部の那羅山の佐紀《さき》古墳群の佐紀王朝に移り、古墳時代中期になるとその中心は大和から大阪平野の南部地域に移動している。

河内王朝と和泉王朝

南河内の金剛、和泉山系に源を発する石川と大和盆地から流出する大和川の合流点の西側には東西三キロ、南北四キロの範囲に、周濠を持つ巨大な前方後円墳が集中する古市《ふるいち》古墳群が存在する。中でも大阪府羽曳野《はびきの》市誉田《こんだ》にある誉田御廟山《こんだごびょうやま》古墳は傑出した規模の前方後円墳で、墳丘の長さは四二五メートル、前方部の幅は三〇〇メートル、後円部は直径二五〇メートル、高さ三五メートルを測り、周濠と外堤が二重に廻る古墳である。

宮内庁はこの古墳を応神天皇の恵我藻伏崗陵に治定している。しかし、『日本書紀』の応神天皇の条には陵の記載はなく、応神天皇の実在には疑問も持たれている。また、川西宏幸氏の円筒埴輪の編年研究（川西宏幸「円筒埴輪総論」『考古学雑誌』六一―三、一九七八）によれば、誉田御廟山古墳の築造時期は五世紀中葉をさかのぼらないことが指摘されている。巨大な前方後円墳の古墳群を背景とする政権があったとすれば古市古墳群の河内《かわち》王朝が考えられる。

同じ時期に、和泉地域にも東西三・七キロ、南北三・五キロの範囲に、巨大な前方後円墳が集中する百舌鳥《もず》古墳群が分布している。中心をなすのは大阪府堺市大仙町に立地する日本一大きな前方後円墳の大仙《だいせん》古墳である。墳丘の長さは四八六メートル、前方部の幅は三〇五メートル、後円部の直径は二四五メートル、高さ三五メートルを測り、左右対称の均整のとれた前方後円墳で、三重の濠をめぐらす。総面積は一三四・五七平方メートルの巨大な前方後円墳である。

宮内庁はこの古墳を仁徳天皇の百舌鳥耳原中陵に治定しているが、大仙古墳を大王陵とみて、仁徳、履中、反正のそれぞれの天皇陵に比定する諸説がある。

和泉《いずみ》の地域的勢力を象徴する百舌鳥古墳群は和泉王朝として、河内王朝に対比される存在であったと考える。

宇治王朝

井上満郎《みつお》氏は『播磨国風土記《はりまのくにふどき》』揖保郡《いぼぐん》の条から菟道稚郎子を宇治天皇として述べている（井上満郎「歴史伝承と古墳」『宇治市史』一、一九七三）。

揖保郡の条には「宇治の天皇のみ世、宇治連等が遠祖兄太加奈《えたかな》（志《し》）・弟太加奈志《おとたかなし》の二人、大田の村の与富等《よふと》の地を請ひて、田を墾《ひら》き蒔《たねま》かむとして来る時」とある。すなわち、宇治氏の祖先が田を開墾したのは「宇治の天皇の世」であったというものである。『風土記』を書いた者は「記紀」の編者の中央官人と違い、地方官人たちであった。中央官人が歴史から排除した「宇治天皇」であったが、地方官人は菟道稚郎子を「宇治天皇」と記録したのである。母方の大和の豪族和珥氏を背景に宇治に王朝を築いた菟道稚郎子の宇治天皇を排除して、仁徳天皇が正統の地位を確立した、というのが井上氏の説である。

では、これを考古学から見ると、どうであろうか。

山背国の宇治郡にみる古墳群は河内の古市古墳群や和泉の百舌鳥古墳群の比ではなく、ましてや宇治王朝が存在したといえる大王陵に比定される中期古墳は存在しない。古墳から見るかぎり、河内王朝や和泉王朝と並ぶような宇治王朝があったとは思えない。

それでは菟道稚郎子の伝承の起源はどこにあったのであろうか。宇治の遺跡を見てみよう。

宇治川右岸の中期古墳

宇治川の旧河道は条里遺構の乱れから見ると、宇治橋西詰より槇島下村《まきしましもむら》の間を巨椋池《おぐらいけ》に向かって流れていたと考えられる。宇治川左岸は豊臣時代（一五八五〜一五九八）に伏見城を守るために堤防が造営された。これにより宇治川は、その流路を変えた。宇治川右岸には堤防はないが、自然の状態では宇治市菟道《とどう》から木幡《こはた》にかけて標高がわずかに高く宇治川の影響は少ない。地理学でいう居住地域である。標高一五メートル線上の菟道稚郎子の墓とされている現宇治墓も古墳としての地形的立地条件はそなえている。

宇治川右岸の宇治郡の古墳群で前期古墳の存在は今のところわからない。最も近いのは山科川の北側、桃山丘陵の南端に立地する全長一二〇メートルで、四世紀末の大型の前方後円墳の黄金塚《こがねづか》二号墳である。

五世紀中葉から後葉にかけて出現するのが、宇治山本にある宇治二子山《ふたごやま》古墳である（一四九ページ、地図参照）。二子山と言われるように二つの大きな円墳である。北墳は三基の主体部からなる。盗掘を受けているが、西槨《にしかく》は革綴短甲《かわとじたんこう》一領、革綴衝角付冑《しょうかくつきかぶと》一個、頸甲《くびよろい》、肩甲《かたよろい》、刀剣、槍、鉄鏃の武器・武具の副葬に特色がある。東槨でも革綴短甲片が出土している。

南墳は木棺直葬からなる埋葬主体がある。棺東端で鋲留短甲《びょうどめたんこう》、頸甲、小札《こざね》肩甲、三環鈴《さんかんれい》、

f字形鏡板付轡《かがみいたつきくつわ》等の馬具が出土し、西端では鋲留短甲一領、鋲留衝角付冑一個、頸甲、肩甲とさらに挂甲《けいこう》一領、刀剣、鉄鏃と四葉文鏡《しようもんきよう》が出土した。直径四〇メートルほどの円墳でありながら豊富な武具、武器、馬具を副葬する古墳である。

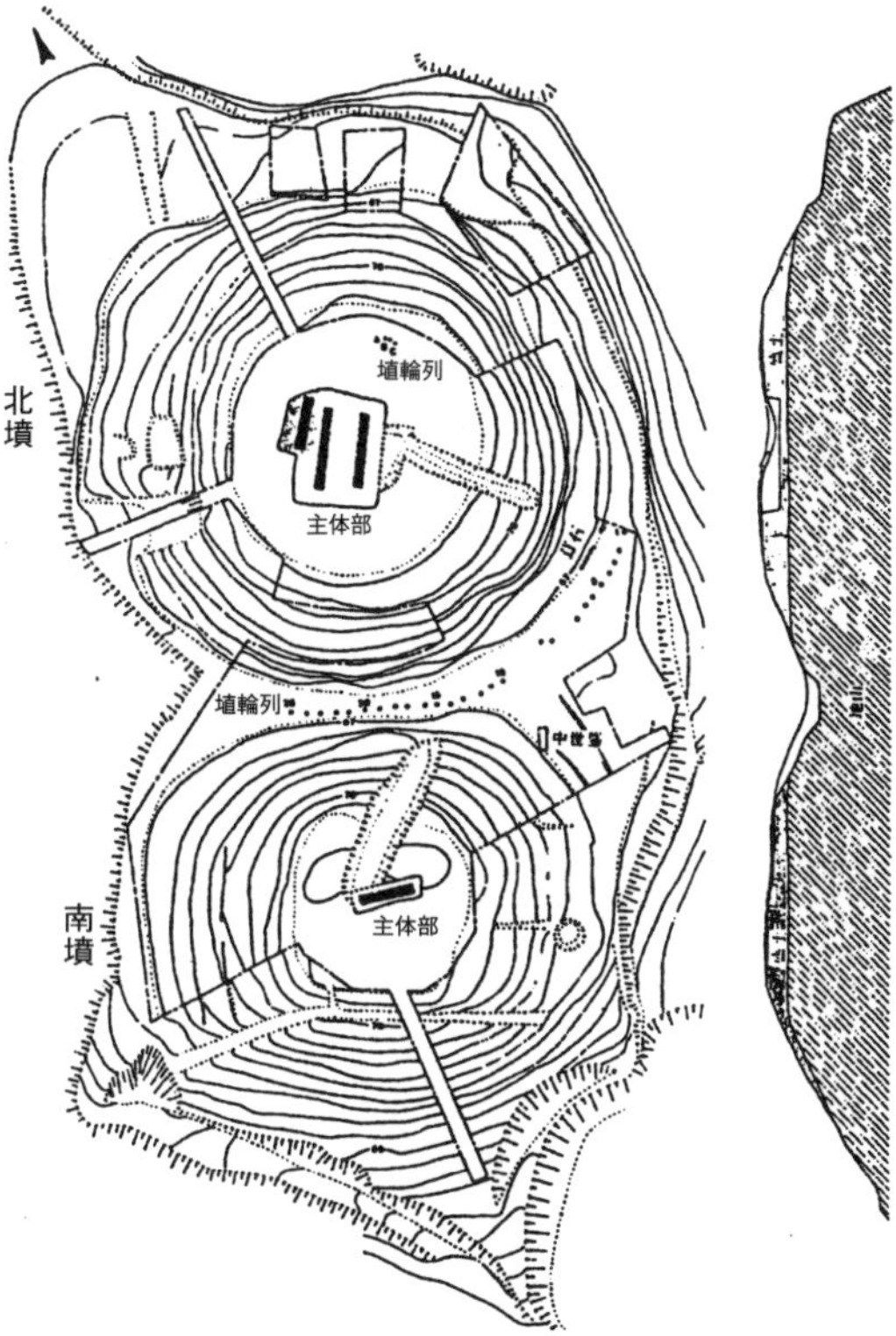

二子山古墳　北墳は径 40 m、南墳は径 36 m。古墳の大きさにくらべて副葬品の武具、武器の多いことが注目される。

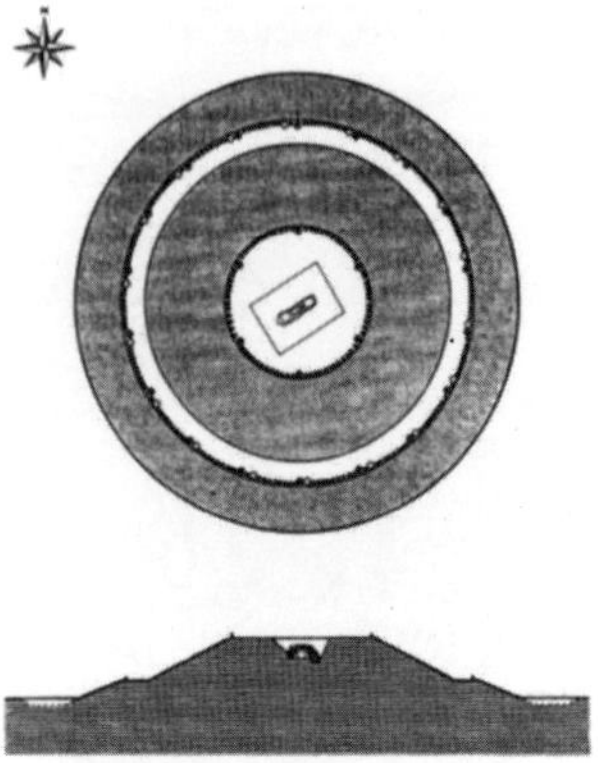

瓦塚古墳　径30 m。朝鮮半島関連の遺物が出土している。

宇治市五ヶ庄《ごかしょう》の瓦塚古墳は直径三〇メートルの円墳に周壕をめぐらす古墳で、埴輪の年代は川西編年のⅣ・Ⅴ期に比定されている。主体部は盗掘により実態は明らかでないが、盗掘坑より玉杖《ぎょくじょう》形金銅製品が出土した。類例は兵庫県宮山《みややま》古墳や小倉コレクションにあって、朝鮮半島製であろうと報告されている。その他、断片ではあるが鉸具《かこ》、鐙《あぶみ》片の馬具と長頸鏃が出土している。五世紀末葉の古墳と思われる。

宇治川右岸の後期古墳

この地域で最大の古墳は宇治市五ヶ庄大林の二子塚《ふたごづか》古墳で（一四九ページ、地図参照）、最近の調査によると、全長一一二メートルの前方後円墳に二重の周濠をめぐらせ、外濠を含む古墳の全長は二一八メートルを測る。埋葬主体は横穴式石室であったが、かなり以前に破壊されている。発掘調査の結果、長さ一八メートル、幅九メートル、深さ二・八メートルの石室構築用の掘形が判明した。前方部の墳頂で出土した須恵器の杯身は西暦五〇〇年を前後する年代が考

二子塚古墳　全長 112 m。濠を含めると全長 218 m。今城塚古墳と同型の古墳で、継体天皇とのかかわりが考えられる。

えられている。二子塚古墳の外形は継体《けいたい》天皇陵と考えられている今城塚《いましろづか》古墳と同型で、しかも同古墳を六〇パーセントに縮小した規模の墳丘であり、同時期の古墳としてたいへん注目される古墳である。

横穴式石室を内部主体とする後期古墳は五ヶ庄福角にて須恵器の一群の出土が紹介され、消滅した古墳の存在が知られていた。

京滋バイパスに伴う調査では直径二〇から三〇メートルの円墳に全長九・二メートルと九・四メートルの横穴式石室を主体とする古墳と直径一二メートルの円墳に全長四・七メートルの横穴式石室を主体とする古墳群が調査されている。これにより六世紀後半に築造され七世紀中ごろまで追葬された隼上《はいあが》り古墳群（一四九ページ、地図参照）の存在が判明した。

さらに最近の調査によると、菟道の三室戸寺門前で、全長三五メートルの前方後円墳に周濠をめぐらせた古墳が見つかった。墳丘はすでに削平され、基底部のみが検出された。人物、馬形、盾形、大刀形の形象埴輪が出土し、六世紀中ごろに築造された後期古墳の存在が明らかになった。

宇治川右岸の寺院跡と窯跡

古墳時代につづく遺跡に寺院跡と窯跡群が分布している。莵道西中の大鳳寺跡《たいほうじ》（一九八ページ参照）は法起寺《ほっきじ》式の伽藍配置が考えられ、出土瓦から七世紀末葉創建の奈良期の寺院で、平安前期頃に廃絶したということがわかる。五ヶ庄岡本にも同時期に存在した岡本廃寺跡（二〇五ページ参照）がある。法隆寺式の伽藍配置が考えられ、出土瓦より七世紀後半の創建で、八世紀末に火災で廃絶した奈良期の寺院跡と報告されている。

大鳳寺跡と岡本廃寺については、次章で詳しく述べるが、大鳳寺に使用された瓦は宇治市山本の二子山の東斜面の宇治瓦窯《うじがよう》跡で焼かれている。西斜面には七世紀前半頃の須恵器を焼いた山本窯跡がある。莵道東隼上《はいあが》りには三基の窯跡が検出された隼上り瓦窯跡がある（一八七ページ参照）。ここでは七世紀前半の須恵器とともに、高句麗様式の飛鳥豊浦寺《とゆらでら》跡の軒丸瓦《のきまるがわら》と同笵《どうはん》の瓦や百済様式の京都北野廃寺《きたのはいじ》跡の軒丸瓦と同笵の瓦が出土している。

継体の内乱

以上のように、宇治川右岸の莵道から木幡にかけての宇治郡は古墳時代から奈良時代にかけての在地豪族の墳墓や氏寺としての寺院跡、さらに生産遺跡の窯跡群と、考古学的遺跡のうえでは時代的に絶えることなく継続している。当時の生活を復元できるたいへん注目される重要な地域である。しかし、他の勢力をしのぐような王朝といえるほどの力をもった勢力があったとは考えられない。

古墳に見る五世紀後半の武器・武具の副葬は向日市の乙訓古墳群、久津川の車塚を中心とした久津川古墳群、宇治郡の古墳群がそれぞれ武装軍事集団を形成し、軍事的拠点であったことを裏付けている。このうち、久津川古墳群は六世紀前半になると急速に減少、弱体化する。これに対して宇治郡の二子塚古墳は六世紀前半では山背最大の古墳で、しかも継体陵と考えられている今城塚古墳の規模を六〇パーセント縮小した同型の古墳で、継体期の古墳であることがわかる。乙訓古墳群も物集女車塚《もずめくるまづか》や今里大塚《いまざとおおつか》の後期古墳が立地して、次の初期寺院跡群に続いている。

このような時期を『日本書紀』は次のように記している。継体天皇は楠葉宮《くずはのみや》で即位し、五年後に筒城宮《つつきのみや》に移り、七年後に弟国宮《おとくにのみや》に移り、八年後に大和磐余玉穂宮《いわれたまほのみや》に移った、とある。即位後山背の地を転々と移動し、大和入りに歳月を費やしている。このことがどこまで史実であるか不明であるが、文献史家はこれを「継体の内乱《ないらん》」と呼んでいる。

この継体の動乱期の環濠防禦集落《かんごうぼうぎょしゅうらく》ではなかったかと思われる遺跡がある。桂川右岸の京都市伏見区の水垂《みずたれ》遺跡は古墳時代の集落跡で、竪穴住居五六基、掘立柱建物一四棟が検出され、四、五回の建て替えがみられる。集落は幅一〇～一五メートル、深さ一・五～三メートルの二条の河川にかこまれた環濠集落である。河川は平野を流れる浅い川と異なり、川岸は急崖をなしてU字形の川底となり、深さは人の丈より遙かに深い。河上の川底に水量調節の堰《せき》を設けていることをみると、人為的な河川であろう。出土遺物に鉄鏃や木製馬具の壺鐙《つぼあぶみ》などが見られる。

久津川古墳群の被葬者たちは反継体勢力として抗争して没落したのであろう。継体勢力の拠点となった乙訓地域の豪族たちは、安堵《あんど》を得て次世代へと存続している。宇治郡では六世紀初頭の継体の内乱を境に、有力豪族の台頭と存続が遺跡のうえで考えられるが、それを裏付ける文献史料は今のところ知らない。しかし、この宇治郡の豪族の動向が菟道稚郎子の伝承起源となったのではなかろうか。

伝説の菟道稚郎子

古代の天皇の和風称号の研究をみると、十二代景行《けいこう》天皇はオオタラシヒコオシロワケ、十三代成務《せいむ》天皇はワカタラシヒコ、十四代仲哀《ちゅうあい》天皇はタラシナカツヒコ、神功《じんぐう》皇后のオキナガタラシヒメの称号に対して、三十四代舒明《じょめい》天皇はオキナガタラシヒロヌカ、三十五代皇極《こうぎょく》天皇はアメトヨタカライカシヒタラシヒメの称号で、ここにはタラシヒコ、タラシヒメが同じように用いられている。このことは、十五代応神天皇のホムタワケ、十七代の履中《りちゅう》天皇のオオエノイザホワケ、十八代の反正天皇のタジヒノミツハワケに対して、同じように三十八代の天智《てんじ》天皇はアメミコトヒラカスワケとワケ称号が用いられている。

また、十六代の仁徳天皇のオオサザキ、二十五代の武烈天皇のオハツセノワカサザキに対して、三十二代の崇峻《すしゅん》天皇のハツセベノワカサザキはサザキの称号が同じように用いられている。すなわち、十二代景行天皇から十八代反正天皇までと二十五代武烈天皇のタラシヒコ（ヒメ）・ワケ・サザキの称号は後世の三十二代崇峻、三十四代舒明、三十五代皇極（三十七代斉明）、三十八代天智の各天皇の称号がさかのぼって使用されている。「記紀」の原史料となったものが、崇峻朝から天智朝の間に編纂された影響で、架空の天皇がつくられた可能性が高い。「帝紀《ていき》」「旧辞《きゅうじ》」は継体・欽明期の編纂といわれ、「天皇記《てんのうき》」「国記《こっき》」は推古二十八年（六二〇）に聖徳太子、蘇我馬子《そがのうまこ》の編纂による。

『日本書紀』は天武天皇十年（六八一）に川島皇子《かわしまのみこ》らによって編纂に着手されている。「記紀」の原史料である「帝紀」「旧辞」、「天皇記」「国記」が編纂されている時期に、継体の内乱以降に台頭する山背宇治郡の在地豪族の動向が注意を引き、史料編纂に反映されて、理想的譲位継承像として菟道稚郎子伝説が生まれたのではないだろうか。

瓦と水運

藤原宮造営

藤原宮の役民《えのたみ》の作れる歌

やすみしし　わご大王《おほきみ》　高照らす　日の皇子　荒栲《たへ》の　藤原がうへに　食《を》す国を
見《め》し給はむと　都宮《みあらか》は　高知らさむと　神ながら　思ほすなへに　天地《あめつち》も　寄りて
あれこそ　石走《いはばし》る　淡海《あふみ》の国の　衣手《ころもで》の　田上山《たなかみやま》の　真木《まき》さく　檜《ひ》の嬬手《つまで》を　もの
のふの　八《や》十《そ》氏河《うぢかは》に　玉藻なす　浮かべ流せれ　其《そ》を取ると　さわく御民《みたみ》も　家忘
れ　身もたな知らず　鴨じもの　水に浮きゐて　わが作る　日の御《み》門《かど》に　知らぬ国
寄《よ》し巨勢《こせ》道《ぢ》より　わが国は　常世《とこよ》にならむ　図《ふみ》負へる　神《くす》しき亀も　新代《あらたよ》と　泉の
河に　持ち越せる　真木の嬬手を　百《もも》足《た》らず　筏に作り　泝《のぼ》すらむ　勤《いそ》はく見れば

神ながらならし　（巻一―五〇）

岩ほとばしる水の国近江の、田上山の真木をさいた檜の荒材を、宇治川に玉藻のように浮かべては流していることだ。それを引き上げようと立ち働く御民よ、家のことも忘れ、わが身も顧みず、鴨のように水に浮かんで日の御子の朝廷を造営する……　泉川（木津川）に運んだ真木の荒材を筏に組んで、川を上らせているようである。

藤原宮造営の夫役に徴用された民の長歌であるが、実作は宮廷詩人の作ではないかともいわれている。

藤原京は中国の唐《とう》の都長安《ちようあん》にならって、香具山《かぐやま》、耳成山《みみなしやま》、畝傍山《うねびやま》のいわゆる大和三山に囲まれた平野を都としたもので、その建設は持統《じとう》天皇五年（六九一）十月に始まり、翌年五月から藤原宮の造営にかかった。持統天皇八年（六九四）には飛鳥浄御原宮《あすかきよみはらのみや》から新しく造られた藤原宮に移っている。しかし、その後も都の造営は続いた。この大事業は宮廷の人びとを活気づけ、新旧の渡来人のすぐれた力量が白鳳《はくほう》文化を生んだ。こうした中に柿本人麻呂《かきのもとのひとまろ》が現れて、持統天皇という女帝と宮廷集団のために、多くの優れた作品を提供した。

河川交通

藤原宮造営の役民の歌をみると、近江の田上山の檜の荒材を瀬田川《せたがわ》を流し、宇治津に集め、筏に組んで泉川を曳き上げ、泉津に運んだ様子が詠まれている。正倉院文書の「造法華寺金堂《ぞうほっけじこんどう》所解《ところげ》」には、近江国の高嶋山《たかしまやま》の雑材を少川津《おがわつ》より宇治津《うじつ》へ漕ぎ下した運賃が三貫三百四十文で、宇治津より木津川を曳き上げ、泉津に運んだ運賃は三貫二百四十一文と記録されている(『寧楽遺文』中巻　東京堂出版、一九六二)。少川津、瀬田川、宇治川、宇治津、巨椋池《おぐらいけ》、木津川、泉津と当時の運送経路がわかる。ちなみにこの運賃を現在の値段に換算してみた。正倉院文書に泉津作所《いずみつのつくりどころ》の雑食物買上げに「石別五百文」とある。これを七三ページの馬の値段の換算方法で概算すると、近江の少川津より宇治津への運賃は約三四万五八八〇円、宇治津より泉津への運賃は約三四万四七〇〇円となる。

陸上輸送が人と馬に頼っていた当時、重量物輸送は、いかにたいへんであったか想像はつく。そこで、重量物は筏や舟を使い、河川を利用した。飛鳥板蓋宮《あすかいたぶきのみや》伝承地で出土した掘立柱の柱根には筏孔《いかだあな》が開けられていたのは、その例のひとつである。

時代は元禄時代の再建のものと思うが、東大寺大仏殿の正面向かって右後ろの大きな柱の基底に四角い孔が開いている。この孔は大仏様の鼻の孔と同じ大きさといわれ、ここをくぐるとご利益がある、ということで、遠足や修学旅行の子供たちがこの孔をくぐっている。大仏殿の案内人は、この柱になぜ孔を開けたかはわからない、東大寺の七不思議の一つだと言う。種を明かせば、この柱の孔は筏孔《いかだあな》である。孔に綱を掛け、木津川に浮かべて曳き上げ、那羅山を越え、大仏殿まで運ばれたという証拠の筏孔なのである。

河川交通は木津川水系の山背の川だけでなく、奈良盆地の内陸においても同じであった。

或る本の、藤原京《みやこ》より寧楽宮に遷れる時の歌

天皇《おほきみ》の　御命《みこと》かしこみ　柔《にき》びにし　家をおき　隠国《こもりく》の　泊瀬《はつせ》の川に　舟浮《う》けて　わが行く河の　川隈《かはくま》の　八十《やそ》隈おちず　万度《よろづたび》　かへり見しつつ　玉桙《たまほこ》の　道行き暮らし　あをによし　奈良の京《みやこ》の　佐保《さほ》川に　い行き至りて　わが宿たる　衣《ころも》の上ゆ　朝月夜《あさづくよ》　さやかに見れば　栲《たへ》の穂に　夜《よる》の霜降り　磐床《いはとこ》と　川の氷凝《ひこご》り　寒き夜《よ》を　いこふことなく　通ひつつ　作れる家に　千代にまで　来《き》ませ大君よ　われも通《かよ》はむ　（巻一―七九）

なれ親しんだ藤原京から初瀬川に舟を浮かべて下り、幾つもの曲がり目ごとに振り返り、佐

保川に出て、これをさかのぼって奈良の都に出た。藤原京から平城京への奈良盆地の河川交通を詠んだ歌である。先の藤原京の役民の歌は那羅山を越えて、この歌にある河川の逆を利用して藤原京へ材木を運んだことになる。

木材だけではなく、瓦もまた河川を利用して運ばれた。山背の河川と大和の河川を利用して実際に運送されたことを証明するのは飛鳥豊浦寺《とゆらでら》の軒丸瓦である。

豊浦寺

飛鳥の豊浦寺は『寧楽遺文《ならいぶん》』中巻の「元興寺伽藍縁起並流記資財帳《がんごうじがらんえんぎならびにるきしざいちょう》」によれば、欽明《きんめい》天皇十三年（五五二）、百済《くだら》の聖明王《せいめいおう》よりの仏教公伝の仏像を蘇我稲目《そがのいなめ》が向原《むくはら》の家を寺にして安置したのが豊浦寺の起源という。さらに、推古天皇元年（五九三）に天皇が等由良宮《とゆらのみや》より小治田宮《おわりだのみや》へ遷宮する時、等由良宮に金堂、礼仏堂を造り寺となしたために、等由良（豊浦）寺となったとされている。

『三代実録《さんだいじつろく》』の元慶六年（八八二）八月二十三日の条には「散位従五位下宗岳朝臣木村等言、建興寺（豊浦寺）者是先祖大臣宗我稲目宿禰之所建也」とあって、豊浦寺が蘇我氏によって建立された寺院であることを伝えている。

宇治市菟道《とどう》東隼上《はいあが》りの隼上り瓦窯（一四九ページ、地図参照）は、この蘇我氏発願の豊浦寺の創建に際して設けられた瓦窯であった。

隼上り瓦窯

飛鳥の豊浦寺の瓦がはるか遠い山背で焼かれていたことがわかったのは、宇治市教育委員会による「隼上り瓦窯跡」の発掘調査の成果である（杉本宏「隼上り瓦窯跡発掘調査概報」『宇治市埋蔵文化財発掘調査概報』第三集、一九八三）。

隼上り瓦窯跡は昭和五十七年（一九八二）に宅地開発の事前調査として実施され、明らかになった遺跡である。瓦窯跡は丘陵末端部の南斜面に約八メートル間隔で四基の瓦窯跡とその西約一五メートルの台地上の六棟の瓦造工房跡からなっていた。

一号窯　一号窯は全長一〇・八メートル、床面積の最大幅は二・一メートルを測る半地下式の登り窯である。燃焼部床面はスサ入りの粘土で、階段状に作ってあり、階段は幅三五センチ、一八段が検出されている。焚口部《たきぐちぶ》は約二メートルの平坦面をなす、窯全体の雨水を流す幅四〇センチの排水溝が馬蹄形に窯を囲んでいた。窯の最上部の煙出しはこの排水溝に取りついていた。焚口部前はわずかな平坦の前庭を作り、作業空間がこしらえてあった。窯跡前の斜面は灰《はい》

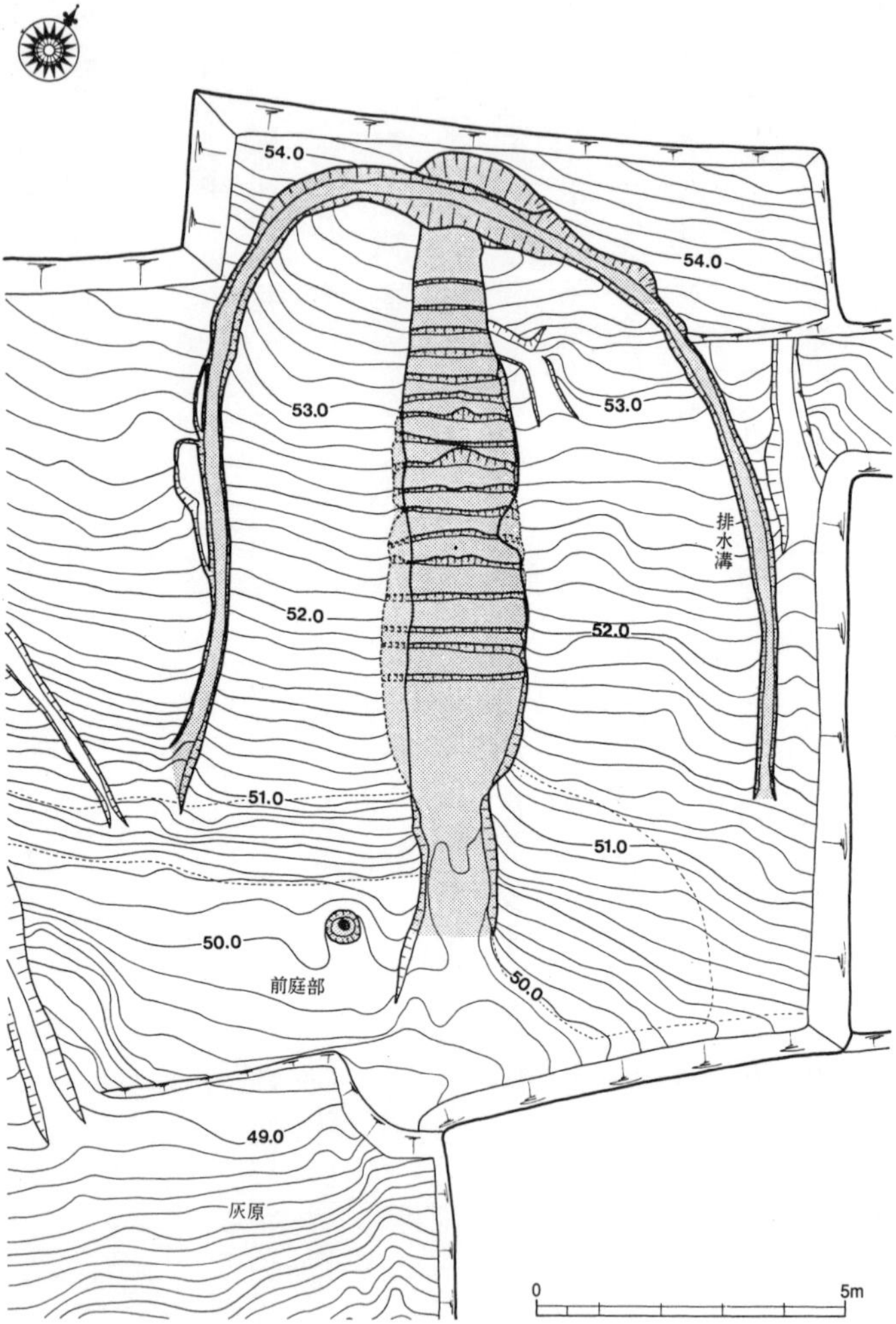

隼上り瓦窯1号窯

隼上り瓦窯２号窯の調査

原《ばら》をなしていた。

出土遺物は窯内の天井崩落土中より軒丸瓦D型式一個、燃焼部床面で須恵器《すえき》の杯《つき》数個と平瓶《ひらべ》二個、排水溝の中より軒丸瓦B型式数個が出土した（瓦の型式は一九四ページの図参照）。

一号窯は操業開始から廃絶まで、瓦と須恵器がいっしょに焼かれていたことが判明した。

二号窯　二号窯は全長九・三メートル、床面最大幅は二・二メートルの登り窯で、床面に階段のない平坦な床の半地下式構造で、須恵器窯には一般に見られる構造であるが、隼上り瓦窯の中では他と異なるものであった。

二号窯の灰原からは瓦類と須恵器の両方が出土しており、両者が焼成されていたことがわかる。灰原の最下層は須恵器のみが堆積し、中層は多量の瓦類と少量の須恵器、上層や窯内の最終床面には須恵器が堆積しており、二号窯における焼成の経過をたどることができる。本来は須恵器窯として築造された窯である。

四天王寺の創建の瓦を焼いた京都府八幡《やわた》市平野山《ひらのやま》瓦窯跡でも瓦窯と須恵器窯が併設されている。瓦の生産は、日本最古の寺院の飛鳥寺の建立の際に渡来した瓦工人だけでおこなわれたのではなく、在来の須恵器工人も瓦の生産に動員されたのではないか、と調査担当者はみている。

二号窯は隼上り瓦窯の開始から途中まで操業した窯であった。

三号窯　三号窯は全長一〇・九メートル、床面の最大幅は二メートルの登り窯である。上半部は半地下式で、下半部は地下構造になっていた。天井部は大半が崩落していたが、焚口部は天井が旧状のまま残っていた。当初は、床面は階段状に作り出されていたが、途中段階で削り取り、また粘土によって埋められ、平坦な床に改修されていた。

灰原は、下層は瓦のみの堆積に若干の須恵器を含んでいた。灰原の上層や窯内の改修床面からは圧倒的に多くの須恵器が出土している。これは三号窯の改修は瓦から須恵器の焼成に変化したことを証拠づけている。出土した須恵器は掌《てのひら》にのる小形の杯から一抱えもある大甕《おおがめ》まで、その種類は千差万別であった。雨水を流す排水溝は窯の右半分に半弧状に設けられていた。

三号窯は隼上り瓦窯の操業開始から廃絶期近くまで使用されつづけた窯であった。

四号窯　四号窯は全長約一〇メートル、上半の一部は半地下式で、他は地下式構造である。焚口部で須恵器と瓦片が出土しており瓦と須恵器の兼業の窯と思われる。灰原より軒丸瓦A型式とB型式が出土している。

四号窯は遺跡保存のため、遺構の存在だけを確認して、発掘しないで現状のまま保存された。

瓦以外に焼かれたもの

平瓦の中には、表面に箆《へら》状のもので「南」と読める文字を刻んだものがある。工人たちの中に文字を知っていた人物がいたことを証明する資料である。

文字に関する遺物として須恵器の硯が一二個体、灰原を中心に出土している。硯面が円形の円面硯《えんめんけん》をはじめ圏脚《けんきやく》円面硯、眼像脚《がんぞうきやく》円面硯、高杯形《たかつきがた》円面硯など、各種の硯《すずり》が出土している。古代の硯は宮廷や官衙で使用されたものであり、瓦の生産だけでなかったことがわかる。

須恵器は杯、高杯、椀《わん》、壷《つぼ》、甕《かめ》、鉢《はち》、𤭯《はそう》、平瓶《ひらべ》、横瓶《よこべ》、中には金属製の仏器を模した鉢など、寺の調度品まで生産供給しており、杯は須恵器出土の八〜九割を占めていた。須恵器の古段階は、灰原下層出土の杯に見られ、口径一一センチと大きく、杯身に蓋受けの返りがある。高杯は脚に透かし孔があり、この両者は古墳時代後期にみられ、六〇〇年前後から生産が始まっていたとみられている。中段階は隼上り瓦窯の盛期の一群で、二号窯内遺棄遺物を標式とし、杯は口径九センチで、古墳時代末期の形式である。また、蓋に宝珠つまみが出現する。新段階は瓦窯の廃絶期で、一号・三号窯内の遺棄遺物を標式とし、杯に二種類あって、古墳時代的杯は口径八センチで中段階の杯より小さい。もう一種は杯の蓋と身の返りが逆転し、杯蓋に返りが付き、宝珠つまみが付く新しい形式である。この二種は相半ばして出土している。時期的には六三五年前後が考えられている。

窯の変遷

灰原出土の須恵器の形式の新旧と窯の変化とを組合せて、操業の推移をみると次のような窯の変遷がわかる。

Ⅰ期は一、三、四号窯は瓦窯として操業開始、二号窯は須恵器窯で開始。
Ⅱ期には二号窯は瓦窯に転用し、軒丸瓦D型式を焼成、他の窯はⅠ期を継続。
Ⅲ期になると、二号窯は再び須恵器窯にもどる。他の窯はⅠ期を継続。
Ⅳ期になると、二号窯は廃絶。三号窯は須恵器に転用。一、四号窯は継続操業。
Ⅴ期には、三号窯は廃絶。一号窯のみ操業。

窯の操業の推移は寺院の造営状況を反映しているとみられている。すなわちⅠ期に始まった寺院建設は、Ⅱ期に建設の最盛期を迎え、Ⅴ期にはおおかた瓦もふき終わったのであろう。瓦窯跡から西側へ一五メートル離れた二〇〇坪程の平坦地で、六棟の掘立柱建物と粘土溜めの土壙《どこう》、溝、柵列が検出された。ここから出土する瓦や須恵器は瓦窯跡から出土するものと同じであり、瓦窯の造瓦工房跡と思われる。

軒丸瓦の型式

出土した軒丸瓦は五型式に分類されている。

A型式は素弁八葉蓮華文《そべんはちようれんげもん》を主文とし、弁間に珠文《しゅもん》を配する。高句麗系瓦当文様《こうくりけいがとうもんよう》としては最古に比定される。A型式には文様を押し出す型に二種類の笵《はん》があったことがわかった。瓦当面の直径は一五センチ。一四個体出土。

B型式は素弁八葉蓮華文に弁間に珠文を配す、A型式の文様構成を踏襲し、中房《ちゅうぼう》の蓮子《れんし》は中央に一、周りに六を配す、弁が平たく太ぶりになっている。瓦当面の直径は一八センチ。二一個体出土。

C型式はB型式と基本的には同一文様。ただ中房の蓮子が、中央一、周りが八になる。直径

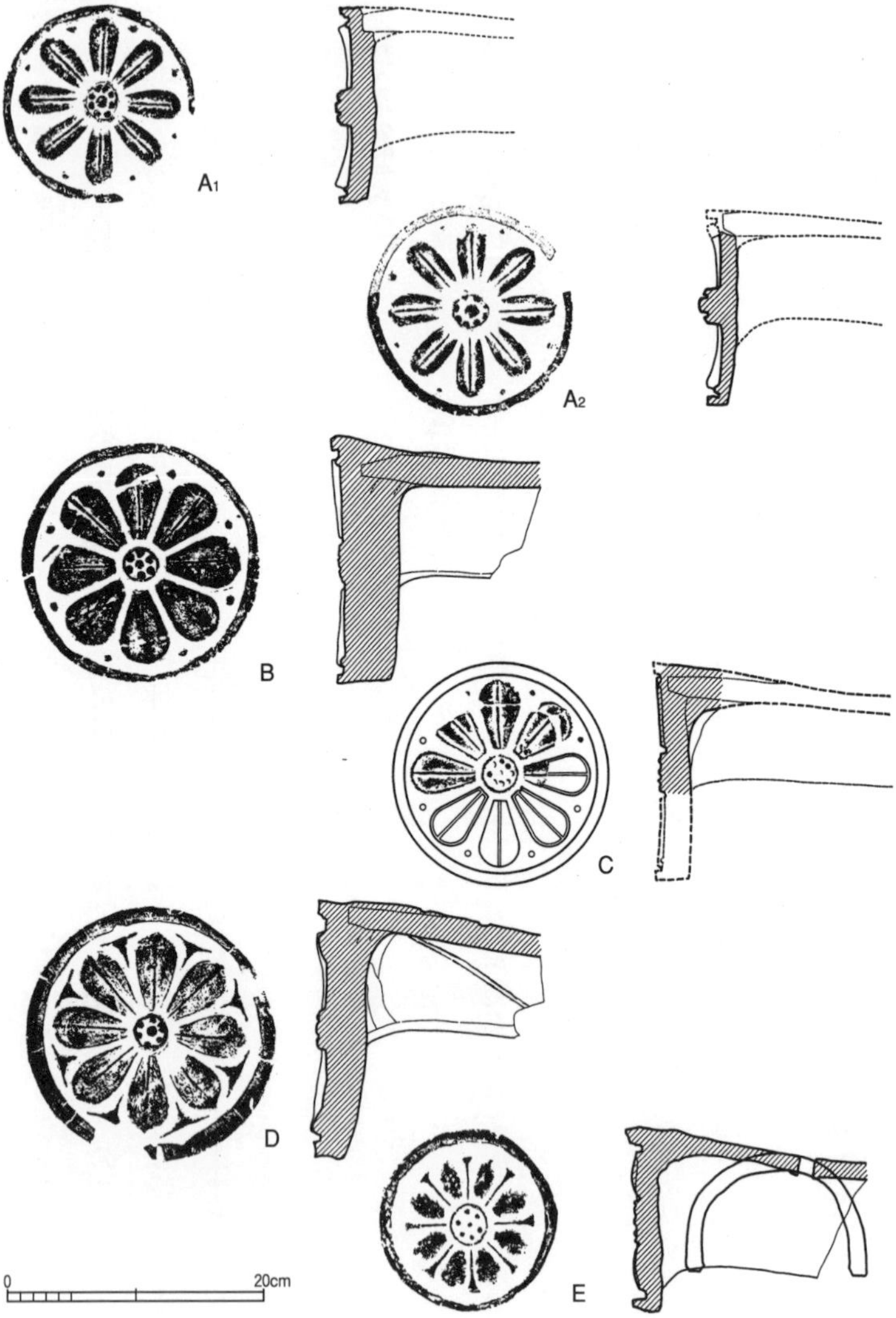

隼上り瓦窯跡出土の軒丸瓦

一七センチ。一個体のみ出土。

D型式は素弁八葉蓮華文を主文とし、弁と弁の間に楔形間弁《くさびがたかんべん》を配すものである。楔形間弁をもつ高句麗系文様の中では最古に位置づけられる。瓦当面の直径は一八センチ。六二個体出土。

E型式は素弁八葉蓮華文を主文とする。隼上り瓦窯では唯一、百済系の文様である。瓦当面の直径は一五センチ。二個体出土。

瓦窯の推移から軒丸瓦の生産経過をみると、操業開始から一定時間A・E型式が生産された。次にB・C・D型式にかわる。途中でC・D型式は生産されなくなる。B型式のみが廃絶期まで生産された。

笵の移動と寺院

A・B・C・Eの各型式は豊浦寺で出土している軒丸瓦と同笵《どうはん》関係にある。このことにより、飛鳥の豊浦寺の瓦は隼上り瓦窯より供給されていたことがわかる。

D型式は京都洛北の幡枝《はたえだ》瓦窯跡で同笵例が出土している。幡枝瓦窯は京都太秦《うずまさ》の北野廃寺《きたのはいじ》創建の瓦窯である。調査担当者の杉本宏氏によれば、北野廃寺の瓦とは同笵ではあるが製作技法に決定的な差異がある。幡枝瓦窯と隼上り瓦窯の間では笵は移動しているが、秦氏と関係深いという北野廃寺へは隼上り瓦窯からの瓦は供給されていないという。D型式はなんらかの事情で急遽需要が生じ、須恵器専用の二号窯を瓦窯に転用して、臨時に増産された可能性が高い。しかし、この瓦がどこの寺院に運ばれたかはわからない。

隼上り瓦窯は、豊浦寺の需要に応じて瓦の生産・供給をしながら、ある時期には他の寺院の需要にこたえたり、あるいは瓦窯間で笵が移動したりして、その生産形態は複雑な様相を呈している。

平野山瓦窯

五型式のうちC型式の同笵例が京都府八幡市平野山瓦窯跡で一点だけ出土している。平野山瓦窯は聖徳太子が建立した四天王寺の創建の瓦を焼いた瓦窯である。南山背の八幡から難波の四天王寺までの五〇キロメートルを延々と運んでいる。しかし、C型式軒丸瓦は四天王寺では出土していない。平野山瓦窯で焼かれたC型式軒丸瓦は、どこへ運ばれたか不明である。

四天王寺も豊浦寺も、ともに政界の頂点に立つ人の寺院造営で共通するところがある。瓦窯は通常は寺院の近くに築造されている。寺院では重さ一枚七キロの瓦を数千枚も必要とする。

その瓦をはるばると五〇キロメートルも運ぶということは、たいへんなことである。ではなぜ山背の宇治郡で瓦を焼いたのであろうか。

水運があっての窯跡

宇治郡の宇治川に面する丘陵の裾には、窯業遺跡が隼上り瓦窯を含めて九遺跡が知られている。ここは奈良時代の窯業生産地帯なのである。窯業生産の立地条件は原料の陶土《とうど》が近くにあること、燃料が得やすいこと、技術を持った工人がいること、消費地に近いこと、交通に便利なこと、財力ある有力者がいることなどが考えられる。

宇治郡の窯業の場合、原料の陶土は洪積層の丘陵地にはどこにでもあり、問題にはならない。問題は燃料ではないだろうか、登り窯では大量の薪《たきぎ》を消費する。隼上り瓦窯は四基の窯がフルに活動した場合、周辺の薪では足りなかったであろう。しかも、この地域には九遺跡の窯跡が知られている。おそらく宇治郡の山林だけでは足りず、方々から薪を集めたに違いない。そのための交通立地が重要条件で、薪の大量輸送に舟を使い、宇治川、巨椋池、桂川、木津川の水運が、隼上り瓦窯をはじめ宇治郡の窯業を支えたのである。

隼上り瓦窯の工人たちは、高句麗系軒丸瓦の笵を持ち、平瓦に文字を篦書きし、円面硯などの硯を作っていることなどから、渡来系の工人集団であったと思われる。

この地域には白鳳創建の寺院が二寺院ある。大鳳寺《たいほうじ》と岡本廃寺《おかもとはいじ》である。この寺院を氏寺とする有力豪族は、窯業生産と河川交通の水運を背景に中央政界の有力者と結びつき、はるか飛鳥の豊浦寺まで瓦が運ばれることになったのであろう。

この大鳳寺と岡本廃寺を建立したのは、どの氏族であったのだろうか。

大鳳寺跡

宇治市菟道西中一帯は江戸時代には大鳳寺村で、明治八年（一八七五）に三室戸村《みむろどむら》と合併して菟道村《とどうむら》になっているが、現在も通称大鳳寺とよんでいる。『平安遺文』の「東寺文書」の仁平二年（一一五二）三月付「東寺御影供菓子支配状《とうじみえそなえかししはいじよう》」の中に大鳳寺があげられている。

この付近で古瓦の散布を見つけたのは、古瓦の研究者木村捷三郎《しようざぶろう》氏で、ここを大鳳寺跡であろうとした。

筆者たちは昭和四十六年（一九七一）に、宇治市史編纂に伴い、遺跡の存在を確認するため試掘調査を実施し、茶畑の中に約九〇センチの段差のあるところを見つけた。この部分の茶樹の間に試掘溝を入れ、発掘調査した。その結果、瓦積基壇《かわらづみきだん》の一部を確認することができた。

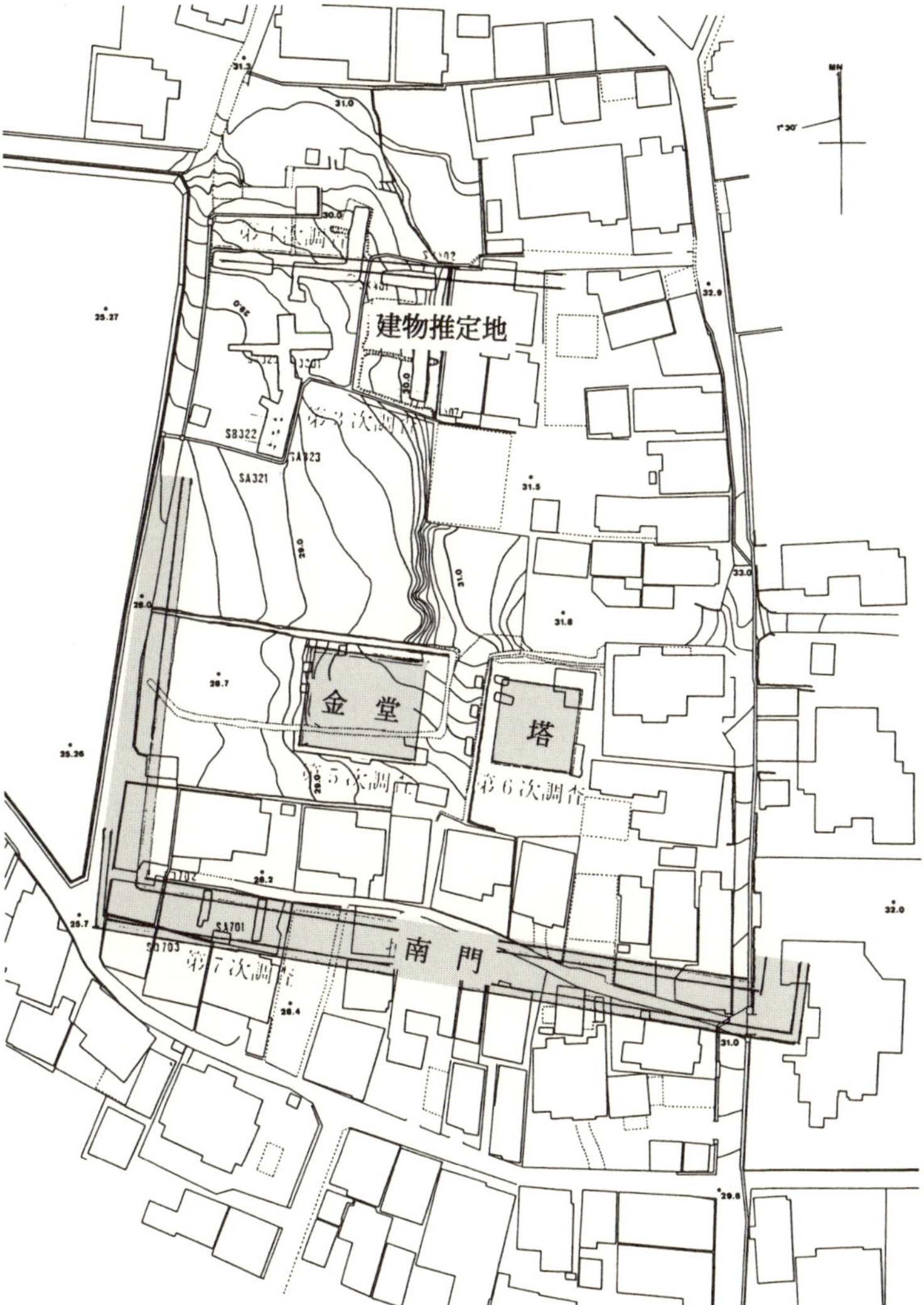

大鳳寺跡　法起寺式の伽藍配置の寺であったと思われる。

瓦積基壇は南北方向を向き、建物基壇の西辺の一部と見た。基壇の大きさは一辺一五メートルくらいで、塔跡ではないかと考えたが、後の調査で金堂跡であることが判明した。

出土遺物は軒丸瓦、軒平瓦、須恵器、鉄釘などである。文様瓦の検討から白鳳創建の奈良期の寺院跡と確認し、大鳳寺跡と考えた。昭和八年（一九三三）に宇治市宇治山本町の丘陵斜面で宇治瓦窯《うじがよう》跡が発掘調査されて、川原寺《かわらでら》式の白鳳期の軒丸瓦が検出されていた。この瓦窯跡が、大鳳寺跡の発掘調査によって、大鳳寺創建の瓦を焼いていることがはじめて判明した。寺院の創建に伴う瓦窯が判明した貴重な例である（柴田実「宇治古代登窯遺阯」『京都府史蹟名勝天然記念物調査報告』第一四冊、一九三三）。

その後、宇治市教育委員会によって昭和五十四年（一九七九）の第二次調査から昭和六十一年（一九八六）の第七次調査まで発掘が実施され、その成果は報告書として発表されている（杉本宏「大鳳寺跡発掘調査報告」『宇治市文化財調査報告』第一冊、一九八七）。

大鳳寺の規模

報告書によると寺域は東西・南北共に約一一二メートルを測る。一尺＝三二・二センチで換算すると、三五〇尺ではないかと思われる。南は築地《ついじ》で、北は溝で区画されるが、東西の区画は不明である。

調査によって検出された中心伽藍は金堂だけである。規模は南北の長さ一六・一メートル（五〇尺）、東西の長さ一九・五メートル（六〇尺）で、高麗尺と唐尺の中間の一尺＝三二・二センチが使用されていたと観察されている。金堂東側の基壇状の土盛りを基壇と考えれば、金堂とほぼ平行し、金堂と土盛りの間に寺域の南北の中心線が想定できる。金堂の西側及び南側には現地形から塔の存在は考えにくい。現状では土盛りを塔の基壇と想定して、西に金堂、東に塔が並置し、南面する法起寺式伽藍配置が復元される可能性が高いとみられている。

瓦からわかる大鳳寺の変遷

検出された創建の瓦は川原寺式の軒丸瓦で、天智天皇元年（六六二）から天武天皇二年（六七四）までに創建された川原寺の創建瓦を標式とするものである。ただ、中房の蓮子の圏線や外縁内側の圏線を失っており、川原寺のものよりやや新しいとみられ、天武天皇二年よりさほど時間的経過を経ずに建立されたと考えて、創建年代は七世紀後半代として大過ない。

奈良時代の改修時の瓦も出土しており、これらは平城宮から出土した瓦と同じものであった。聖武天皇が恭仁宮、紫香楽宮、難波宮を経て天平十七年（七四五）に平城京に還都した後の造

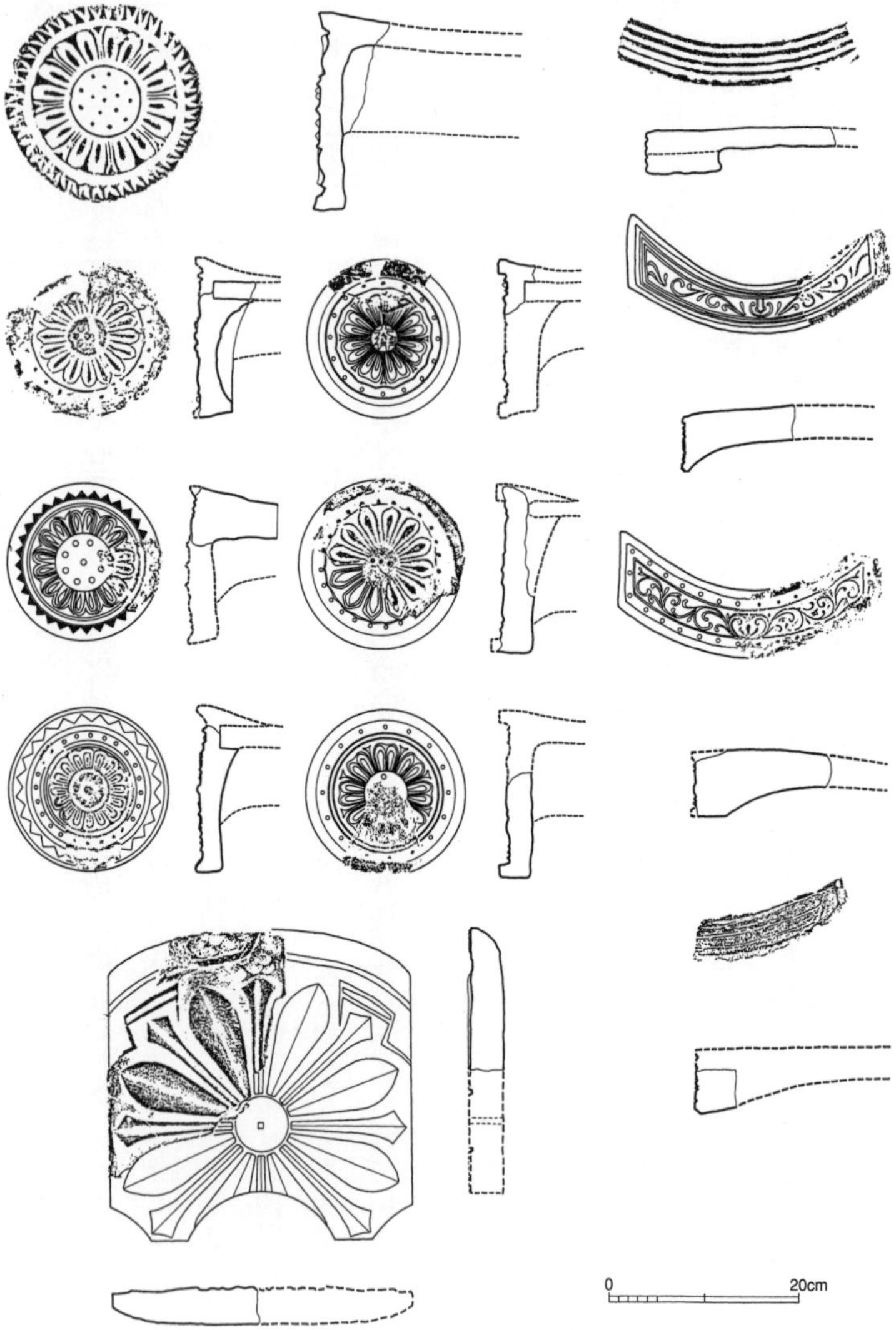

大鳳寺跡出土瓦

営に使用された瓦で、平城宮Ⅲ期の天平十七年から天平勝宝年間に比定される。したがって、大鳳寺は八世紀中葉に改修されている。

その後、平安時代にもこの寺は存続したことが瓦からわかる。出土した瓦は平安前期のもので、広隆寺《こうりゅうじ》、珍皇寺《ちんのうじ》（愛宕寺）、禅林寺《ぜんりんじ》の出土例から弘仁十四年（八二三）以前のもと考えられている。それらの瓦の中に西賀茂《にしかも》瓦窯製の瓦があった。これは、平安宮所用の瓦であり、九世紀前半ごろに平安宮が改修されたときに使用されたのである。このころまでは堂塔伽藍は存続していたのである。「東寺文書」に出てくる仁平二年（一一五二）の大鳳寺まで創建時の伽藍が存続していたかどうかはわからない。

大鳳寺の創建者

大鳳寺の創建者については、調査担当者の杉本宏氏は八、九世紀の宇治郡の郡司層を考えている。宇治郡の郡司は、宇治、宇治宿禰《うじのすくね》、宇治山守連《やまもりのむらじ》と宇治氏が多くを占めており、大鳳寺跡は宇治郡宇治郷に立地する。地名を冠する宇治氏の基盤でもあり、建立氏族としては、この宇治氏が有力である。また、宇治郡で川原寺式の軒丸瓦を使用しているのは大鳳寺のみで、南山背の寺院と地理的、政治的、経済的に共通性が多いとみられている。

宇治氏に関して考古学上著名なのは、大正六年（一九一七）に京都市西京区大枝塚原《おおえつかはら》町宮田の孟宗《もうそう》竹林で筍栽培の土入れ作業中に発見された「宇治宿禰墳墓」である。

墓壙内は自然石を積み、その中に縦四九・五センチ、横四六・二センチ、高さ三六・五センチの花崗岩の蓋と身からなる石櫃《いしびつ》を置き、身には径二〇・七センチ、深さ一〇・二センチの穴を穿《うが》ち、ここに銅製の円筒形蔵骨器《ぞうこつき》を納め、石櫃の外には木炭を混ぜた土で被った銅板の墓誌《ぼし》が添えられていた。

墓誌は出土の際に、上下の部分を損失し、現長は一一・六センチ、幅五・九センチの薄い銅板である。表面には四行二五字が左記のとおり刻まれている。

前誓願物部神
八継孫宇治宿禰
大平子孫安坐
雲二年十二月

最初の二行は、宇治宿禰の世系を示すもので『新撰姓氏録《しんせんしょうじろく》』の山城国神別ノ条、天神に「宇治宿禰、饒速日命《にぎはやひのみこと》六世孫伊香我色雄命《いかがしこおのみこと》之後也」とあって、墓誌と一致するところで、世代を数えている。

墓の主の宇治宿禰は山背宇治の地名を氏とするが、残念ながら名を欠失している。しかし、史料にみる宇治氏は、天武天皇十三年十二月、菟道《うぢ》（宇治）連《むらじ》姓《かばね》の宿禰を賜う（『日本書紀』）、仁明《にんみょう》天皇承和十一年正月、正六位上宇治宿禰丹生麿《にうまろ》（『続日本後記』）、陽成《ようぜい》天皇元慶元年十二月、従五位下宇治宿禰常永《つねなが》、従八位上宇治宿禰春永《はるなが》（『三代実録』）等が散見する。墓誌は、子孫の安栄を誓願している。

最後の紀年銘は雲の上を欠失するが、雲の付く年号には、文武《もんむ》天皇の慶雲《けいうん》二年（七〇五）と称徳《しょうとく》天皇の神護景雲《じんごけいうん》二年（七六八）が考えられる。

両紀年銘のころには、大鳳寺は成立しており、宇治宿禰某は遺骸を火葬に付し、墓誌に造仏像銘にみる語句の「誓願」「安坐」を使用していることは仏教の信奉者で、当時の大鳳寺と因縁のある有力者であったかもしれない（梅原末治「宇治宿禰墳墓」『京都府史蹟勝地調査會報告』第一冊、一九一九）。

岡本廃寺跡

筆者たちは宇治市史編纂時の分布調査で、宇治市五ヶ庄岡本の急崖の下で布目瓦《ぬのめがわら》の散布地を見つけた。場所的に瓦窯跡だろうと推察したが、昭和六十年（一九八五）に宅地造成の事前調

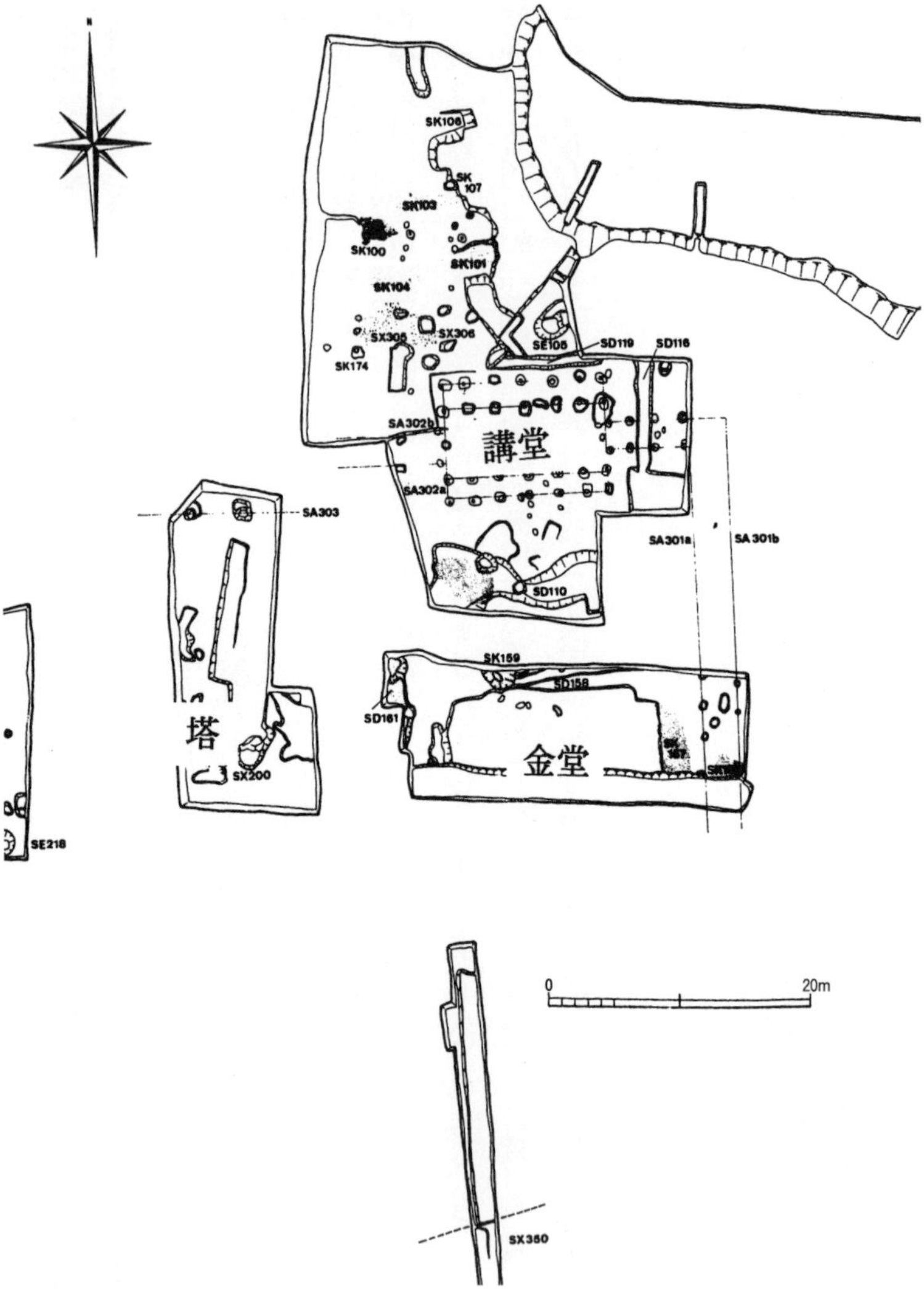
SK106
SK
107
SK103
SK100
SK101
SK104
SX305
SX306
SE105
SD119
SD116
SK174
SA302b
講堂
SA302a
SA303
SA301a
SA301b
SD110
SK159
SD158
SD161
塔
SX200
金堂
SE218
0
20m
SX350

岡本廃寺跡

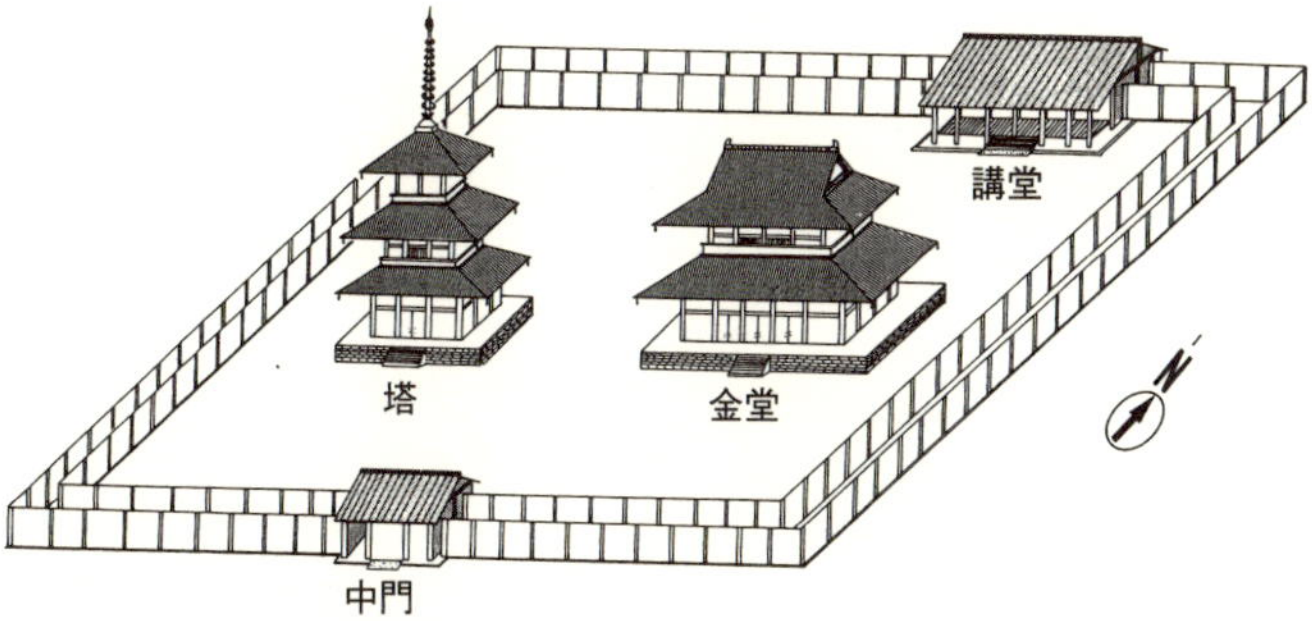

岡本廃寺の伽藍復元図

査が実施された結果、寺院遺跡であることが判明した。発掘調査は宇治市教育委員会が実施し、杉本宏氏が担当された。報告書には調査成果が次のとおり報告されている。

寺院の中心遺構は金堂で、北半部だけが遺存し、南半部は後世の土取りで失われていた。検出された基壇の長さは東西一六・七メートル、南北の残存長は六メートルほど、高さは一〇〜四〇センチほどであった。瓦積も上部の大半を失い、下部のみ遺存しており、南端で八段、北端で三段を数えるのみであった。瓦積基壇の外側には建物倒壊時の軒瓦の堆積が見られ、旧地表上に薄い灰層があり、その上に軒瓦を多く含む瓦層があって、瓦層の上に炭・灰を混じえた焼けた壁土が覆っていた。これにより金堂が火災で倒壊廃絶したことが判明した。

金堂の北に掘立柱建物の講堂が検出された。桁行《けたゆき》六間の一二・四メートル、梁行《はりゆき》四間の八・七メートルを測る切妻《きりづま》の東西棟の掘立柱建物で、南側と北側に一間分の庇《ひさし》をもっていた。柱穴の掘形《ほりかた》は一辺〇・八～一・二メートルほどの隅丸方形で、その中に直径三〇センチの柱の痕跡があった。

金堂の西側には、直径二メートルの円形土壙内に花崗岩の巨石が埋まっていた。大きさは一・九×一・一メートルほどで、重量は三・三トン。石には所々に鑿《のみ》の刃跡があり、割れた面に風化はあまり認められなかった。花崗岩はこの地域には産出しないことから人為的に運ばれ、埋められた巨石であることが観察された。伽藍配置上から塔跡の位置にあたり、石の大きさから見て塔の心礎《しんそ》の可能性がある。

伽藍配置は中門を入ると右に金堂、左に塔を配し、金堂背後の掘立柱建物は亀岡市観音芝廃《かんのんしばはい》寺《じ》の例から講堂が考えられる。中心建物を二重の内部柵列が取り囲んでいたが、兵庫県加古川市西条廃《さいじょう》寺、松山市来住《きすみ》廃寺でも掘立柱の回廊状遺構が検出されている例がある。金堂背後に講堂を持つ伽藍配置の例としては、ほかに兵庫県伊丹《いたみ》廃寺がある。

岡本廃寺の瓦

出土した軒丸瓦Aは複弁《ふくべん》八葉蓮華文を内区主文とし、外縁外周・内周には圏線《けんせん》がめぐり、その中に四九個の珠文が配置されている。中房は大ぶりで低く、中に環状蓮子が一＋四＋八で配

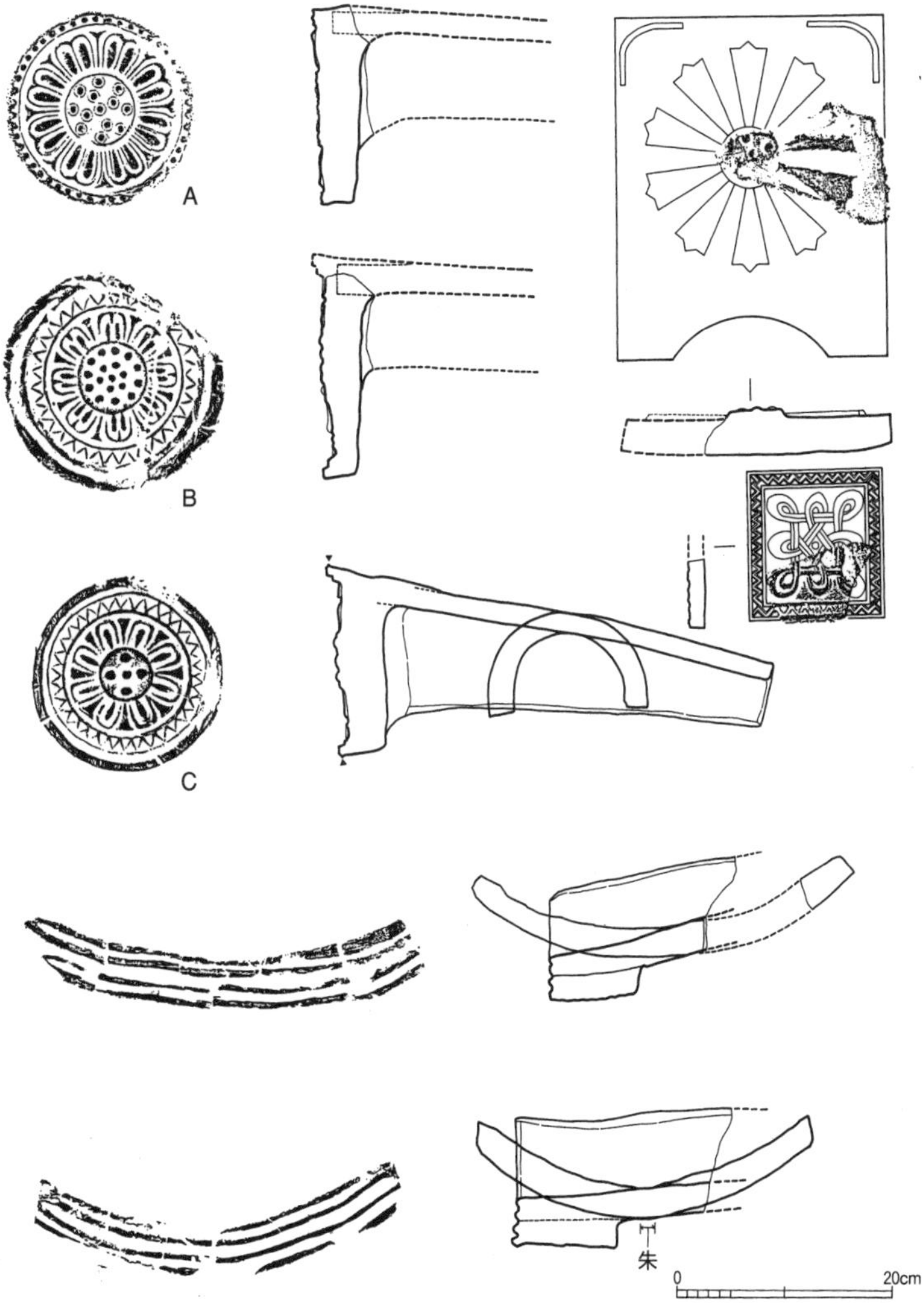

岡本廃寺出土瓦　軒平瓦は重弧文。右上の瓦は蓮華文鬼瓦、その下の瓦は結紐文挿先瓦。

置されている。中房外周には圏線がめぐっている。この軒丸瓦の出土数は一〇個体であった。

軒丸瓦Aの文様は、基本的には飛鳥川原寺式の系譜を引くが、外縁に面違《めんたが》い鋸歯文《きょしもん》が配されない点が異なる。岡本廃寺式とでも呼ばれる瓦当《がとう》文様で京都府下には見当たらない。奈良県法《ほう》隆寺《りゅうじ》と長林寺《ちょうりんじ》に弁の退化したものがある。

軒丸瓦Bは複弁八葉蓮華文を内区の主文とし、大ぶりの低い中房には一＋六＋一一の蓮子を配す、外縁には平坦縁、三角縁、直立縁等あり、圏線に囲まれた中に線鋸歯文を配している。軒丸瓦Bは法隆寺西院伽藍式の系譜を引くもので、京都府下の類例としては京都市伏見区の法《ほう》琳寺《りんじ》跡の出土例がある。

軒丸瓦Cは単弁八葉蓮華文を内区主文とし、中房には一＋四の蓮子を配している。三四個体の出土で、出土数が一番多い。軒丸瓦B・Cの変化型式で一番新しい軒丸瓦である。

特殊な瓦では蓮華文鬼瓦と幾何学文鬼瓦の二種類が出土している。他に、結紐文揰先瓦《きちゆうもんたるさきがわら》一点が出土しており、この瓦は法琳寺出土例と同笵である。また、鴟尾《しび》の破片の鰭《ひれ》部、胴部、腹部、縦帯部が十数片確認されている。

岡本廃寺の変遷

以上のように、岡本廃寺の創建瓦は飛鳥川原寺の創建瓦の系譜を引く軒丸瓦Aと法隆寺西院伽藍の創建の系譜を引く軒丸瓦Bと重弧文《じゅうこもん》軒平瓦の組合せからなる。川原寺の創建は天智天皇元年（六六二）から天武天皇二年（六七三）の一二年間に限定される。法隆寺西院は、天智天皇九年（六七〇）に焼失した若草伽藍《わかくさがらん》の跡に再建された寺院で上限が決まる。こうした理由で、岡本廃寺の創建は六七〇年をさかのぼることはなく、文様の標式例と比べて極端な退化もなく、七世紀後半代であろう。

岡本廃寺の補修の年代は平瓦の技法の変化から七世紀から八世紀初頭に想定されている。南山背の諸寺院では補修瓦として平城宮式が使用されているが、当寺院跡には見当たらない。岡本廃寺の廃絶は金堂の火災による。東辺基壇は当時の火災の状況を生々しく伝えている。最下層から出土した土師皿は八世紀末ごろに比定され、この時期に廃絶の年代を求めても大過ない。

岡本廃寺と岡屋公

岡本廃寺の軒丸瓦と同系統の法隆寺式の瓦を出土する寺院遺跡は、北五キロのところにある法琳寺跡と醍醐廃寺《だいごはいじ》跡である。いずれも宇治郡内にある。岡本廃寺の結紐文捶先瓦が法琳寺のものと同笵であり、宇治郡三寺院の結びつきが強かったことが推察される。岡本廃寺の東南約一キロのところに同時期に創建・存続した大鳳寺があるが、文様瓦で見る限り岡本廃寺との共通点は見いだせない。

岡本廃寺は山背国宇治郡の南端部に位置し、岡屋郷推定地に近い。『新撰姓氏録』の山城国諸蕃には「岡屋公《おかやのきみ》、百済国《くだらのくに》比流王《ひるおう》ノ後也」とあって、岡屋公は岡屋郷の渡来系氏族と考えられ、その勢力基盤に立地する岡本廃寺の建立者は岡屋公が最有力と考えられている。

正倉院文書には、写経所に出所する岡屋公がみられる。岡屋墨縄《すみなわ》は、宝亀二年（七七一）に東大寺写経所に服仕して、筆や墨を購入する筆墨銭《ひつぼくせん》を下給された。岡屋公麻呂《まろ》も天平十八年（七四六）阿含経を写している。岡屋君石足《いしたり》は天平十八年写経所に出仕し、天平二十年（七四八）には写経所より出家を願い出ている。孝謙《こうけん》天皇の天平勝宝二年（七五〇）少初位下、大舎人となり、淳仁《じゅんにん》天皇の天平宝字二年（七五八）には少初位上の位階を賜っている。岡屋君石足の戸主は、右京五条三坊の岡屋君大津万呂《おおつまろ》であった（『大日本古文書』巻二、『寧楽遺文』下巻）。

岡屋公は、文筆に勝れた知識階級の渡来系氏族であったと思われる。

岡屋津

岡屋公が水運と深いかかわりをもつ氏族であったろうことを、歴史地理学の千田稔《せんだみのる》氏たちは『宇治市史』の「津と荘園」の中で次のように述べている。

『平安遺文』に見える貞観十三年（八七二）の「安祥寺伽藍縁起資財帳《あんじょうじがらんえんぎしざいちょう》」に、

船二艘一載廿斛在大津、一載十五斛在岡屋津

とあって「大津」と「岡屋津」が併記されている。この「大津」は同じ史料の別の個所に「在近江国志賀郡錦部郷大津村庄家一区」とあって、近江大津のことである。では「岡屋津」とはどこにあるのだろうか。

「山城国山科郷古図」によると、宇治郡条里の七条五里は大津里《おおつのさと》と書かれている。この場合の「大津」は宇治郡第一の津という意味で、宇治郡の玄関であったと考えられる。

「山城国山科郷古図」には大津里に北接する里、及び東接する里が岡屋里とあり、「安祥寺伽藍縁起資財帳」の「岡屋津」が「山城国山科郷古図」の「大津」であったと思われる。

『正倉院文書』の「智識優婆塞等貢進文」の天平二十年（七四八）四月の「写書所解」に

岡屋君石足　年廿七労四年　右京五条三坊戸主　岡屋君大津万呂戸口

とある。岡屋君の出自が山背国宇治郡岡屋郷で、大津万呂を名乗っていることは、「岡屋津」

が「山城国山科郷古図」にある「大津」であったことを裏付ける史料ではないか、というのが千田氏たちの論である。すなわち岡屋津は、宇治郡第一の津なのである。

『平安遺文』の永暦元年（一一六〇）五月五日の「後白河院庁下文」によると、木幡浄妙寺《こはたじょうみょうじ》領見作田の四至は、東は大路、南は岡屋川、西は伏見坂紀伊堺、北は車路とある。この岡屋川は百五十町という田積を考慮に入れて、四至の南限の岡屋川は、槇島の北を流れる宇治川の分流ではないだろうか。分流は蛇行して宇治郡条里の六条五里の岡屋里を流水で浸食して大きく曲がり大津里の西を流れ、巨椋池に向かったとみると、「山城国山科郷古図」や「安祥寺伽藍縁起資財帳」が理解できる。

飛鳥、難波へ

岡屋川は宇治川分流で、岡屋津は宇治郡第一の津であった。隼上り瓦窯の豊浦寺の瓦もこの岡屋津から積み出されたのであろう。宇治郡菟道から木幡にかけて九遺跡の窯跡がある。先にも述べたように窯業の立地条件は、原料とともに大量の燃料が必須条件である。燃料の大量輸送には川船が使用され、その船付場も岡屋津であったと思われる。

岡本廃寺は六条五里の岡屋里の南端の標高一三メートルに立地し、巨椋池東岸の一一・五メートルに比べると、宇治川東岸の最低地にある。岡本廃寺金堂の南、すなわち門前には沼状遺構があり、岡屋川の遺構の可能性がある。いずれにしても、巨椋池へ続く水辺地である。

渡来系氏族、岡屋公たちは宇治郡の窯業生産地を背景として、宇治郡の巨椋池から木津川水系を掌握し、中央政界と結びつき、はるか飛鳥、難波へと続く水運をも掌握していたのではないだろうか。

巨椋の入江

巨椋池

巨椋《おほくら》の入江響《とよ》むなり射目人《いめひと》の伏見《ふしみ》が田井《たゐ》に雁《かり》渡るらし　（巻九―一六九九）

射目は、狩猟のさいに射手が身を隠す所。巨椋池の水面をとよもす鳥の声とともに、澄みきった空を渡る雁の姿が目に浮かぶようである。

『万葉集』に詠まれた巨椋池《おぐらいけ》は木津川、宇治川、桂川が流れ込む遊水池の機能をもち、山崎、八幡の狭隘部《きょうあいぶ》より一本の淀川となって溢れ出る大湖沼であった。湖岸には古来、淀、宇治、岡屋などの津が設けられ、各地に通じる水上交通の要衝であった。

湖岸周辺は湖岸線にまでおよぶ奈良期の条里《じょうり》制地割が遺存しており、早くから耕地化されて

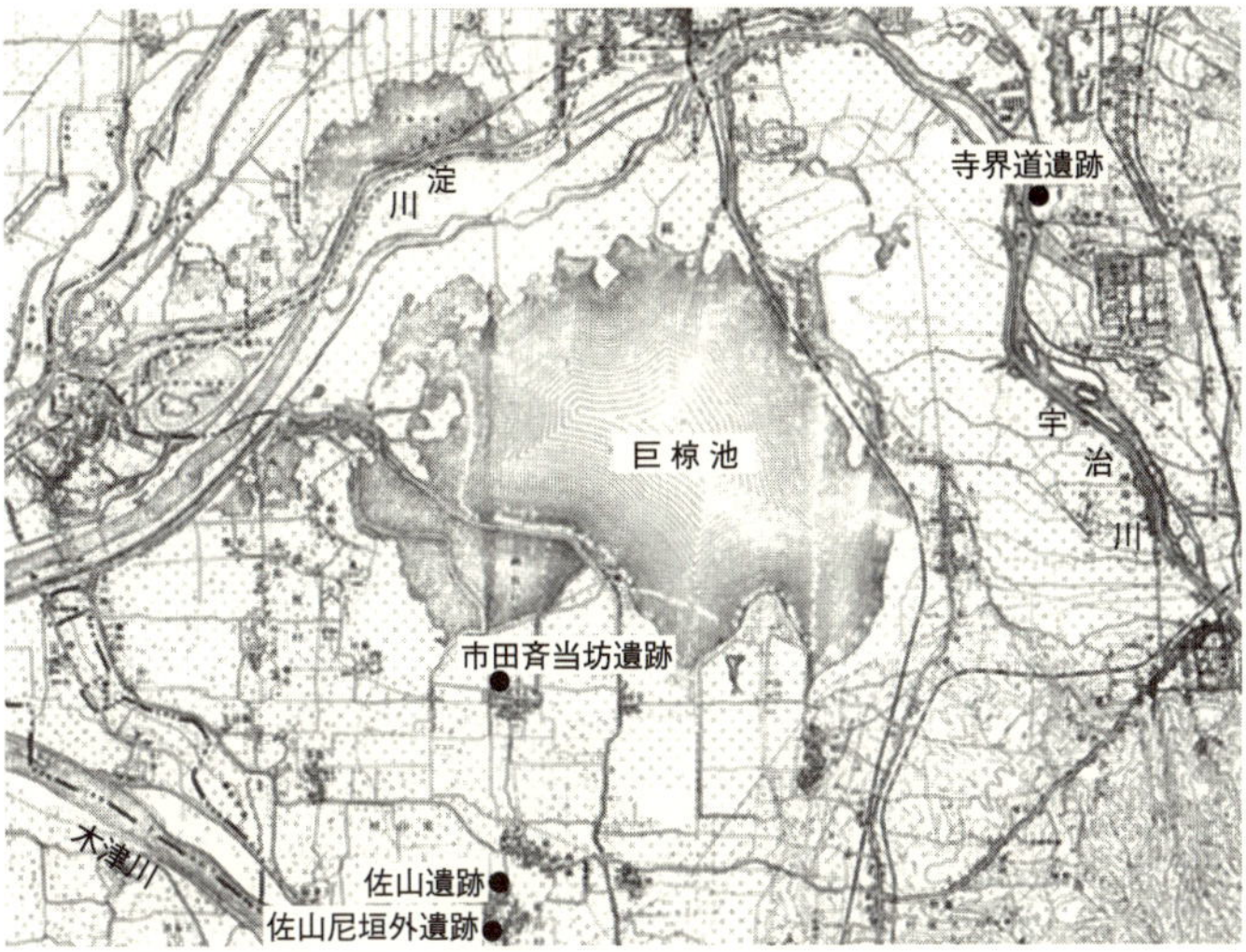

大正11年（1922）ごろの巨椋池と周辺の遺跡

いたようすがうかがえる。

時移り、十六世紀末葉に豊臣秀吉が伏見城を築城するに伴い、文禄三年（一五九四）に前田利家《としいえ》による築堤によって宇治川を伏見に迂回させ、伏見城の外堀と港の役目を果たした時点で、巨椋池には宇治川からの流水が絶え、周囲一六キロメートル、面積七九四ヘクタールの孤立した淡水の湖沼となった。

昭和に入り、巨椋池の水利を興し、耕地を開発して地方産業発展の基礎になる国民食糧の充実に資するため、国営事業として、昭和八年（一九三三）六月に巨椋池干拓の起工式が挙行された。日中戦争の最中、八年の歳月をかけて昭和十六年（一九四一）

十一月、竣工式がおこなわれた。

巨椋池の干拓は土砂の搬入で埋め立てるのでなく、縦横の排水路を作り、水路に流した排水は東一口《ひがしいもあらい》の一箇所に集めて、そこから揚水ポンプで宇治川に排出する方法で干拓し、七九四ヘクタールを耕地化したものである。

巨椋池の成り立ち

巨椋池の生成に関しては、地質時代の山城盆地における洪積世湖沼《こうせきせいこしょう》の残存とする説と、かなり寿命が長い一時的な遊水型氾濫《ゆうすいがたはんらん》とみなす説とがある。

『巨椋池干拓誌』を執筆した吉田敬市《けいいち》氏は、巨椋池を洪積世湖沼の残存とする説をとる。山城盆地は第三紀前後の地塊《ちかい》運動の結果、古生層の基盤が種々の方向に断層が生じて陥没し、生成した盆地である。山城盆地は洪積世前半までは大湖沼であって、巨椋池付近はその最深部であった。その後、周辺部から流入する堆積物で漸次陸地化し、最後に残った山城湖盆《やましろこぼん》の名残が巨椋池であるとしている。

これに対して、第二京阪自動車道路の地質調査をした同志社大学教授中川要之助氏は、遊水型氾濫説をとなえた。

大阪平野は地下二〇～三〇メートルに洪積層の礫層《れきそう》があり、その上に粘土層がのっている。この粘土層は、今から六千年前から四千年前の時期に、地球の温暖化で大陸氷河が溶けて海面が上がり内陸まで海水が入り込んで堆積したものである。縄文早・前期の海進の時代である。この粘土層の上には砂層が堆積している。こうした地層は関東平野でも同じように見られる。

ところが、巨椋池は縄文海進の時期に、粘土層ではなく砂の層が堆積している。砂層の堆積は、そこが陸地であったことを意味している。城陽市の水道建設工事の際に、土石流で流れてきた砂層の中からコナラの根が出土した。年代的には三七五〇年前～三三〇〇年前の根であり、この砂層は縄文海進期の砂層ということになる。したがって、当時は広大な湖沼ではなく、川のある平地の景観であったとみられる。そして大阪に沖積平野が形成されるころ、飛鳥時代から平安時代にかけて巨椋池の出口の山崎、八幡の狭隘部が土砂の堆積でふさがり、巨椋池は湖沼となった。遊水型氾濫説である。

この土砂堆積の最盛期は、南山背の三〇近い古代寺院の造営と期を同じくしているのではなかろうか。

大量の建築用材と大量の瓦の生産のための登り窯の燃料消費は周辺の山々を裸にした。そのうえ、南山背の山は浸食を受けやすい洪積丘陵である。流れ出る河川は、すべて天井川を形成している。このような樹木の伐採が山を荒廃させ、土砂を流出し、巨椋池の出口を塞いだと思われる。巨椋池は、中川氏がとなえるように遊水型氾濫によってできあがった可能性が高い。

縄文時代の巨椋池

巨椋池周辺への人びとの進出は、縄文晩期には始まっている。縄文晩期から弥生期の巨椋池は木津川、宇治川、桂川のほかに小河川が流れ込む遊水池の低湿地に自然堤防が形成され、ここに集落が成立していた。

北岸の標高一九メートルの平地の宇治市五ヶ庄《ごかしょう》野添《のぞえ》で、縄文晩期の寺界道《てらかいどう》遺跡の存在が宇治市教育委員会の調査で判明した。

検出された遺構は貯蔵穴《ちょぞうけつ》二基であるが、縄文晩期後半の深鉢形土器や浅鉢形土器をはじめ打製石鏃、石錐《せきすい》、楔形石器《くさびがたせっき》、磨石《みがきいし》、敲石《たたきいし》の石器が出土し、確実な生活跡の遺跡である。縄文時代の一般的居住地域は後背地を控える丘陵地帯であるが、寺界道の晩期縄文人は沖積平野の湖沼地の近くまで進出して生活空間を拡げていた。そこには狩猟による乱獲と人口増加に伴う採集経済のゆきづまりがあって、湖沼や低湿地に続く沖積地での原始的生産という、なんらかの芽生えがあったのではなかろうか。

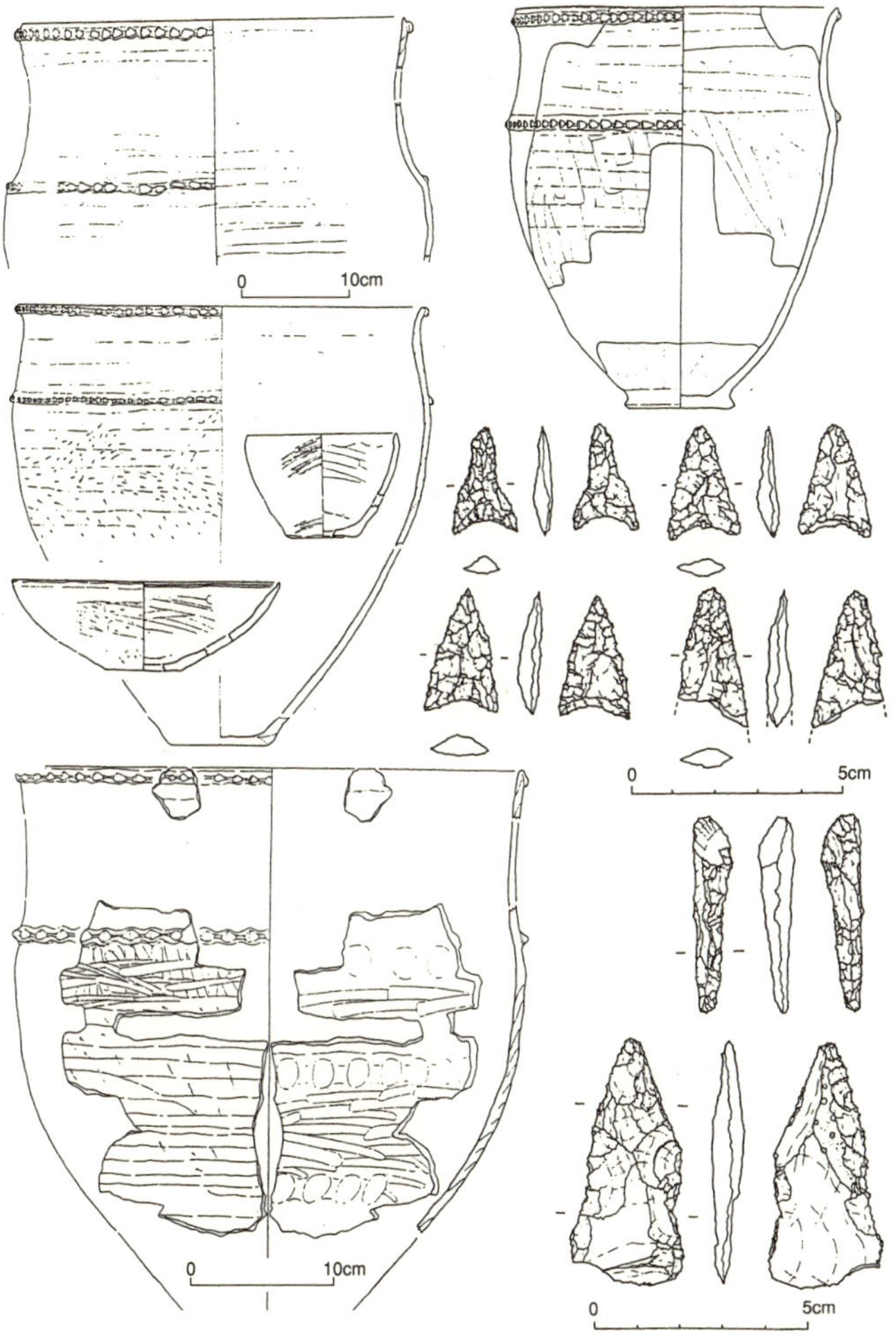

寺界道遺跡出土遺物　縄文晩期の土器と石鏃。

丘陵から平野へ

縄文末期における沖積地への進出は巨椋池の南岸でも見られる。巨椋池の南西部は木津川が流れ込み、川が形成した微高地の自然堤防と低湿地からなる沖積《ちゅうせき》地である。京都府久世郡久御山《くみやま》町佐山《さやま》小字尼垣外《あまかいと》は標高一二～一二・五メートルの山城盆地でも最も低い低地に属すところである。

第二京阪自動車道路の建設に伴い、この地が京都府埋蔵文化財センターによって調査された。幅四・五～一三メートル、深さ〇・五五メートルの自然流路が検出され、その最下層で縄文晩期の中葉から後葉に属する深鉢形土器や浅鉢形土器が出土した。土器は磨滅が見られないことから同時期の集落が近くに存在し、土器の出土が溝の西南斜面に集中することから西南側から投棄した状況がうかがえた。

縄文人の生活

出土遺物には土器のほかに、深鉢の破片を転用した直径六・九センチに、中央に直径〇・五センチの孔をあけた土製紡錘車《どせいぼうすいしゃ》があった。衣服の材料として繊維を紡いでいたのである。

舟形土製品は平面形が長楕円形をなし、短軸中央部に間仕切り状の桟《さん》がある。長軸九・六セ

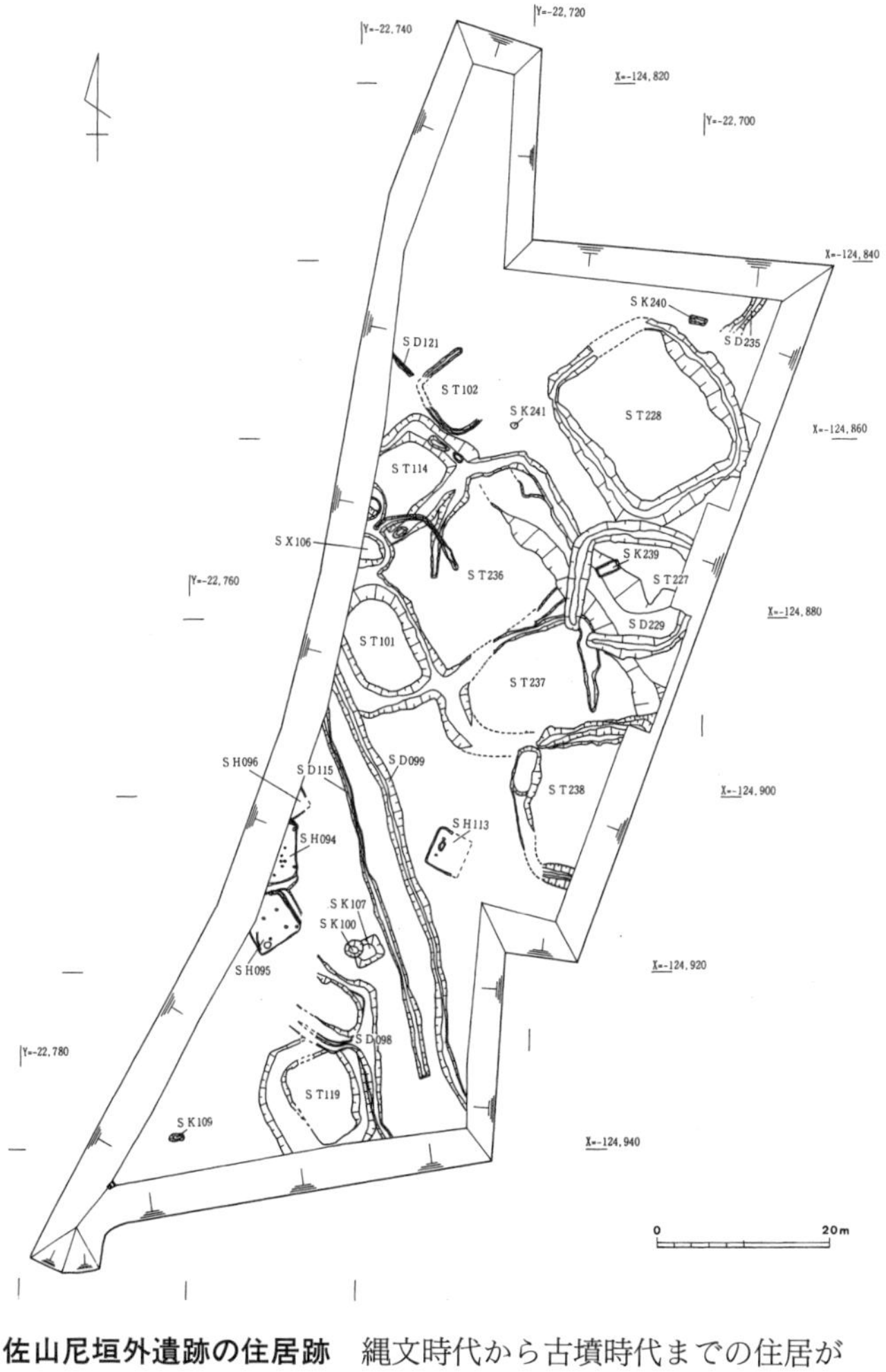

佐山尼垣外遺跡の住居跡　縄文時代から古墳時代までの住居が重なっている。

ンチ、短軸六センチ高さ二・九センチの舟の模型で、水郷地の集落として丸木舟の存在をうかがわせる遺物である。

また、頭部、四肢を欠損した土偶《どぐう》が出土している。大きさは長さ五・五センチ、幅二・一センチ、厚さ二センチ。頭部と腕は別作りで、胴部は全体に華奢《きやしゃ》である。その反面、臀部《でんぶ》は出尻に表現して写実的である。このような土偶は東日本の縄文遺跡から多く出土しており、地母神崇拝などの当時の精神生活を物語るものであるが、そういう土偶がここにも存在していた。

出土数は少ないが、打製石鏃やサヌカイトのスクレイパー、砥石《といし》がある。その中に黒曜石剝片《こくようせきはくへん》や結晶片岩《けっしょうへんがん》の剝片があり、他の地方から持ち込まれた交易品であろう。

弥生時代の佐山尼垣外

佐山尼垣外遺跡には弥生中期の遺構として、方形周溝墓《ほうけいしゅうこうぼ》七基と土壙墓《どこうぼ》二基が検出されている。方形周溝墓の台状部は六×一〇メートルから一四×一九メートルまであり、周溝幅は二〜三メートル、深さ〇・三〜〇・六メートルを測る。周溝内からは肩部に鹿の線刻画のある広口壺《ひろくちつぼ》や大型細頸壺《ほそくびつぼ》、水差し形土器、頸部《けいぶ》に穿孔《せんこう》をもつ小型壺が出土した。いずれも保存状態が良いことから埋葬に際しての供献用《きょうけんよう》の土器と思われる。

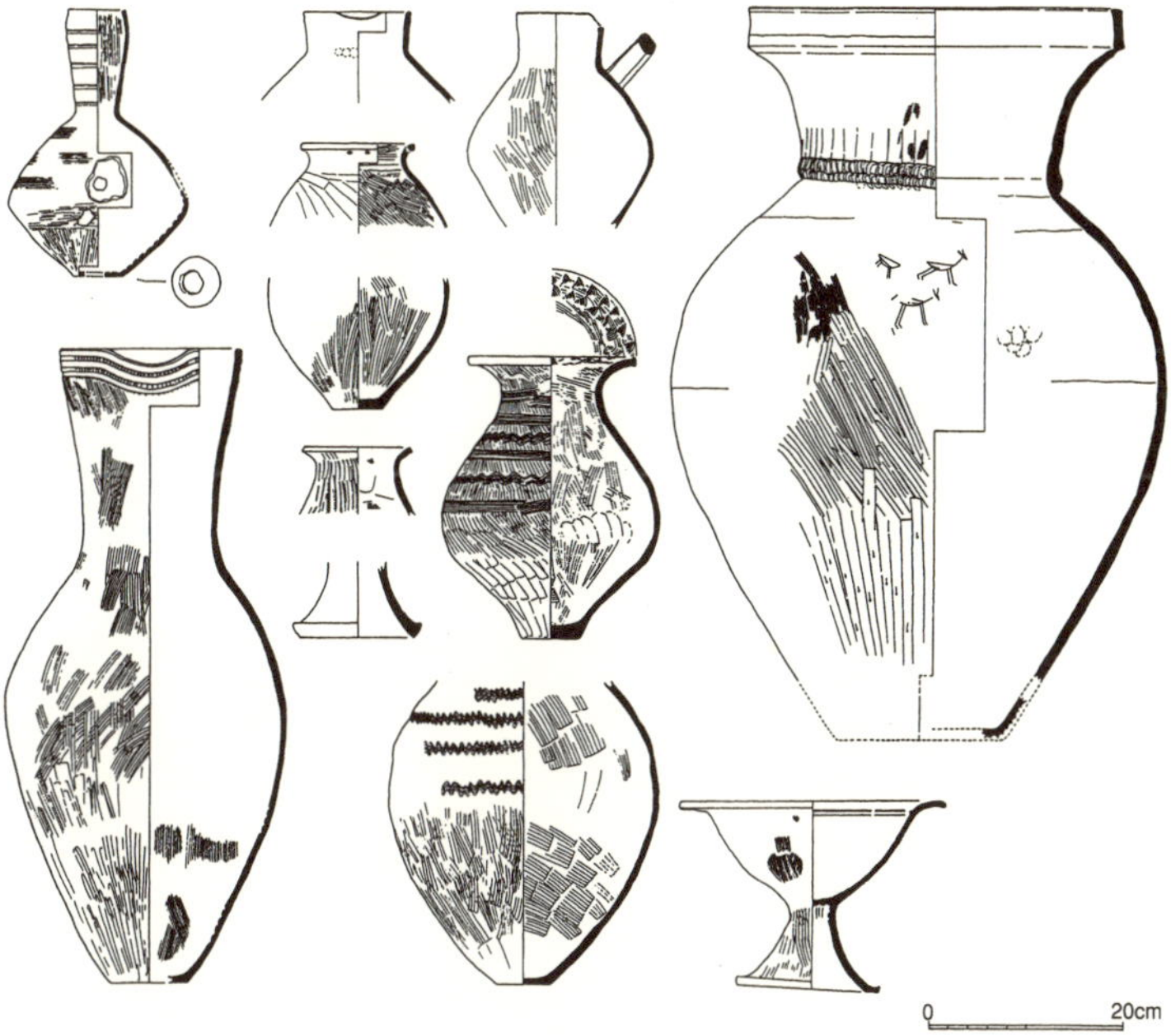

佐山尼垣外遺跡出土弥生土器　弥生時代になると土器の形は優美になり、器種も豊富になる。

弥生後期の遺構は中期の方形周溝墓にくらべて小型化した方形周溝墓と竪穴住居跡三基が検出されている。竪穴住居跡は一辺四・五メートルから六・六メートルの方形プランで、竪穴内から庄内式《しょうないしき》併行期の広口壺や尖底《せんてい》の甕《かめ》などが出土している。

さらに、この調査地は久世郡条里の八条八里十六坪と二十一坪に位置していることが奈良期の道路と側溝によって判明している。人びとの営みは縄文、弥生、奈良時代と絶えることなく続いたのである。それは次に述べる佐山遺跡からも見ることができる。

弥生時代から平安時代まで続いた遺跡

佐山尼垣外遺跡の北二五〇メートルの佐古《さこ》小字古屋敷《ふるやしき》から佐山小字新開地《しんかいち》にかけての佐山遺跡は、巨椋池に流入した旧木津川によって形成された自然堤防の微高地に成立した弥生時代後期から平安時代まで、長期にわたって存続した集落跡である。

遺構としては、竪穴住居跡が弥生後期末葉から古墳時代中期にかけて四四基が検出された。平面形は方形プランが大半を占め、規模は一辺四メートルから五メートルに集中する傾向にある。中には最小二・五メートルから最大七・八メートルまであった。構造的には四本柱を等間隔に配し、炉跡は中央と周壁にそって設けられている。造り付け竈《かまど》の竪穴住居も三基検出されたが、古墳時代中期後葉の住居跡と推定される。

調査地最大規模の住居跡は円形プランの竪穴住居跡で、直径一一・四メートルを測り、中央には直径一メートル、深さ〇・二五メートルの炉跡《ろあと》があり、出土土器から弥生後期中葉の住居跡と推定されている。そのほか、弥生後期の木棺墓《もっかんぼ》や素掘りの井戸が検出されている。

弥生後期末葉の土器には中部瀬戸内系の二重口縁壷で搬入品と思われるものや近江東部から

北部に分布する東海系の高杯《たかつき》などが見られ、広範囲の交流があったことを証明している。

奈良時代の遺構として検出された掘立柱建物は東西南北の方位に沿って立地し、南北三間（柱間総長五・二メートル）、東西二間（柱間総長四・九メートル）の面積三〇平方メートルを測り、総束柱《そうつかばしら》構造で、柱穴の掘形は一メートル四方の方形であり、設計尺度に和銅尺（一尺＝〇・二四六メートル）が使用され、桁行《けたゆき》の柱間は七・五尺、七尺、八尺、梁間《はりま》は一〇尺で設計されている。この掘立柱建物は郡衙《ぐんが》クラスの正倉《しょうそう》であったと思われる。

市田斉当坊遺跡

巨椋池の南岸の標高八・五〜九メートルの山城盆地でも最低地の京都府久世郡久御山町市田《いちだ》小字斉当坊《さいとうぼう》、新珠城《しんたまき》に立地する市田斉当坊遺跡は弥生中期の大規模な環濠集落《かんごうしゅうらく》である。

約五〇基以上の竪穴住居跡が存在し、六〜八基の竪穴住居が同じ位置で重複して建て替えられている。一般的竪穴住居跡は五〜六メートルの円形又は隅丸方形プランの竪穴住居である。中には直径九メートル以上の大型円形竪穴住居跡があり、埋土から小型の扁平片刃石斧《へんぺいかたはせきふ》や碧玉《へきぎょく》の破片、管玉《くだたま》を穿孔《せんこう》する際に使用する安山岩製の石針《いしばり》等が出土しており、管玉製作のための作業場であったと考えられている。

また、居住には適さないと思われる一辺約二メートルの小規模な方形竪穴が検出されている。この小規模竪穴周辺には直径二〇センチ前後の小さな柱穴が無数に点在していたという。柱穴の中から石器の剝片が多数出土したことから、石器製作のための作業場跡ではないかと考えられている。

出土土器は畿内第Ⅱ様式末から第Ⅲ様式初頭の弥生中期前半に位置づけられている。最も多く出土した甕は大和型であるが、近江系の特徴を持つものや、あるいは瀬戸内系のものもみられる。

玉造りの工房

斉当坊の弥生遺跡で特に注目されるのはヒスイ製勾玉《まがたま》二個、碧玉製管玉四個とともに加工途中の管玉の未製品や石鋸《いしのこ》、安山岩製石針、管玉研磨の条痕《じょうこん》を残す砥石《といし》など加工具、また、碧玉剝片が多量に出土しており、ここで玉造りがおこなわれていたのである。

石器には狩猟具の石鏃《せきぞく》や工具の蛤刃石斧《はまぐりばせきふ》などがあるが、中でも特に注目をひくのは破片ながら銅剣型磨製石剣《せっけん》二点、鉄剣型磨製石剣が一八点も多量に出土していることである。

畿内における磨製石剣の多量出土地の例をあげると、奈良・唐古《から こ》鍵《かぎ》遺跡五三、京都・神足《こうたり》遺

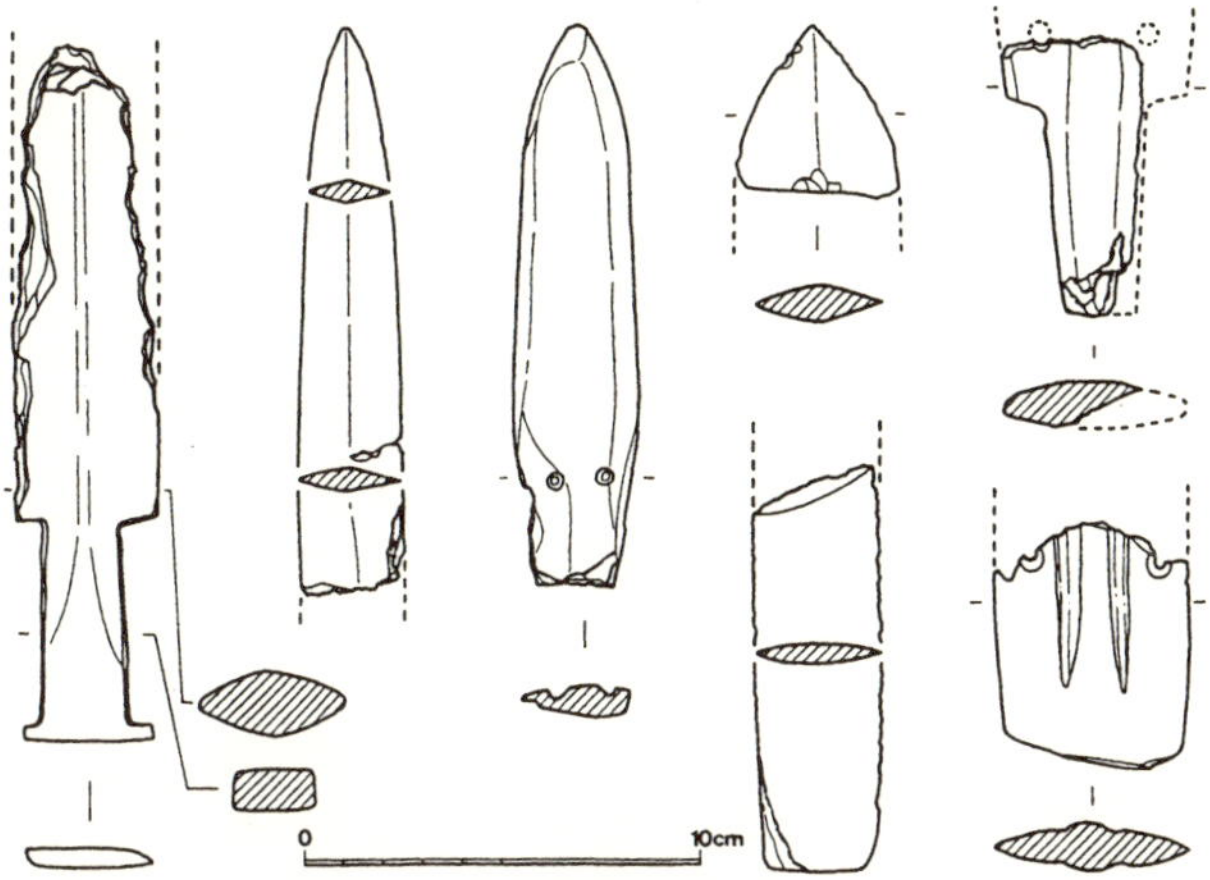

磨製石剣

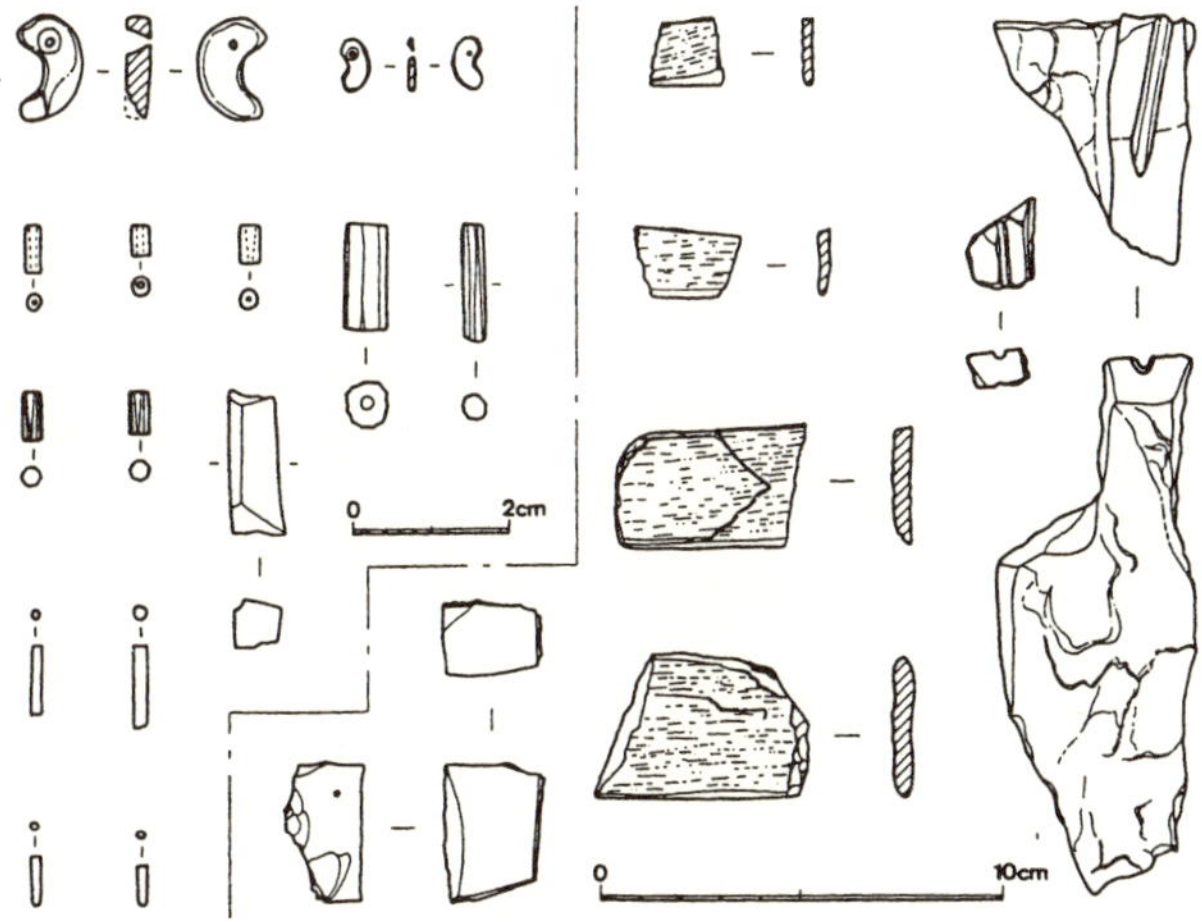

左：勾玉・管玉、中央：石庖丁、右：管玉を研磨する砥石

市田斉当坊遺跡出土の石器や勾玉

跡四七、大阪・池上曽根《いけがみそね》遺跡四二、大阪・安満《あま》遺跡二四、大阪・東奈良《ひがしなら》二二である。いずれも畿内の代表的弥生遺跡で出土している。斉当坊遺跡の二〇点はこれに次ぐ多量の出土である。

穂摘み具の石庖丁《いしぼうちょう》も三〇点を超える多量の出土である。その中の数点は和歌山県原産の緑《りょく》泥片岩《でいへんがん》製の石庖丁である。石器関連でも、ヒスイと同じように加工途中の未製品や多量の剝片が出土している。中には、石剣の刃部を再利用した扁平片刃石斧も出土している。玉造りだけでなく、ここは石器製作所でもあった。

集落の南側は方形周溝墓の墓域で、弥生中期の早い段階に方形周溝墓の築造が始まり、中期後葉に至るまで築造が続けられている。土壙墓は全長二・五メートル、幅一メートル、深さ〇・五メートルの長楕円形又は隅丸長方形の土壙で、木棺は検出されていないが、中期前半の集落に伴う墓壙群と思われる。

斉当坊遺跡は弥生中期の住居群と生産遺構と墓域を持つ大集落で、巨椋池南岸での人びとの生活を彷彿とさせるものがある。

船を操る人びと

以上のように巨椋池周辺には、縄文時代から平安時代まで多くの集落が成立し、これらの集

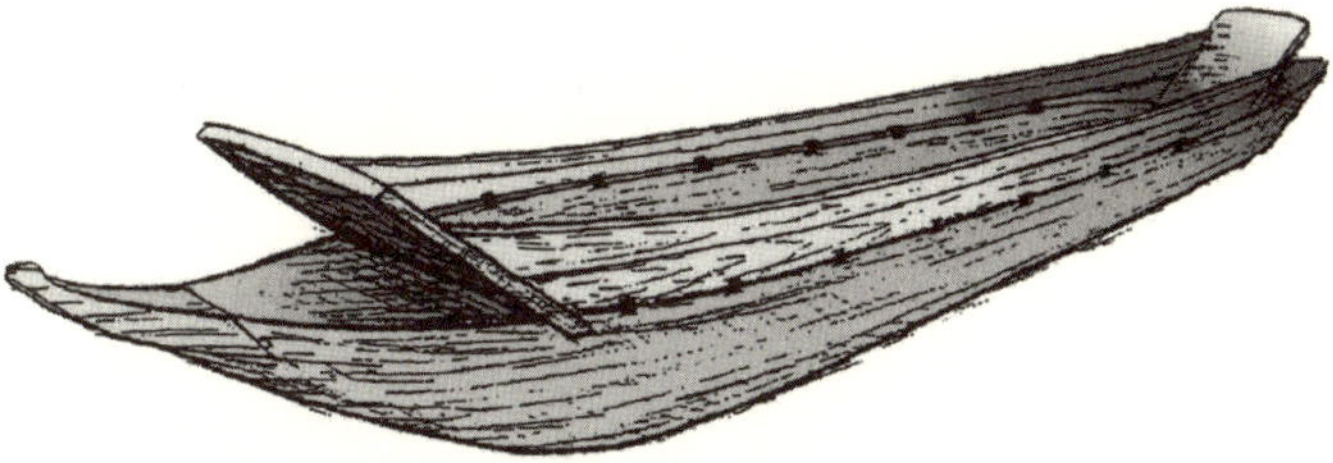

下長池遺跡出土準構造船の復元図（作画：中井純子）　出土したのは船の舳先の部分と舷側板と船底を桜の樹皮で結合した部分。このような船で人びとは琵琶湖から宇治川を下り巨椋池、淀川を経て瀬戸内海へと物資を運んでいったのだろう。

落は出土遺物が示すように、他地域との広範な交易が想像される。交易には舟の使用が考えられるが、巨椋池周辺では出土例もなく、残念ながらその実態はわからない。

福井県坂井市春江《はるえ》町井向《いのむかい》出土の流水紋銅鐸《りゅうすいもんどうたく》の中央部に三隻の船が描かれている。細長く前後が直角に高く反り上がるゴンドラ型の船に漕ぎ手が一三人描かれている。鋳造の絵画であるからその構造をうかがい知ることはできないが、銅鐸より時期は若干新しい古墳時代初頭の準構造船の船首部分が大阪府八尾市久宝寺《きゅうほうじ》遺跡で一九八三年に出土した。船首は船底の刳舟《くりぶね》に波除《なみよ》けの竪板と舷側の側板を組合せた構造で、大阪市平野区の高廻《たかまわ》り二号墳や京都府弥栄町のニゴレ古墳出土の舟形埴輪と同じ型式の船で、当時の船の構造の実態がよくわかる資料であり、この構造の船であれば外洋航路にも充分に耐え得ると思われる。

滋賀県守山市下長《しもなが》遺跡でも船首の先端部と舷側の一部が出

土している。船底部と舷側に三〇センチ間隔で孔をあけ、樹皮で結び、緩まないよう杉の楔《くさび》が打ち込まれていた。造船技術の一端が明らかになる資料である。下長遺跡の船は琵琶湖の内陸水運の船であり、古墳時代前期の船といわれている。

井向の銅鐸絵画の船も波除けの竪板を表現する準構造船で、一三人の漕ぎ手が約一メートル間隔で漕ぐとすると、舳先《へさき》と艫《とも》の部分を入れて、長さは少なくとも一七〜一八メートルの船であったろう。

巨椋池の周辺では船の出土こそないが、市田斉当坊の弥生遺跡の出土のヒスイや碧玉の原石、あるいは磨製石剣や石庖丁の原石の入手等の交易を考えると、縄文期の刳舟では長距離の水運は無理と思われるが、巨椋池から淀川を経て瀬戸内海へ通ずる交易、水運には守山市下長遺跡出土船クラスの準構造船が弥生期ごろから使用されていたに違いない。

巨椋池は、木津川、宇治川、桂川、淀川を結び、飛鳥や難波へ、またはるか遠く中国大陸へと続く水上交通の要衝であった。その周辺には水運とかかわる人びとの暮らしが、縄文時代から絶えることなく続いたのである。

大住隼人と横穴墓

隼人

肥人《こまひと》の額髪結《ぬかがみゆ》へる染木綿《しめゆふ》の染《し》みにしこころわれ忘れめや　（巻十一―二四九六）

隼人《はやひと》の名に負《お》ふ夜声《よごゑ》いちしろくわが名は告《の》りつ妻と恃《たの》ませ　（巻十一―二四九七）

先の歌は、肥後の球磨《くま》地方の人が額の髪に結ぶ染木綿《そめもめん》のようにあの人に染まってしまった心をどうして忘れようか、というものであり、後の歌は、宮廷警護の隼人《はやと》の名にそむかない夜警の声のようにはっきりと私は名をいいました。妻として頼りにしてください、と肥人や隼人といった人びとをたとえにした恋歌である。

隼人といえば南九州の人びとを想像するが、奈良時代には朝廷に服属し、宮門の警護や歌舞のことにあたり、畿内に居を定めた隼人がいたのである。

宮廷に仕える隼人

隼人に関しては『日本書紀』に次の記事がある。

天武天皇十一年（六八二）秋七月

隼人多く来たり、方物を貢ぐ、是日、大隅《おおすみ》の隼人と阿多《あた》の隼人と朝廷にて相撲をする。

大隅隼人の勝ち。

慶事に相撲を奉納したり、相撲の勝負で吉凶を占ったりしている。

天武天皇十四年（六八五）六月

大倭連《やまとのむらじ》、葛城連《かつらぎ》、凡河内連《おうしこうち》、山背連《やましろ》、難波連《なにわ》、紀酒人連《きのさかひと》、倭漢連《やまとのあや》、河内漢連《かわちのあや》、秦連《はた》、大《おお》隅直《すみのあたい》、書連《ふみ》並びに十一氏に姓《かばね》を賜て忌寸《いみき》と曰う。

忌寸は八色《やくさ》の姓《かばね》の第四の姓で、大隅直を除く一〇氏は畿内の諸豪族ばかりである。大隅直だけが南九州の豪族とみるより、畿内在住の大隅直とみて間違いないであろう。直から忌寸への異例の格上げである。

朱鳥元年（六八六）九月

天武天皇正宮に崩ず。葬儀に参列し、大隅、阿多隼人及び倭《やまと》、河内の馬飼部《うまかいべ》造《のみやつこ》各誄《しのびごと》す。

持統天皇元年（六八七）五月

天武天皇の大葬に際し、隼人大隅阿多魁師《いさお》衆《しゅう》を率いて互いに進みて誄す。

と大隅隼人と阿多隼人は、天皇の葬儀に際してお悔やみ申し上げている。

天平十五年（七四三）秋七月

聖武天皇は石原の宮に御して饗《きょう》を隼人等に賜う。

右の記事に見るように、大隅隼人、阿多隼人は大葬に参列し、宮廷の儀仗隊《ぎじょうたい》の役目を勤めている。

山背国に住む隼人

「正倉院文書」の国郡未詳計帳《こくぐんみしょうけいちょう》が『大日本古文書』巻一に収録されている。それによると、

従八位上隼人大麻呂　戸二八人

隼人国公首麻呂　戸一三人

隼人美止美　戸二一人

とあり、当時の家族構成を知るうえで貴重な史料である。その計帳の中に、

大住忌寸足人年肆拾壱歳《しじゆういち》　正丁　天平六年七月死　大住忌寸山守年拾捌歳《じゆうはち》　少丁　天平七年六月死

と天平年間の年号があり、それをさかのぼらない時期の計帳である。また、

輸調銭《ゆちようせん》弐拾七文

と記録されている。調銭《ちようせん》は郷土産出の物産のかわりに銭貨をもって代納したものである。調銭は都内の左・右京及び都に近い国の住民にのみ許されていた。また、銭貨の流通も京、畿内の比較的狭い地域だけで、薩摩や大隅では調の銭貨による代納は当時及び後の時代にもなかった。こうした事情からこの国郡未詳の計帳は『倭名類従鈔《わみようるいじゆしよう》』にみる山城国綴喜郡大住郷《つつきおおすみごう》の計帳であろうと思われる。『寧楽遺文』に収録する同正倉院文書には「山背国隼人計帳」の表題がつけられている。また、大宝元年（七〇一）に完成し、翌年施行された「大宝律令」には皇居の警備、諸儀式に奉仕する隼人を管轄する「隼人司《はやとのつかさ》」が制定されている。

奈良期から平安期にかけて皇居の警護や諸儀式を勤めた隼人の居住地は正倉院文書の計帳からみて、山背国綴喜郡大住郷であったと思われる。大住郷地域の木津川左岸は奈良山から男山《おとこやま》にかけて洪積丘陵が延び、その裾の湧水地には集落が発達している。大住隼人の居住地は、このあたりであったろう。

隼人の墓

同じ丘陵裾には古墳時代後期後半の墳墓である横穴墓《おうけつぼ》が分布している。これらの横穴墓は、大住郷に居住した隼人の墓の可能性がある。

わが国の墳墓は六世紀後半から七世紀前半頃になると、直径一五メートル未満の小規模円墳が山腹、丘陵上、丘陵斜面、台地の縁辺などに群をなして成立し、爆発的増加をみる。この小円墳群を群集墳といい、地域によっては千塚《せんづか》などの名称でよばれている。

群集墳が小規模の高塚古墳の集まりであるのに対して、横穴墓は横穴石室を構築するかわりに造られたものである。砂岩や凝灰岩《ぎょうかいがん》、あるいはローム層の丘陵や台地の斜面に墓室をうがち、玄室《げんしつ》と短い羨道《せんどう》を造った。群集墳と同じように群集して築造され、俗に百穴《ひゃっけつ》などとよばれている。

畿内地方では群集墳は地域的にも普遍的に分布しているが、横穴墓は大和、河内、山背の限られた地域に局地的に分布している。山背では木津川左岸の八幡市から京田辺市にかけて分布し、八幡市美濃山《みのやま》の美濃山、狐谷《きつねだに》、女谷《おんなだに》、荒坂《あらさか》横穴墓群があり、その南に京田辺市大住の松井《まつい》横穴墓群、薪《たきぎ》の堀切《ほりきり》横穴墓群がある。

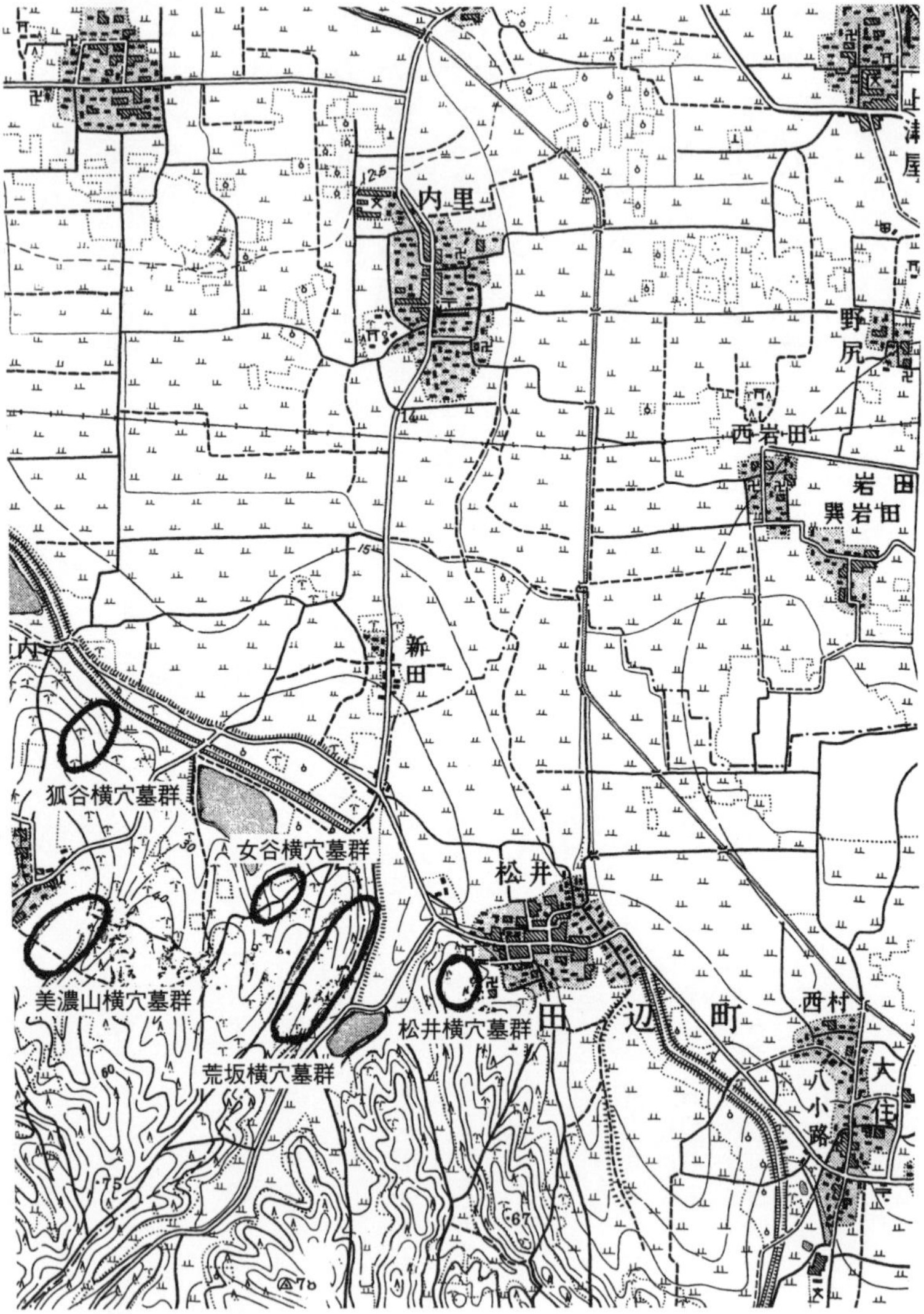

大住郷の横穴墓群（1：25000）

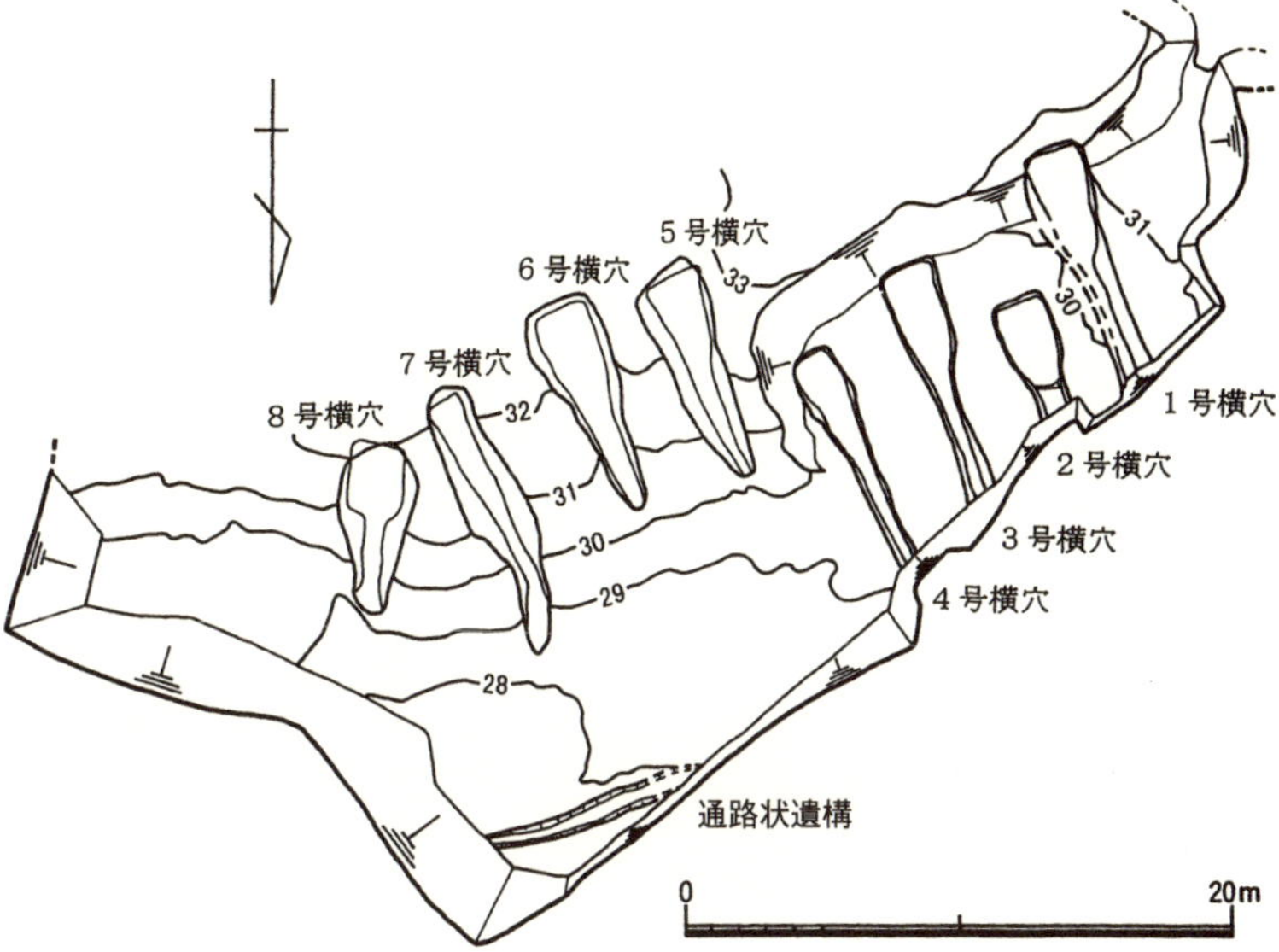

女谷横穴墓C支群

大住郷の横穴墓

この地域の標準的横穴墓は玄室の平面はフラスコ形をして、奥壁の幅は平均二メートル、長さ平均三メートル、高さは一・五〜二メートルの規模で、入り口は玄門部《げんもんぶ》に土を盛って塞いでいる。墓道《ぼどう》は通路まで延びて、通路を同じくして小群を構成している。玄室内では、追葬《ついそう》時に先葬者の遺骨を集骨して片づけ、同一埋葬面上に埋葬空間を確保し、前回の埋葬面に盛り土をして追葬されていた。

京都府埋蔵文化財センターの発掘調査によると、女谷C支群五号墓では良好な状態で残存する人骨三体分が検出された。二体分は集骨して奥壁《おくへき》側に片づけ、もう一体は伸展葬《しんてんそう》の状態で玄室のほぼ中央に葬られていた。

副葬品も集骨の人骨と同じように奥壁に片づけられた形跡があった。副葬品は須恵器《すえき》の杯《つき》、高杯《たかつき》、短頸壺《たんけいつぼ》、提瓶《さげべ》と土師器《はじき》の高杯、甕である。これらは液体を入れる容器とそれを注ぐ器で、黄泉の国への旅立ちに際してお別れの食事をしたのであろう。魔除けの武器の鉄刀《てっとう》、鉄鏃《てつぞく》。装身具の金銅張耳環《こんどうばりじかん》が検出された。六世紀末から七世紀前半の二〜三世代にわたる埋葬で、同一家族の家族墓である。

横穴石室と横穴墓

奈良県桜井市から天理市にかけての東方山地斜面の龍王山《りゅうおうざん》古墳群には大規模な群集墳と横穴墓群が同一地域に同時代に形成されている。同一地域に分布しながら群集墳は高塚《たかつか》の墳丘に横穴石室を内部主体としている。これに対して、横穴墓群は丘陵斜面に横穴をうがち、横穴石室を簡略化した墓室を造っている。この違いはどこから起こったのであろうか。

横穴墓の中には静岡県掛川市宇洞ヶ谷《うどがたに》横穴墓のようなものがある。規模は全長五・六メートルで、玄室中央に長さ四・五メートルの作り付け棺一基をもつ構造に、変形神獣鏡《しんじゅうきょう》一面、金銅張耳環一個、玉類、金銅製単龍式環頭大刀《たんりゅうしきかんとうたち》等の飾り大刀三口、馬具二セット、須恵器、土師器の優れた副葬品が豊富に納められていた。注目される横穴墓である。

東北の福島県いわき市中田《なかた》横穴墓は全長六・六メートル、前室と後室からなる複室《ふくしつ》構造の横穴墓で、後室には赤白の顔料で三角連続文の壁面装飾が施されている。ここからは珠文鏡《しゅもんきょう》一面、金銅製耳環三個、青銅製釧《くしろ》一対、勾玉《まがたま》類、円頭大刀《えんとうたち》一口、馬具一組、青銅製容器甲蓋《こうがい》、紡錘車《ぼうすいしゃ》と優れた豊富な副葬品が納められていた。

宇洞ヶ谷、中田の両横穴墓の副葬品は群集墳の盟主格の古墳の副葬品になんら遜色のないものである。このことは、横穴墓の被葬者は経済的には高塚古墳の横穴式石室の被葬者と同等であったと思われる。ただ、横穴墓の被葬者は政治的、社会的身分に差異があり、墳墓の造営葬送に規制を受けていたのではなかろうかと思われる。

横穴墓に葬られた人びと

大阪府柏原《かしはら》市高井田《たかいだ》横穴墓群は二百基以上に及ぶ大群集墓である。その中には横穴墓の壁面に線刻画を描くものが二六基知られている。大正六年（一九一七）に墓地造成のため道路を切り開いたところ、横穴墓が出土した。その中に、線刻画があることで著名になり、高橋健自博

高井田横穴墓群の線刻画　上：概念図、下：拓本。

士が調査し、学界に紹介され、大正十一年（一九二二）に国の史蹟に指定された。「人物の窟《くつ》」と呼ばれる横穴墓の線刻画は短い羨道の両側壁に描かれており、左側壁には六人の人物を描き、人物は埴輪《はにわ》の男子像の服装と同じように裾の大きく開いた上着に、膝のところですぼまる太い袴《こ》を着用している。大陸の騎馬民族の服装と同じである。頭には三角帽をかぶり、腰には大刀を帯びて、片手には旗状の矛をもっている。同じような服装で矛を持つ人物は二人の従者をしたがえて舟に乗っている。舟は舳先《へさき》と艫《とも》が著しく立ち上がるゴンドラ風の舟で、二人の従者がそれぞれ櫂《かい》で漕《こ》いでいる。一番下に描かれた人物は袖の長い上着を着て、スカート風の裳《も》を表現し、高松塚の婦人像に似た服装で女性を表現している。右側壁の線刻画は風化による岩肌の剝落で、わずかに四人の人物と一艘《そう》の舟が確認できるのみである。矛《ほこ》を持ち、舟の上に立つ人物は水軍の将の被葬者を表しているのであろうか。そのほかにも高井田横穴墓群には羨道側壁に騎馬人物像の線刻画が描かれている。

大阪府柏原市安福寺《あんぷくじ》横穴墓群は、昭和四十七年（一九七二）に高松塚古墳の壁画が世人の注目を集めていたころ、橿原考古学研究所の河上邦彦氏が安福寺横穴墓群の北群一〇号墓に騎馬人物像の線刻画があることを報告して、再度世人の注目するところとなった。線刻画は、羨道右壁に騎馬人物のほかに二人の人物像が描かれていた。騎馬は頭部が岩肌の剝落によって欠失

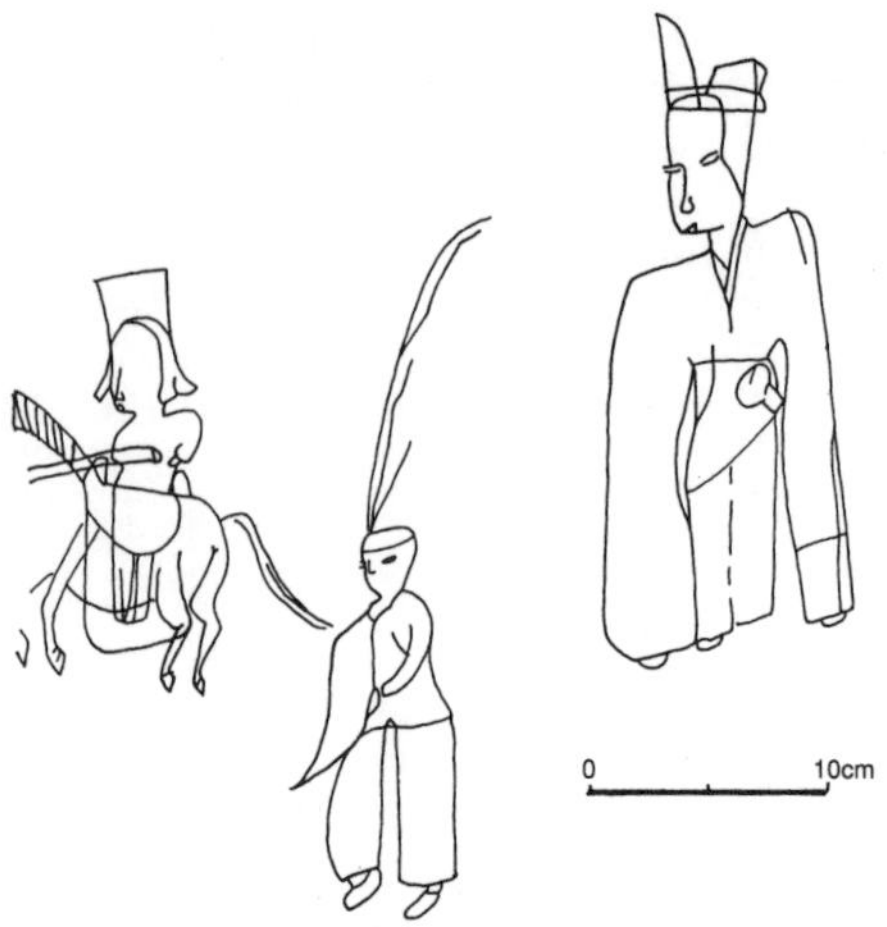

安福寺横穴墓群・北群10号墓の線刻画

しているが、たてがみや手綱《たづな》は描かれている。鞍橋《くらぼね》や障泥《しょうでい》を描き、馬の四脚や尻尾もリアルに表現されている。馬上の人物は四角な冠帽をかぶって手綱をにぎっている。中央の人物は鳥の尾羽根と思われる飾りをつけた帽子をかぶり、袖先の細い筒袖に右前になる上着を着用し、二股になるズボン状の袴をはき、足先は靴状の履物が表現されている。右端の人物は最も大きく描かれている。山字形の冠をかぶり、袖先は手がかくれる程のだぶだぶの筒袖に、右前であわせになる着物で、裾も長く着流しの表現であるが、腰には大刀をおびている。漢代の画像石などに見る貴人の服装に近い。この人物が北群一〇号墓の被葬者を表現しているのであろう。貴人の服装から、被葬者は渡来系の人物が考えられる。

異なる民の墓

河内の古代氏族の四割が渡来系氏族であることと考えあわせ、線刻画に見る横穴墓の被葬者は経済的には在地豪族と同等であっても、政治的、社会的にはいろいろな制約があり、墳墓の造営にも規制があったと思われる。

身分によって、墳墓に対する規制が法令化されたのは大化二年の詔《みことのり》であるが、法令化される以前にも墳墓の造営には、なんらかの規制的社会慣習があったのではないだろうか。すなわち、自分たちとは異なると見られる人びとには、古墳の造営をさせなかったのである。

南山背の八幡から大住にかけての横穴墓群の分布も、大隅隼人という南九州の言語、風俗、習慣の異なる人びとが、異文化をもって移住し、隼人司のもと天皇の警護や歌舞の儀仗隊をつとめて大住隼人となったが、同じように墳墓の造営には制約があり、古墳を造ることを許されず、彼らは横穴墓群に埋葬されたと考えられる。

引用・参考文献

中西　進『萬葉集』講談社　一九八四
澤瀉久孝『萬葉集注釈』中央公論社　一九五七—一九七七
日本古典文学大系『萬葉集』岩波書店　一九六四
新潮日本古典集成『古事記』新潮社　一九七九
国史大系『日本書紀』前篇・後篇　吉川弘文館　一九七一
国史大系『続日本紀』前篇・後篇　吉川弘文館　一九七一
国史大系『日本後紀』吉川弘文館　一九八二
国史大系『続日本後紀』吉川弘文館　一九八一
国史大系『三代実録』吉川弘文館　一九八一
国史大系『延喜式』前篇・中篇・後篇　吉川弘文館　一九七二
新日本古典文学大系『今昔物語集』岩波書店　一九九三
『寧楽遺文』上巻・中巻・下巻　東京堂出版　一九六二
『平安遺文』古文書編　第六巻　東京堂出版　一九六四
『倭名類聚鈔』臨川書店　一九六八
『群書類従』雑二十五輯「新撰姓氏録抄」続群書類従完成会　一九八四

『群書類従』釈家部「薬師寺縁起」続群書類従完成会　一九八四
『群書類従』二十七輯下「西琳寺文永注記」続群書類従完成会　一九八四
『国史大辞典』吉川弘文館　一九八八
『大日本地名辞書』冨山房　一九〇七
『平城宮木簡』奈良国立文化財研究所史料　第八冊　一九七五
『宇治市史』1「古代の歴史と景観」　一九七三
『木津町埋蔵文化財調査報告書』第三集　一九八〇
『木津町埋蔵文化財調査報告書』第四集　一九八一
『京都府山城町埋蔵文化財調査報告書』第九集　一九九一
同　右　第一〇集　一九九二
同　右　第一三集　一九九四
『埋蔵文化財発掘調査概報』京都府教育委員会　一九七四〜一九八二
『芸術新潮』特集平城京再現　六月号　一九八四
『城陽市埋蔵文化財調査報告書』第一集　一九七三
同　右　第二集　一九七四
同　右　第三集　一九七五
同　右　第四集　一九七六

『城陽市埋蔵文化財調査報告書』第九集　一九八〇
同　右　第一〇集　一九八一
同　右　第二二集　一九九一
同　右　第二四集　一九九三
『芝ケ原遺跡』同調査会　一九八〇
『元井池古墳発掘調査報告』三重大学歴史研究会　一九六九
『奈良県史蹟名勝天然記念物調査報告』　第二五冊　一九六九
『土師式土器集成』四　東京堂出版　一九七四
『古代学研究』第三〇号　一九六二
『宇治市埋蔵文化財発掘調査概報』第二集　一九八三
同　右　第三集　一九八三
同　右　第七集　一九八五
同　右　第一〇集　一九八七
同　右　第一一集　一九八八
『宇治市文化財調査報告』第一冊　一九八七
同　右　第二冊　一九九一
同　右　第三冊　一九九二

『京都府史蹟勝地調査會報告』第一冊　一九一九
『京都府史蹟名勝天然記念物調査報告』第一四冊　一九三三
『唐橋遺跡』滋賀県教育委員会　一九九二
『月精橋発掘調査報告書』文化財研究所　慶州古蹟調査団　一九八八
『京都府遺跡調査報告書』第三一冊　二〇〇一
『京都府遺跡調査概報』第一〇五冊　二〇〇二
『京都府埋蔵文化財情報』第七二号　一九九九
同　右　第七五号　二〇〇〇
同　右　第八〇号　二〇〇一
同　右　第八一号　二〇〇一
同　右　第八二号　二〇〇一
同　右　第八五号　二〇〇二
『掛川市宇洞ヶ谷横穴墳発掘調査報告』静岡県教育委員会編　一九七一
『いわき市史』別巻「中田装飾横穴」いわき市史編さん委員会　一九七一
大島武好『山城名勝志』正徳元年
並河五一郎『山城志』享保十九年

足利健亮「恭仁京の歴史地理学的研究第一報」『史林』五二―三　一九六九
足立　康「蟹満寺釈迦像の伝来について」『日本彫刻史の研究』一九四四
石田茂作『飛鳥時代寺院址の研究』大塚巧芸社　一九四四
井上通泰『万葉集追考』岩波書店　一九三八
奥野健治『万葉山代志考』大八洲出版　一九四六
河上邦彦「大阪府柏原市玉手山安福寺横穴の壁画」『古代学研究』第六三号　一九七二
川西宏幸「円筒埴輪総論」『考古学雑誌』六一―三　一九七八
岸　俊男「県犬養宿禰橘三千代をめぐる憶説」『古代学論叢』一九六七
喜田貞吉「栗隈県」『久津川古墳研究』一九二〇
木下　良「山背国府の所在とその移転について」『社会科学』三―二・三号　一九六八
杉山次郎「蟹満寺本尊考」『美術史』四一　一九六一
田中重久「平安遷都前の寺院とその出土瓦」『夢殿論誌』一八　一九三八
谷岡武雄『平野の開発』古今書院　一九六四
角田文衛「廃光明山寺の研究―蟹満寺釈迦如来座像の傍証的論考」『考古学論叢』一　一九三六
原田大六『邪馬台国論争』三一書房　一九六九
福山敏男「奈良時代における法華寺の造営」『日本建築史の研究』桑名文星堂　一九四三
福山敏男『奈良朝寺院の研究』高桐書院　一九四八

町田　章「環頭の系譜」『研究論集』Ⅲ　奈良文化財研究所　一九七六
水野　祐『日本古代の国家形成』講談社　一九六七
毛利光俊彦「日本古代の鬼面文鬼瓦」『研究論集』Ⅵ　奈良文化財研究所　一九八〇
森　浩一編『万葉集の考古学』筑摩書房　一九八四
吉田敬一『巨椋池干拓誌』一九六二
山本忠尚「舌出し獣面考」『研究論集』Ⅴ　奈良文化財研究所　一九七九

写真・図版の提供先および出典一覧

一三頁　古代の都城：乙訓文化財事務連絡協議会『長岡京跡』一九八四
一八頁　上津遺跡：『木津町埋蔵文化財調査報告書』第三集
一九頁　上津遺跡出土瓦：同右
二一頁　丸瓦の線刻文字：同右
二二頁　上津遺跡出土遺物：同右
三五頁　恭仁宮出土文字瓦：奈良県立橿原考古学研究所附属博物館『有史会報』二〇〇〇年七月
三九頁　恭仁宮大極殿の瓦：同右
四〇頁　恭仁宮復元図：京都府教育委員会『恭仁宮発掘調査報告』Ⅱ、二〇〇〇
五〇頁　蟹満寺釈迦如来座像：蟹満寺
六〇頁　蟹満寺の発掘調査図：『京都府山城町埋蔵文化財調査報告書』第一〇集
六一頁　蟹満寺金堂の復元図：『京都府山城町埋蔵文化財調査報告書』第九集
六四頁　蟹満寺出土の瓦：『京都府山城町埋蔵文化財調査報告書』第一〇集
七一頁　平城京二条大路溝から出土した絵馬：奈良文化財研究所
七六頁　長岡京出土四仙騎獣八稜鏡：長岡京市教育委員会
八九頁　藤ノ木古墳出土の鞍金具：奈良県立橿原考古学研究所『斑鳩藤ノ木古墳』一九九三
八九頁　御崎山古墳出土の環頭大刀：町田章「環頭の系譜」『研究論集』奈良文化財研究所
九一頁　平城宮跡出土鬼形文鬼板Ⅰ式A：奈良文化財研究所
九九頁　正道遺跡出土の瓦：『城陽市埋蔵文化財調査報告書』第二四集

一〇〇頁　正道遺跡出土の鬼板：同右
一〇三頁　正道官衙遺跡の復元図：城陽市教育委員会
一〇三頁　現在の正道官衙遺跡：同右
一〇九頁　芝ヶ原遺跡の竪穴住居跡：『芝ヶ原遺跡』
一一二頁　芝ヶ原遺跡の竪穴住居と掘立て柱建物：同右
一一三頁　芝ヶ原遺跡出土須恵器の形式編年：同右
一一六頁　芝ヶ原九号墳出土鉄器：同右
一二五頁　道路の真ん中から出てきた埴輪棺：『城陽市埋蔵文化財調査報告書』第二三集
一三二頁　芝ヶ原九号墳と出土した合口甕棺：『芝ヶ原遺跡』
一三三頁　土師式合口甕棺：『橿原考古学研究所論集』第四
一四四頁　名木川と栗限大溝：国土地理院発行二万五千分の一地形図「宇治」
一四五頁　名木川旧河道地図：宇治市都市計画図三千分の一地形図
一四五頁　名木川旧河道写真：国土地理院一九六一年撮影航空写真
一五〇頁　宇治橋断碑部分：宇治市歴史資料館
一五六頁　唐橋復元図：『唐橋遺跡』
一五七頁　唐橋の復元模型：財団法人滋賀県文化財保護協会
一七三頁　二子山古墳：『宇治二子山古墳発掘調査報告』（『宇治市文化財調査報告』第二冊）
一七四頁　瓦塚古墳：『宇治市埋蔵文化財発掘調査概報』第二集
一七五頁　二子塚古墳：『五ヶ庄二子塚古墳発掘調査報告』（『宇治市文化財調査報告』第三冊）
一八八頁　隼上り瓦窯一号窯：『宇治市埋蔵文化財調査概報』第三集

一九四頁　隼上り瓦窯出土軒丸瓦：『宇治市埋蔵文化財調査概報』第三集
一九九頁　大鳳寺跡：同右
二〇二頁　大鳳寺跡出土瓦：同右
二〇六頁　岡本廃寺跡：『宇治市埋蔵文化財調査概報』第一〇集
二〇七頁　岡本廃寺伽藍復元図：同右
二〇九頁　岡本廃寺出土瓦：同右
二一七頁　巨椋池と周辺の遺跡：国土地理院発行二万五千分の一地形図「宇治」
二二一頁　寺界道遺跡出土遺物：『宇治市埋蔵文化財調査概報』第一〇集
二二三頁　佐山尼垣外遺跡住居跡：『京都府遺跡調査報告書』第三一冊
二二五頁　佐山尼垣外遺跡出土弥生土器：同右
二二九頁　市田斉当坊遺跡出土遺物：『京都府埋蔵文化財情報』第七二号
二三一頁　下長池遺跡出土準構造船復元図：守山市教育委員会
二三八頁　大住郷の横穴墓群：国土地理院発行二万五千分の一地形図「淀」
二三九頁　女谷横穴墓C支群：『京都府埋蔵文化財情報』第八二・八五号
二四四頁　安福寺横穴墓群・北群一〇号墓の線刻画：『古代学研究』六三号

＊右記以外の写真・図版は著者および編集部

あとがき

『万葉集』におさめられた南山背にかかわる歌七十余首は四千五百余首の全体からみるとわずかな数かもしれませんが、その中から当時の人びとの生き方を理解するため、歌の背景にあるものを、遺跡・遺構、遺物を対象として探求する考古学と当時の文書・記録を史料として追究する文献史学の双方から、古代学的視点でとらえてみました。

昭和二十年（一九四五）の敗戦とともに、日本古代史の記紀神話が崩壊して、神武天皇の建国に始まる二六〇〇年の歴史が否定され、私たちは何を信じたらよいのか迷っていました。昭和二十二年（一九四七）に、奈良国立博物館で静岡県登呂《とろ》遺跡の発掘調査の成果が展観されました。私は木製農具をはじめとする弥生時代の農耕文化の遺物を初めて実見し、これこそ記紀神話に代わる実証的科学の日本古代史を示すものだと思いました。

当時、私は宇治中学校の教師で、考古学に興味をもち、唯一の参考書は京都大学の先生方がアルバイトとして出版された『考古学教室』という小冊子でした。この本の中に京都府久世郡大久保村の庵寺山《あんでらやま》古墳出土の蓋《きぬがさ》形埴輪の写真が掲載されていました。この庵寺山古墳を中学生たちと見学に行こうという話がまとまり、日曜日に二万五千分の一の地図をたよりに、宇治から歩いて出かけました。近道をしようとして道に迷い、谷川沿いに下っていったら、川岸に土器を含む黒色土層を見つけました。これが八軒屋谷《はちけんやだに》土師《はじ》遺跡でした。

昭和二十九年（一九五四）の冬休みに、同志社大学教授酒詰仲男先生の指導の下、大学院生の石部正志氏（後の宇都宮大学教授）と大阪外国語大学学生の佐原真氏（後の国立歴史民俗博物館館長）と三人で宇治中学校、東宇治中学校の先生、生徒の応援を得て、この遺跡の竪穴住居跡を発掘調査しました。私にとっては最初の発掘調査で、私の考古学探究の原点でした。

私は宇治の中学校と京都府立城南高等学校で教職歴の大半を勤務しました。余暇には城南高校の地歴部の生徒と地図とフィールド・ノートを手にして、南山背の遺跡を求めて歩きまわりました。南山背は私の考古学研究のホーム・グラウンドでした。南山背の遺跡を求めて歩きまわりから五十年間の私の考古学は学校の勤務のかたわらで学んだものです。ただ、同志社大学考古学研究室の方々、古代学研究会の仲間、橿原考古学研究所の先生と先輩、こうした人びととの出会いにより多くのことを学ばせてもらいました。今日あるのはこの方々のお陰と思い、ここに記して謝意を表します。

本書の執筆にあたっては、奈良女子大学名誉教授本田義憲先生のご指導を受け、下記の皆様にもいろいろとお世話になりました。ご芳名を記して厚く御礼申し上げます。

松本秀人、中島正、近藤義行、吉水利明、杉本宏、梶川敏夫（順不同、敬称略）

山田良三

平成十七年　夏

著者紹介

山田良三（やまだ　りょうぞう）

1928年、熊本県人吉市生まれ。立命館大学卒業。京都府立城南高等学校勤務、京都府立盲学校校長、向日市文化資料館館長を経て現在、奈良県立橿原考古学研究所指導研究員。

主な著作　『考古の旅』近畿北部篇　明文社、『芝ヶ原遺跡』芝ヶ原遺跡調査会、『尼塚古墳　付宇治一本松古墳』尼塚古墳刊行会

主な論文　「筒形銅器考」『古代学研究』55、「名木河と栗隈の大溝」『万葉集の考古学』筑摩書房、「古代の木製馬鞍」『橿原考古学研究所論集』12　吉川弘文館

万葉歌の歴史を歩く——よみがえる南山背の古代

2006年6月20日　第1版第1刷発行

著　者＝山 田 良 三

発行所＝株式会社　新 泉 社

東京都文京区本郷 2-5-12

電話 03-3815-1662　FAX 03-3815-1422

振替・00170-4-160936番

印刷・創栄図書印刷　製本・榎本製本

ISBN4-7877-0606-3　C1021

考古学のこころ

戸沢充則著　四六判・240頁・1700円（税別）

旧石器発掘捏造の反省を風化させてはならない——真相究明に尽力した考古学者が、初めてその経過と心情を語る。そして、自らの研究の検証と、学問の道を導いてくれた先人＝藤森栄一・宮坂英弌・八幡一郎・杉原荘介らの学績を通じて、考古学のこころの復権を熱く訴える。

考古地域史論　●地域の遺跡・遺物から歴史を描く

戸沢充則著　四六判・288頁・2500円（税別）

狩猟とともに落葉広葉樹林が与える植物性食物の利用によって八ヶ岳山麓に栄えた「井戸尻文化」、海の幸を媒介として広大な関東南部の土地を開拓した人びとによって生みだされた「貝塚文化」の叙述などをとおして、考古資料から原始・古代の歴史を生き生きと描き出す。

増補　縄文人の時代

戸沢充則編著　Ａ５判・296頁・2500円（税別）

発掘・研究の第一線で活躍する執筆陣が、発掘の経過と成果をわかりやすく解説し、確かな学問的事実に基づき縄文時代の社会と文化、縄文人の暮らしを、自然環境・食料・集落・心性などから多面的に描き出す。増補版では編者による「縄文時代研究への理念」を新たに収録。

歴史遺産を未来へ残す　●信州・考古学の旅

戸沢充則著　四六判・296頁・2500円（税別）

開発優先で壊されつづけている遺跡と自然環境。それを保存・復原し未来へ伝えようとする地域の人びとと研究者の知恵と努力。信州出身の考古学者が、信州の数多くの遺跡を歩き、見聞した貴重な実践を紹介しながら、これからの考古学の歩むみちを展望する鮮烈なエッセイ集。

石器文化の研究

織笠 昭著　B５判・512頁・12000円（税別）

2003年に早逝した、石器研究の専門家であった著者の論文を集大成。ナイフ形石器文化・尖頭器文化・細石刃文化に分け、先土器時代（旧石器時代）の石器自体を詳細に分析する業績をまとめた。発掘捏造事件以後の研究の基礎として踏まえなくてはならない重要性をもっている。

人間探究の考古学者藤森栄一を読む

諏訪考古学研究会編　A５判・312頁・2500円（税別）

「人間と学問が一体となった、哲学とロマンの世界」（編集代表・戸沢充則)。「資料」の学問より「人間」の学問へ、懸命に生き抜いた古代人のひたすらな生活を探求する学問へ、そして人生の灯となる学問を目指し、実践した藤森考古学をよみがえらせる。諏訪考古学研究会刊

シリーズ「遺跡を学ぶ」

監修・戸沢充則

A5判96頁・オールカラー・定価1500＋税

001
北辺の海の民・モヨロ貝塚
米村 衛
五世紀、北の大陸からオホーツク海沿岸にやって来たオホーツク文化人が花開かせた独自の文化をモヨロ貝塚から明らかにする。

002
天下布武の城・安土城
木戸雅寿
織田信長が建てた特異な城としていくたの映画・TVドラマで描かれてきた安土城の真実の姿を考古学的調査から明らかにする。

003
古墳時代の地域社会復元・三ツ寺I遺跡
若狭 徹
群馬県南西部に残されていた首長の館跡や古墳、水田経営の跡、渡来人の遺物などから、五世紀の地域社会の全体像を復元する。

004
原始集落を掘る・尖石遺跡
勅使河原 彰
八ヶ岳西南麓に栄えた縄文集落の解明、そして遺跡の保存へと、みずからの生涯を賭けた地元研究者・宮坂英式の軌跡をたどる。

005
世界をリードした磁器窯・肥前窯
大橋康二
一七世紀後半、肥前磁器は遠くヨーロッパに流通した。それはなぜか？ 考古学的調査から肥前窯の技術・生産・流通を紹介する。

006
五千年におよぶムラ・平出遺跡
小林康男
縄文から現代まで連綿と人びとの暮らしが営まれてきた平出の地。縄文・古墳・平安の集落を復元し、人びとの生活ぶりを描く。

007
豊饒の海の縄文文化・曽畑貝塚
木﨑康弘
干潟が育む豊富な魚介類を糧に有明海沿岸には多くの貝塚がつくられた。朝鮮半島から沖縄諸島にひろがる海の縄文文化を語る。

008
未盗掘石室の発見・雪野山古墳
佐々木憲一
琵琶湖東南部に位置する雪野山の未盗掘石室で出土した三角縁神獣鏡などの副葬品から古墳時代前期の地域首長の姿を解明する。

009
氷河期を生き抜いた狩人・矢出川遺跡
堤 隆
氷河期末、長野県八ヶ岳野辺山高原にやって来た狩人たちの移動生活と適応戦略に、細石刃と呼ばれる小さな石器から迫る。

010
柳沢一男
描かれた黄泉の世界・王塚古墳
石室を埋めつくす華麗・複雑な図文は何を意味するのか。壁画制作の背景に何があるのか。朝鮮・中国の壁画古墳研究から追究。

011
追川吉生
江戸のミクロコスモス・加賀藩江戸屋敷
能舞台・庭園・長屋跡等の遺構と大皿・かんざし・通い徳利等の遺物から、三千人は暮らしていた〝江戸の小宇宙〟を再現する。

012
木村英明
北の黒曜石の道・白滝遺跡群
世界有数の黒曜石産地、北海道・白滝での旧石器時代の石器生産システムとシベリアにおよぶ北の物流ネットワークを解説する。

013
弓場紀知
古代祭祀とシルクロードの終着地・沖ノ島
岩上・岩陰の神殿におかれた貴重な奉献品の数々は何を意味するのか。大陸・韓半島の遺跡遺物との比較研究から明らかにする。

014
池谷信之
黒潮を渡った黒曜石・見高段間遺跡
太平洋上の神津島から六〇キロメートル、黒潮を渡った黒曜石はこの伊豆・見高段間集落を拠点として南関東一円に流通した。

015
高田和徳
縄文のイエとムラの風景・御所野遺跡
焼失住居跡の調査による土屋根住居の復原、竪穴住居群の有機的関連を考慮した縄文ムラの復原で縄文の風景をよみがえらせる。

016
高橋一夫
鉄剣銘一一五文字の謎に迫る・埼玉古墳群
世紀の大発見といわれた埼玉県・稲荷山古墳出土の金錯銘鉄剣。銘文の内容を埼玉古墳群全体の考古学的検討から明らかにする。

017
秋元信夫
石にこめた縄文人の祈り・大湯環状列石
北東北の台地にある直径五〇メートル近くの二つのストーンサークル。周辺の配石遺構を含めて縄文人の祈りの空間を復元する。

018
近藤義郎
土器製塩の島・喜兵衛島製塩遺跡と古墳
瀬戸内海の無人島に残された古墳群と、浜辺に散乱するおびただしい量の師楽式土器片から、土器製塩の島、喜兵衛島の謎を解く。

019
堀越正行
縄文の社会構造をのぞく・姥山貝塚
縄文社会像の基準確立に貢献した、千葉県・姥山貝塚の埋葬人骨等の考古学的検討から縄文の家族や集団、社会構造をかいまみる。

020 **大仏造立の都・紫香楽宮**

小笠原好彦

なぜ聖武天皇は、山深い里で大仏造立を計画したのか。恭仁京、難波京、紫香楽宮へと彷徨する天皇を追い、その意味を考える。

021 **律令国家の対蝦夷政策・相馬の製鉄遺跡群**

飯村 均

七世紀後半～九世紀にかけ大量の武器・農耕具・仏具を生産し律令国家の東北支配拡大を支えた古代製鉄の全貌を明らかにする。

022 **筑紫政権からヤマト政権へ・豊前石塚山古墳**

長嶺正秀

北部九州で最大、最古の前方後円墳。その被葬者はヤマト政権と密接な関わりをもち大陸へのルートを確保する役割を担った。

023 **弥生実年代と都市論のゆくえ・池上曽根遺跡**

秋山浩三

巨大環濠集落・池上曽根の中央付近から発見された「神殿」を思わせる大形建物から、弥生実年代の見直しと「都市」論を考察。

024 **最古の王墓・吉武高木遺跡**

常松幹雄

大型の甕棺墓・木棺墓には、三種の神器を彷彿とさせる「鏡・玉・剣」の三点セットの副葬もあった。弥生の最古の王墓である。

025 **石槍革命・八風山遺跡群**

須藤隆司

石槍の発明と革新で、後期旧石器時代の幕開けと縄文への移行を築いた八風山。石槍にこめられた歴史変動の姿を明らかにする。

026 **大和葛城の大古墳群・馬見古墳群**

河上邦彦

奈良盆地の西部に築かれた大古墳群。大和盆地を東西に二分する勢力、天皇家と葛城氏の興亡を背景とした古墳群の盛衰を語る。

027 **南九州に栄えた縄文文化・上野原遺跡**

新東晃一

厚い火山灰に埋もれていた縄文最古といえる定住集落や遺物は、縄文文化とは何かという本質の問題に迫る重要な鍵を秘めている。

別冊01 **黒耀石の原産地を探る・鷹山遺跡群**

黒耀石体験ミュージアム

旧石器から縄文時代、黒耀石を全国に供給しつづけた長野県・鷹山遺跡群。広大な森林に眠っていた黒耀石流通基地の実態に迫る。